너 답 게

나
답
게

치유하는 영성 안셀름 그륀에게 듣는 삶의 지혜

너답게 나답게

펴낸날 2021년 3월 8일 초판 1쇄
지은이 안셀름 그륀·안드레아 라슨 | **옮긴이** 안미라
펴낸곳 챕터하우스 | **출판신고** 2007년 8월 29일 제315-2007-000038호
주소 서울시 강서구 화곡로68길 47, 601호 | **전화** 070-8842-2168 | **팩스** 02-2659-2168
이메일 chapterhouse@naver.com | **블로그** blog.naver.com/chapterhouse
ISBN 978-89-6994-026-1 03850
책값은 뒤표지에 있습니다. 잘못된 책은 구입하신 곳에서 바꾸어 드립니다.

너답게

치유하는 영성 안셀름 그륀에게 듣는 삶의 지혜

안셀름 그륀·안드레아 라슨 글

안미라 옮김

CHAPTER
HOUSE
챕터하우스

끊임없이 비바람을 맞으며
견뎌낸 나무만이 견고하고 강하다.
비바람을 맞으면서
뿌리가 견고해지고 강해지기 때문이다.

세네카(고대 로마 철학자)

나는 지금 무엇을 바라고 있는가

라슨 ——— 사랑하는 빌리 삼촌,

제가 어릴 적에 삼촌은 우리 집에 자주 오셨는데, 그중 특별히 제 기억에 오래 남았던 때가 있습니다. 바로 제가 한창 시의 매력에 빠져 있던 열세 살 즈음이었을 거예요. 엄마는 알록달록한 꽃무늬 방석이 깔린 소파에 기대 앉아 커피를 마시는 삼촌에게 제가 요즘 시 쓰기에 빠져 있고, 그 사이 쓴 시가 벌써 노트 한 권이나 된다고 알려주었지요. 따분해 그러셨는지, 아니면 조카를 실망시키지 않으려고 그러셨는지 삼촌은 시 노트를 펼쳐 들고 제가 쓴 시들을 하나하나 읽으셨지요. 얼마 전 그 노트를 다시 꺼내 보면서 멜랑꼴리한 감성에 젖은 십대 소녀의 어설픈 시를 구구절절 칭찬해주셨던 삼촌에 대해 감탄하지 않을 수 없었답니다. 그리고 이십 년이 지난 지금, 저와 삼촌이 함께

책을 쓰게 될 줄 누가 알았겠습니까.

　이 책을 계기로, 완전히 새로운 시각으로 한 인간으로서의 삼촌의 모습을 발견할 수 있을 것 같아 기대가 됩니다. 그리고 수도원에서의 고요한 묵상의 시간들을 통해 얻은 지혜를 조금이나마 배울 수 있는 기회가 돼서 더욱 기대가 됩니다. 세 아이를 키우는 엄마로서 저는 일상 속 고요한 순간은 사실 상상도 할 수 없답니다. 비교하기조차 힘든 삼촌과 저의 상황 및 삶의 방식들이 서로 어떤 공통점을 갖고 있는지, 또 어떤 부분에서 보완이 될지 그리고 심지어 어떻게 서로 충돌할지에 대해서도 무척 궁금하답니다. 삼촌은 제 부모님 세대로, 저보다 한 세대 윗사람입니다. 게다가 저와 성별도 다르지요. 삼촌은 수도사로서 영성과 종교를 삶의 중심에 두고 있는 데 반해 사랑하는 사람을 따라 미국으로 떠난 제 삶의 중심에는 가정이 있답니다. 우린 누가 보아도 완전히 다른 삶을 살고 있습니다. 하지만 저는 본질적으로는 우리가 크게 다르지 않을 수도 있다고 생각합니다. 삼촌은 신학을 전공하셨지만 경제학도 공부하셨습니다. 물론 삼촌이 선택한 삶의 방식 대부분이 제게는 매우 낯설다는 것은 사실입니다. 분명 끝까지 의견의 일치를 보기 어려운 문제들도 있을 것입니다. 그래서 어쩌면 더 흥미로운 대화가 이루어질 것이라 생각합니다. 게다가 삼촌 특유의 유머 덕분에 더 유쾌한 대화가 될 것이 분명합니다.

먼저 책에 등장하는 삼촌의 이름에 대해 짚고 넘어가야 할 것 같습니다. 삼촌의 수도사 서원식 이후, 우리 집안에서 어떤 분은 삼촌을 수도사명인 안셀름으로 부르는가 하면, 또 어떤 분은 저처럼 삼촌의 원래 세례명인 빌헬름으로 부르고 있습니다.

수도사 안셀름인 동시에 과거의 빌리(빌헬름의 애칭)인 것이 전혀 문제가 되지는 않는지요? 아니면 내면의 갈등이 자주 일어나는지요? 빌리는 여전히 삼촌에게 중요한 존재인가요? 아니면 어린 시절의 존재에 불과한 건가요? 늘 사용하던 이름을 갑자기 버리고 새로운 이름을 갖게 된다는 것은 어떤 기분인가요? 저의 경우 결혼을 하면서 성이 바뀌었지만 아무렇지 않았습니다. 원래 처녀 때 성은 미국 사람들이 제대로 발음하기가 어려웠던 터라 오히려 성이 바뀌어 더 편리하다고 생각했습니다. 사실 저는 결혼 전의 성을 버리지 않고 미들네임(Andrea Jarosch Larson)으로 쓰고 있었기 때문에 이름을 완전히 버린다는 것이 어떤 느낌인지 잘 모릅니다. 새로운 이름을 갖게 되면 새로운 사람이 되는 건가요? 그리고 왜 안셀름이라는 이름을 선택하셨는지 궁금해요.

그륀 ———— 사랑하는 안드레아!

내 이름에 대해서 궁금한 것이 많구나. 나의 두 이름에 대해 나는 서로 다른 두 개의 입장, 즉 감정적 측면에서의 입장과 신앙적 측면에서의 입장이 있다고 할 수 있겠지. 빌리는 부모님과 형제들이 불러주던 이름이지. 열아홉 살이 될 때까지의 내 이름이자 내 정체성이었으니까. 그런데 수도사가 되려고 하니 수도사의 이름을 가져야 한다고 했다. 그래서 오랜 시간 고민하다가 잉글랜드 캔터베리의 안셀름에게 매료되어 안셀름이라는 이름을 선택하게 되었지. 사실 당시 나는 캔터베리의 안셀름에 대해 제대로 알지는 못했었다. 그가 베네딕토 수도회를 대표하는 신학자라는 사실 정도만 알고 있을 뿐. 그때 나는 아비투어(독일의 대학입학 자격시험 ― 옮긴이)를 마친 욕심 많은 청년이었다. 위대한 신학자가 되고 싶은 마음에 그의 이름을 선택했지. 캔터베리의 안셀름이 어떤 사람이었는지에 대해 제대로 공부한 것은 한참이 지나고 나서였단다. 그는 냉철한 사상가인 동시에 늘 기도하는 신학자로 '이해를 추구하는 신앙'을 강조한 것으로 유명하다.

신앙인은 주어진 믿음의 대상을 그대로 믿는 것에 만족하지 않고, 자신이 믿는 그것과 하나가 되길 원하지. 그리고 그것을 자신의 이성으로 이해하려고 하지. 이것은 내가 추구하는 신학의 중요한 원리이기도 하다. 나는 늘 이렇게 묻곤 한다. 이것이

나에게 어떤 의미가 있는가? 이 메시지의 바탕에는 어떤 체험이 존재하는가? 이 말씀은 나에게 무엇을 경험하게 하고자 하는 것일까? 캔터베리의 안셀름은 당대 가장 친절하고 호감 가는 인물이었다는 기록도 있단다. 그는 쉽사리 따라 하기 어려운 인물이다. 그런 사람이 되기 위해서는 신학자이면서 평범한 사람으로서의 나를 잃지 않아야 하고, 신학을 통해 다른 사람들 위로 올라서지 않도록 늘 노력해야 한다.

안셀름이란 이름으로 산 지 어느덧 오십여 년이 되다 보니, 이제는 안셀름이란 이름이 내 안의 나와 친밀하게 연결되어 있는 듯하다. 심지어 그 이름에서도 내 정체성을 발견하고 있으니. 그래서 형제들이나 조카들이 나를 "빌리"라고 부르면 그 순간 아주 묘한 기분이 들더구나. 나는 수도사이지만 동시에 그륀 일가의 구성원이란 사실을 깨닫게 되기 때문이지. 내가 그들보다 더 높거나 우월한 존재가 아닌, 형제들 중 하나인 것을 발견하게 된 것이지. 가족이라는 큰 울타리 안에서 어린 시절의 추억을 공유한 사람들과 어깨를 나란히 하는 일원이라는 사실은 나에게 커다란 안정감을 준다.

나는 지난 몇 년 동안 이름의 어원에 대해 연구했단다. 빌헬름은 기꺼이 도움을 주는 보호자라는 뜻의 이름이란다. 아버지의 이름이 빌헬름이었는데, 아버지의 이름을 따라 나도 빌헬름이 된 것이다. 주로 맏아들에게 아버지의 이름을 물려주는데, 우리 집에서는 셋째 아들인 내가 아버지의 이름을 물려받게 되었지. 아버진 우리 가족을 지키는 보호자이셨다. 그리고 우리에게 늘 자신감을 주는 분이셨고. 그래서 빌헬름이란 이름은 나에게 아주 특별한 거란다. 나도 늘 다른 사람을 보호해주는 그런 사람이 되고 싶어 했다. 나는 본래 누군가가 다른 사람들 앞에서 웃음거리가 되는 것을 참지 못하는 사람이었다. 그런 상황이 닥치면 내 안에 잠자고 있던 보호자의 본능이 꿈틀거리곤 하지. 안셀름이라는 이름은 신들이 보호하는 자라는 뜻이다. 나는 빌헬름과 안셀름이라는 두 이름의 공통점과 관련성을 발견하고 놀라지 않을 수 없었다. 안셀름으로서의 나는 하느님의 보호를 받는 존재란다. 그리고 나는 하느님의 보호를 받고 있기 때문에 무엇이든 할 수 있는 용기를 낼 수 있고. 하느님의 보호는 새로운 것을 시도하는 데 두려움이나 망설임을 갖지 않게 해주지. 그 용기는 바로 아버지가 내게 보여주셨던 모습에서도 발견된 거란다. 내 아버지도 용기 있는 분이셨다. 빈털터리로 독일 중서부의 루르 지방을 떠나 독실한 가톨릭 지역이었던 바이에른으로 이사를 하셨는데 마침내 크게 성공하셨거든.

결론적으로 말하면 나의 두 이름은 모두 나에게 의미가 있는 거란다. 내 안에서 두 이름과 내 정체성은 충돌하지 않는단다.

두 이름 모두 내 정체성의 본질을 대변하고 있기 때문이다. 새로 부여 받은 이름이 나를 변화시킨 것은 사실이지만, 그렇다고 해서 내 원래의 이름으로부터 나를 떼어낸 것은 결코 아니라는 거다.

라슨 ——— 할아버지와 삼촌은 이름이 같을 뿐 아니라 많이 닮았어요. 아쉽게도 할아버지는 제가 태어나기 전에 돌아가셨지만, 할아버지 역시 수도사가 되고 싶어 하셨다고 들었어요. 결국 일곱 자녀를 둔 가장이 되셨지만요. 수도사가 되는 것을 고민하셨을 정도의 할아버지셨다면 분명 영성적인 삶에 대한 바람이 강한 분이셨을 텐데, 아이들을 키우느라 아마도 많은 부분을 포기하셔야 했을 것 같아요. 심리학자 융은 "부모가 살아보지 못한 인생만큼 자녀의 삶에 지대하게 영향을 미칠 수 있는 것도 없다."고 했어요. 실제로 부모의 무의식적인 소망이 자녀를 통해 실현되는 경우가 많답니다. 그것이 잘못되었다고 생각하지는 않습니다. 부모와 자식은 사실 많이 닮아 있고, 부모가 이루지 못한 꿈을 자녀가 이룬다고 해서 나쁠 건 없다고 생각하거든요.

혹시 삼촌이 수도사가 되기로 한 결정이 아버지가 이루지 못한 꿈을 대신 이루기 위한 결정이기도 했는지요?

그뤤 ─── 영성적인 면에서는 나는 분명 아버지를 많이 닮았
다. 자연의 아름다움과 종교의식, 하느님의 비밀이 갖는 아름다
움에 매료되었다는 점에서 아버지와 나는 많이 닮았지. 아버지
가 살아보지 못한 삶을 내가 지금 살고 있다는 생각은 사실 해
본 적이 없다. 그러나 융의 말을 들으면서 많은 생각이 들었다.
수도사가 되겠다는 나의 바람이 아버지의 살아보지 못한 삶을
실현시킨 것일 수도 있고. 아버지는 결국 사업가가 되셨지만,
아버지의 나머지 형제들은 모두 베네딕토 수도회의 수도사가
되었다. 남동생인 슈투르미우스 신부는 뮌스터슈바르차흐 수
도원에, 누나인 신클레티카 수녀는 헤르슈텔레 수도원에 계셨
고, 여동생 기젤린데 수녀는 투칭 수도원에 계시다가 선교를
위해 마닐라로 가셨지. 아버지는 젊은 시절 수도사가 되려고
상트 오틸리엔 수도원을 찾아갔던 이야기를 들려주신 적이 있
다. 아버진 당시 수련 수사들을 담당하던 에르하르트 드링크벨
더 신부를 만났다고 했다. 직업을 묻는 질문에 아버지는 사업
가라고 하셨고, 드링크벨더 신부는 수도원에는 사업가가 필요
하지 않다며 단칼에 거절을 했다고 하셨다. 그래서 아버지는
마음을 바꿔 결혼할 여자를 찾으셨다고 했다. 아버진 가정을
꾸렸고 정말 행복하게 사셨다.

어쨌거나 나는 수도사가 된 것이 결코 다른 누군가의 권유나

바람 때문은 아니었다고 생각한다. 어쩌면 아버지에게 있어 내가 당신의 꿈을 대신 이룬 아들일 수는 있겠지만, 나는 수도사의 삶이 나에게 딱 맞는 내 삶이라 생각한다. 아버진 내가 베네딕토 수도회의 수도사가 되겠다고 하자 매우 자랑스러워하셨지만 안타깝게도 사제서품식 직전에 돌아가셨다. 사실 아버진 내가 사제로서 집전하는 첫 미사에서 하실 인사말까지 미리 작성해두셨다. 만약 그 인사말을 직접 하실 수 있었다면 자신의 꿈이 이뤄졌다고 생각하셨을 거다. 내가 아버지로부터 영적 목마름을 물려받은 것은 확실하다. 하지만 그건 분명, 나 자신의 그리움이고 목마름이었다. 그 때문에 수도사가 되었고.

라슨 ——— 저도 삼촌이랑 비슷한 부분이 있는데요. 엄마는 오래전 제게 자신의 이루지 못한 꿈에 대해 말해준 적이 있어요. 엄마의 꿈은 외국에 나가 살면서 새로운 문화를 경험해보고 싶다는 거였어요. 그러나 그땐 여자로서 자유롭게 외국에 나가 살기가 쉽지 않았고, 결국 엄마는 그 꿈을 포기해야 했다고 했어요. 그리고 제가 외국으로 떠나면서 엄마가 이루지 못한 꿈을 대신 이루어주었다고, 혹시 그렇게 생각해본 적 있느냐고 제게 물어보셨지요. 사실 저는 엄마와는 완전히 다른, 저만의 특별한 삶을 살았다고 자부하고 있었던 터라 엄마의 질문에 당황했답니다. 그러나 생각해보니 새로운 것에 대한 호기심을 느끼는 부분에 있어서 저와 엄마는 많이 닮아 있었어요. 마치 삼촌이 할아버지와 영성적인 면에서 닮아 있는 것처럼. 저는 엄마가 되고 나서, 부모는 자녀들에게 유전적 특징이나 능력만 물려주는 게 아니라 부모의 바람이나 꿈도 물려준다는 사실을 깨달았답니다.

물론 우리는 우리 자신만을 위한 인생의 결정을 내리고, 자신이 선택한 특별한 길을 걸어가죠. 마음이 끌리는, 나를 잡아당기는 무언가가 있는 방향으로. 저는 미국에서 완전히 새로운 삶을 경험하고 싶었어요. 낯선 사람들을 만나고 낯선 문화를 체험하면서 새로운 나를 발견하고 싶었고, 어쩌면 새로운 나를 만들고 싶었는지도 모르겠습니다.

그러나 우리가 어떤 결정을 내리고 특별한 길을 가는 또 다른 이유는 비슷한 그리움을 가진 사람들을 보다 잘 이해하기 위해서이기도 하죠. 어쩌면 그렇게 함으로써 그 사람과 더 가까워질 수 있다고 무의식적으로 믿고 있는지도 모르겠습니다.

그륀 ──── 맞다. 원하든 원하지 않든 부모는 자식들에게 자신의 내면에 있는 것들, 이루지 못한 소망까지도 물려주곤 한다. 그건 아주 자연스러운 일이고. 우리 중 누구도 무에서 시작하진 않는다. 우리 모두는 부모의 영향을 받는다. 그리고 언젠가는 부모가 무의식적으로 물려준 것들을 그대로 받아들일 것인지, 부모의 바람대로 계속 살아갈 것인지 아니면 자유롭게 자신만의 길을 찾아 나설 것인지 결정해야 한다. 그런데 사실 나만의 그 길은 부모가 원하는 길과 그렇게 많이 다르지도 않다. 결국 그 길이 나만의 길이 되는 것이다.

라슨 ―― 삼촌은 할아버지와 영성적인 면에서 닮아 있다고 하셨는데, 그렇다면 삼촌과 할머니는 어떠세요? 할머니는 할아버지와 많이 다르셨어요. 할머니가 훨씬 더 실용적이고 의사소통에서도 유연한 분이셨는데, 삼촌과 할머니는 어떤 부분이 닮았나요?

그륀 ―― 나는 아버지를 많이 닮았다. 그러나 어머니에게서도 많은 것들을 물려받았다. 어머니는 매우 실용적이고 긍정적인 분이셔서 무슨 일이든 적극적이었다. 또 어머닌 유머가 넘치는 성격 덕분에 어려운 상황도 쉽게 헤쳐 나가셨고. 연세가 드시면서 쇠약해지고 결국 병으로 고통을 겪었지만 끝까지 즐겁게 생활하셨다. 사람에 대한 애정과 관심도 내가 어머니에게서 물려받은 거란다. 사실 어렸을 적 우리 형제들은 어머니가 주변 사람들에 대해 지나치게 관심을 갖는다고 흉을 보곤 했다. 그러나 어머니의 이웃에 대한 관심은 단순한 호기심에 그치지 않았다. 어머니의 관심은 주변 사람들 그리고 그들만의 스토리에 대한 마음 깊은 곳에서 우러나오는 인정과 애정이었던 거다. 그다음으로 어머니에게서 실용적인 사고를 물려받았다고 할 수 있겠다. 그 외에 깊은 신앙심도. 하느님이 우리를 돌보시고, 우리가 하느님의 손 안에 있다는 믿음 역시 어머니 덕분에 가질 수 있게 된 거다.

라슨 ——— 삼촌은 열 살이라는 어린 나이에 수도원 생활을 하기로 결정하셨는데요. 제 아이들을 보면, 그 나이엔 아이가 잠들 때까지 자신을 꼭 안아달라며 수시로 조르는 아직은 어린아이인 듯합니다. 부모 형제와 떨어져 지내기로 결정하게 된 특별한 계기가 있었는지요? 삼촌은 그때 이미 수도사가 되기로 결심한 건가요? 수도원에 들어가기로 결정하는 데 특별한 이유라도 있었나요?

그륀 ——— 열 살의 나이엔, 아직은 삶의 중요한 결정을 내릴 수는 없단다. 나는 당시 사제들이 그들의 특별한 삶의 방식을 통해 경험하는 성스러운 체험인 누미노제에 매료되어 있었다.

그걸 눈치채신 아버지가 뮌스터슈바르차흐 수도원 기숙사가 있는 상트 루드비히와 뮌스터슈바르차흐 수도원에 관한 책자를 구해주셨지. 그 책자를 보고 나는 수도원의 삶에 완전히 반했단다. 결국 나는 열 살에 수도원에 들어갔지. 처음에는 다시 집에 가고 싶다는 생각도 많이 했단다. 막상 수도원 생활을 시작해보니 집에서 생활하는 것보다 불편한 것도 많고 지켜야 할 것도 많았기 때문이다. 그러나 집에 대한 그리움보다는 세상을 바꾸고 싶은 마음, 더 나은 세상을 만들고 싶은 마음, 복음을 세상 사람들에게 전하고 싶은 마음이 더 컸었단다. 그리고 의미 있고 중요한 사람이 되고 싶은 유아적 욕구도 분명 작용했을 테고. 나는 특별한 존재가 되고 싶은 욕심, 다른 사람들보다 특별한 일을 하고 싶은 욕심이 컸단다. 물론 무언가를 결정하기 위해서는 먼저 그 일에 매료되어야만 한다. 그래서 처음에는 하고자 하는 일에 막무가내로 달려들지만 시간이 지나면서 들뜬 마음은 가라앉게 되고 자문하게 된다. 내가 진정으로 바라는 것은 무엇인가? 사춘기를 보내면서 스스로에게 계속해서 이 질문을 던졌던 기억이 떠오른다. 의심이 들 때도 많았지만, 나는 늘 수도사이자 선교사가 되어 세상을 바꾸고 더 나은 세상을 만드는 것이 내가 진정으로 바라는 것이라는 확신이 있었다.

차례

Anselm Grün &
Andrea J. Larson

일상 속 경험들

경험은 생각을 모방합니다.
자신의 결정으로 인해 감당해야 할 어려운 상황에도 불구하고
후회하지 않고 만족하려면 어떻게 해야 할까요?

라슨 ─── 젊은이들은 앞으로 오랫동안 영향이 있거나 심지어 평생을 좌우할 수 있는 중요한 결정일수록 너무 일찍 하지 말고 시간을 두고 심사숙고하라는 말을 자주 듣습니다. 어린 나이에는 자기 자신과 주변 상황을 정확하게 파악하기가 어렵고 중요한 결정이 가져올 결과에 대해 현실적으로 판단하기 어렵다는 이유 때문이죠. 특히 저희 세대에는 유연한 태도를 갖고 다양한 선택지, 즉 다양한 삶의 방식과 다양한 직업을 갖도록

시도해보는 것에 우선적 가치를 부여하는 사람들이 많습니다. 너무 일찍 어떤 삶의 형태를 선택해버리면 나중에 후회하는 경우가 많기 때문입니다. 어린 나이에 결혼한 커플의 경우, 어느 정도 나이가 차서 결혼하는 커플보다 이혼할 확률이 높다고 합니다. 물론 이혼의 이유가 너무 이른 '잘못된' 결정 때문이거나 다른 선택이 가져왔을 가능성에 대한 미련 때문인지는 정확하게 확인할 수는 없습니다.

삼촌은 어린 나이에 수도원에 들어가 사제가 되기로 결정했습니다. 평생 한 여자와 함께하기로 약속하면서 다른 여자를 만날 수 있는 가능성을 모두 포기하고 결혼을 선택하기에도 아직은 너무 어린 나이였습니다. 어떻게 그 나이에 수도원에서의 삶이라는 큰 제한에도 불구하고, 그 길이 삼촌이 가야 할 길이라는 것을 확신하실 수 있었는지요? 오래전 삼촌의 인터뷰를 보았습니다. 삼촌은 수도원에 들어가지 않고 평범한 가정을 꾸릴 경우 '세속화'될 것이 두려워 수도원을 선택했다고 하셨습니다. 그 말이 무슨 뜻인지요? '세속화'된 삶 속에서, 삼촌이 포기해야 할 것 혹은 잃게 되는 것이 무엇이었을까요? 반대로 '세속화'된 삶이 지금은 불가능하지만 가능하게 해주었을 것들도 있었을 텐데, 그건 무엇일까요?

그륀 ─── 열아홉 살에 수도사가 되기로 결정하면서 모든 결과를 다 예측하고 고려할 수는 없었단다. 열아홉의 청년이었으니 누군가를 사랑하고 싶은 마음도 당연히 있었겠지. 그러나 수도사가 되라는 부르심, 그 소명이 주는 기쁨이 훨씬 더 컸다고 할 수 있겠다. 당시 나는 감정보다는 의지가 앞서 있었다. 수도사의 길로 들어선 이후에야 비로소 내 안에 있는 감정들을 다시 돌아볼 시간을 가졌었다. 그때 결혼이 더 나은 선택이 아니었을까 하는 질문에 대해서도 다시 한번 고민했었다. 왜냐하면 수도원에 들어간 후에야 내가 무엇을 포기해야만 했는지를 제대로 이해할 수 있었기 때문이다. 그래서 나는 누군가와 결혼을 하는 상상도 해보고, 그러한 삶을 구체적으로 그려보았다. 나의 내면 깊은 곳에서부터, 수도원에서의 삶이 바로 나의 삶이라는 확신이 들었다. 그리고 또다시 사명감에 벅차올랐지. 만약 내가 결혼을 선택하게 됐다면 나는 '세속화'됐을 것이다. 내가 수도원에 들어갈 때가 1968년이었는데, 그땐 학생운동이 한창이었다. 당시엔 '세속화'된다는 말이 부정적인 의미를 갖는 표현이었다. 내게는 일상의 걱정으로 인간의 존재에 관한 근본적인 문제들에 대해 생각할 여유가 없는 삶을 의미했지.

　물론 결혼을 해도 본질적인 문제들에 대해 충분히 고민할 수 있다는 걸 나도 잘 알고 있다. 그러나 나는 사제의 삶이 진정으로 나를 더 자유롭게 하고, 나의 생명력을 유지시켜줄 것으로 확신했다.

앞에서도 말했듯이 나도 많은 고민을 했단다. 그리고 모든 가능성에 대해서도 끝까지 생각해보았단다. 내가 사제가 되지 않았다면 펼쳐졌을 내 삶에 대해 구체적으로 충분히 생각해보았다. 그리고 새롭게 깨달았단다. 바로 사제로서 내 삶을 바치겠다는 결단이 가장 옳은 선택이었다는 것을.

라슨───── 부모가 되면 일상이 걱정의 연속입니다. 집세에 생활비 걱정도 해야 하고, 아이가 아프거나 우울해하면 평소보다 더 신경을 써서 아이를 보살피고 달래줘야 하고, 동시에 부부 관계도 늘 관리를 해야 합니다. 익숙한 부부 사이라도 다시 설렘과 기대감을 갖는 순간들이 찾아오길 바라기 마련이니까요. 요즘 부모 노릇을 하려면 동시에 여러 일을 할 수 있는 능력을 가져야 합니다. 결국 인간의 본질적인 문제들에 대해 고민할 시간을 갖는다는 것은 거의 상상하기 어렵습니다.

그럼에도 불구하고 '세속화'된 삶이 인생의 근본적인 문제들을 실제로 실험해보는 데 가장 이상적인 시험대라고 생각합니다. 저는 그 어느 때보다 충실히 엄마와 아내로서의 역할을 감당하면서 기독교의 가치들을 성실하게 실천하고 있습니다. 엄마로서 아이들에게 세상을 헤쳐 나가는 법을 알려주면서, 동시에 아이들의 모습에서 나의 약점들과 강점들, 내 모습의 일부를 발견하게 됩니다. 저는 아이들에게 진정성과 유대감, 신뢰와 믿음을 몸소 보이며, 이들 가치가 살아가면서 얼마나 중요한지 깨닫게 하려고 노력하고 있습니다. 때로는 지치고 피곤하지만 아이들을 위해 최선을 다해 사랑하려고 노력합니다. 매일 제 자신에 대해, 그리고 아이들에 대해 인내하고 용서하는 법을 배우고 있습니다. 남편과의 관계에서는 우리가 부부 그 이상의 관계라는 사실, 즉 아이들을 품기 위한 건강한 가정을 만들어야 하며 그렇기 때문에 때로 각자의 바람을 양보할 줄도 알아야 한다는 사실을 끊임없이 확인하고 있답니다. 우리는 서로가 다름을 인정해야만 같이 살아갈 수 있습니다.

내가 가진 약점들은 부부 관계 속에서 비로소 명확하게 드러났고 남편은 나를 비추는 거울이 되어버렸습니다. 게다가 나 자신을 포기하는 것과 내가 가진 욕구를 존중하는 것 사이의 균형점을 찾는 법을 배워야만 했습니다. 우리가 신에게 기대하듯, 나의 모든 약점을 포함한 내 그대로의 모습을 배우자가 사랑해주길 기대합니다.

생각해보면 삶의 근본적인 문제들을 고민하는 데 있어서, 특정 삶의 방식이 더 유리하다고 주장하기는 어려운 듯합니다.

어쩌면 삶의 본질적인 부분들을 깨닫는 데 내가 수도사이든 자녀를 둔 부모이든 큰 차이가 없을 것 같다는 생각이 듭니다. 수도사로서 삶의 본질을 탐구할 것인지 혹은 자녀와 배우자를 둔 사람으로서 삶의 본질을 알아가게 될지는 삶의 형태에 대한 개개인의 선호에 따라 달라질 뿐인 것 같습니다.

우리는 살아가면서 삶에 대한 진지한 성찰이 없이는 지속적인 깨달음을 얻을 수 없고, 지속적인 깨달음 없이 삶에 대한 만족감을 누릴 수 없다는 사실을 배우게 됩니다.

저는 수도사들도 삶의 근본적인 질문들에 대해 단순히 이론적으로만 접근할 수는 없다고 생각합니다. 수도사들 역시 실천과 경험이 필요하지 않을까요.

수도원에서는 일상 속 어떤 경험들이 사랑, 용서, 몰아, 관용 등과 같은 기독교적 가치들을 실천하도록 했나요?

그륀 ──── 네 말이 맞다. 기독교적 가치는 수도원에서뿐 아니라 가정생활, 부부 관계 그리고 직장생활 가운데에서 실현될 수 있다. 어떤 삶의 방식도 더 낫다고 말할 수 없다. 서로 다를 뿐. 그리고 모든 삶의 형태나 방식은 위험을 내포하고 있다. 수도원에서의 삶은 반복되는 일상에 익숙해지며 자기 자신에게만 집중하고 모든 것을 종교의 이름으로 덮어버리거나 합리화시키는 위험을 안고 있다. 반면 세속적인 삶은 쉽게 말해 '세속화'될 위험이 있다. 그러나 서로 상반된 삶의 방식일지라도 진실에 직면할 때, 다른 사람들을 위해 자신을 내던질 수 있을 때, 그리고 사랑, 용서, 몰아, 관용 등과 같은 가치들을 실현할 때에만 성공적인 삶을 살 수 있다는 공통점이 있다. 수도원에서의 공동체 생활은 늘 나에게 큰 도전이었다. 각자 개성이 있는 90명의 남자들이 한 지붕 아래 살고 있으니 결코 쉬운 일이 아니지. 그들은 나의 진실을 발견하게 해주는 거울 같은 존재들이다. 특히 나는 수도원의 재정을 담당했기 때문에 수도사들 개개인의 요구에 직접적으로 대응해야 하는 경우가 많았다. 넓은 마음과 관용의 자세가 요구되는 역할이었다. 공동체 생활을 하기 위해서는 반드시 용서할 줄 알아야 한다. 상처와 실망을 주고받는 일이 끊임없이 일어나기 때문이다. 만약 용서하지 못한다면, 시간이 지날수록 억울함만 쌓이는 거다. 어떻게 보면 재정 담당자로서 나는 오히려 영성적 도전을 받게 될 수도 있는 거지. 그래서 나는 어떤 일을 처리하기에 앞서, 명상을 통해 감정을 정화시키고 억울함이나 불평이나 완고함을 털어버리고 평화와 확신을 가지려고 노력한다.

라슨 ——— 삼촌이 일상 속 도전과제들을 이야기하시니 저도 제 이야기를 들려드릴게요. 사실 저는 결혼 전에는 아이들을 건강하게 키운다는 것, 그리고 엄마로서 늘 의연하고 사랑이 넘쳐야 한다는 것이 얼마나 어려운 일인지 몰랐답니다. 게다가 내 아이들은 어디에서든 예의 바른 모습만 보여줄 것이라 생각했죠. 저는 슈퍼맘이 될 자신도 있었고, 내 아이들은 완벽할 거라 생각했습니다. 남편과 좋은 관계를 유지하는 것이나 집안일도 너무나 쉽게 생각했습니다. 이제 와서 생각해보면 250년 전 괴테의 말이 맞는 듯합니다. "대다수의 경험은 우리의 생각을 모방할 뿐이다."

그러나 지금껏 저는 많은 것들을 배웠답니다. 그리고 어제보다 오늘 더 많은 것을 알게 됐고, 내일은 오늘보다 더 많은 것을 알게 될 것이라 확신합니다. 그래서 제가 직접 경험해보지 않은 상황이라면, 그것에 대해 누군가에게 조언하는 것은 어려운 일인 듯합니다. 저는 경험만이 우리가 무엇을 배워야 하는지, 같은 상황에 놓여 있더라도 사람마다 그 상황을 다르게 해석한다는 사실, 그리고 모든 사람은 다르다는 사실을 깨닫게 해준다고 믿습니다. 나에게 가장 좋은 해답이라고 해서 다른 사람들에게도 가장 좋은 답이 되는 것은 아니란 뜻이죠.

한 정신과 의사가 저에게 정서적인 퇴보가 오히려 색다른 형태의 발전이 될 수도 있다고 말한 적이 있습니다. 정서적으로 퇴보한 순간이 삶의 가장 깊은 지점에 도달하게 되기 때문이라는 설명이었어요. 가장 깊은 곳으로 내려갔다가 다시 일어설 수 있는 순간인 거죠. 현실은 우리가 어떻게 받아들이느냐에 따라 달라질 수 있습니다.

그렇다고 해서 직접 경험해보지 않고, 직접 해결책을 찾아낸 적이 없는 상황에서 그 어떤 조언도 할 수 없다는 것은 아닙니다. 물론 유사한 경험을 통해 얻은 교훈과 삶의 지혜는 대부분의 경우 큰 도움이 되지요.

우리는 직간접적으로 비슷한 어려움을 경험해본 사람들에게 조언을 구하기도 하고 도움을 받을 수도 있습니다. 삼촌은 많은 사람들과 이야기를 나눌 기회가 있기 때문에 직접 경험해보지 않은 일들에 대해서도 사제로서 '보통 사람'들에게 충분히 현실적인 조언을 해주실 수 있다고 생각합니다. 전 세계 수많은 독자들이 신부님의 말씀을 듣고자 책을 읽고 강연을 듣는 것은, 보통 사람들의 내면에 어떠한 그리움이 존재하는지를 삼촌이 잘 이해하고 있다는 증거이기도 하지요.

그래도 솔직히 성직자로서 직접 경험해보지 못한 주제에 대한 조언을 들을 때면 종종 놀랍기도 하답니다. 예를 들면 남녀 관계, 성, 성공에 대한 야망, 여성에 국한되는 문제나 가정생활에 관련한 조언의 말인데요. 수도사나 사제들에게는 애초부터 관계가 없거나 스스로 거부한 영역에서 일어나는 문제들이기 때문이니까요. 혹시 경험에서 우러나오는 이야기를 할 수 없기 때문에 성직자가 다루지 말아야 할 영역이라는 것이 존재하나요? 아니면 성직자는 어떤 종류의 문제라도 다루어도 상관없는 건가요? 모든 문제는 깊이 파고들면 공통된 본질을 가지고 있기 때문에 완전히 다른 종류의 경험이라도 그 경험을 토대로 다른 문제여도 도움이 될 만한 이야기를 할 수 있다고 보시나요?

그륀 ──── 아주 중요한 이야기다. 나는 누구에게도 제삼자의 입장에서 조언을 해줄 수는 없단다. 게다가 현실은 우리가 기대하는 이상과는 완전히 다르기도 하고. 이상적인 것만 생각하는 사람은 금방 실망하고 말 것이다. 아니면 이상과 현실의 괴리 속에서 살든지. 머리로는 이상적인 상황을 그려보지만, 현실은 완전히 다르다. 물론 그 현실을 인정하고 싶지도 않겠지.

나는 수도사가 어떤 문제에 대한 해법을 제시해줄 수 있는 사람이라고 생각하지는 않는다. 개인적으로 조언서들도 물론 좋아하지 않고. 나는 그저 사람들이 나에게 들려주고 싶어 하는 이야기를 들어줄 뿐이다. 그리고 그들의 상황에 나를 대입해보려고 노력하지. 그런 다음 그 사람에게 무엇이 도움이 될지 생각해본다. 나는 조언을 구하는 사람들이 자기 영혼의 지혜를 발견하도록 도울 뿐, 그들이 따라야 할 해결책이나 조언을 제시할 생각은 없다. 단지 그들이 들려준 이야기가 내 안에서 어떤 반응을 일으켰는지 알려줄 뿐.

예전엔 성직자들이 부부 관계에 대해 지나치게 많은 조언을 했다. 가톨릭교회 신부들은 부부가 성을 어떻게 다루어야 하는지에 대해서 지나치게 많은 이야기를 했었다. 그러나 나는 오히려 그러한 부분에 대해서는 조심스러워야 한다고 생각한다. 나는 나를 찾아오는 사람들이 들려주는 이야기와 그들이 나에게 던지는 질문에 대해서만 이야기할 뿐이다. 내가 먼저 성적인 문제에 대한 질문을 하지는 않는다. 물론 나를 찾아오는 사람들 중에는 부부의 성 문제에 대해서 털어놓는 사람들도 종종 있다. 그러한 경우라도 나는 아무런 조언을 해주지 않는다. 그저 그들이 그 문제와 관련해 어떤 바람을 갖고 있는지, 그리고 어떤 것이 도움이 될지 반문할 뿐이다.

나는 자녀를 둔 사람들에게 자녀 교육에 대해서도 조언을 하지 않는다. 그런데 자녀를 둔 사람들은 아이와 관련된 고민을 이야기한다. 나는 그들의 이야기를 잘 듣고 그들의 상황에 나를 이입해본다. 조언은 하지 않고서. 그리고 이야기를 다 들은 다음에는, 내가 그들의 입장에서 생각했을 때 무엇이 도움이 될 수 있는지만 이야기한다. 대부분의 경우 그것은 나 자신을 제대로 대하는 것에서부터 시작된다. 스스로 느껴보고 자신의 중심에 자기 자신을 두는 것이 중요하다. 그래야만 아이들의 태도에 의해 내 감정이 이리저리 휘둘리지 않을 수 있으니까. 나는 자녀를 둔 사람들에게 이렇게 묻곤 한다. 도대체 아이의 어떤 모습, 어떤 태도가 그렇게 화가 나느냐고. 그 모습이나 태도가 무엇을 연상시키느냐고? 혹시 자녀가 당신의 모습 중 일부를 그대로 보여주는 거울인지? 그러고 나서 또 질문한다. 어떤 상황에서 유독 더 예민하게 반응하느냐고?

　나는 상담을 받으러 온 사람들에게 일종의 안내자로서, 그들에게 거울을 보여주고 그들이 상황을 좀 더 객관적으로 인식하고 스스로의 모습을 돌아볼 수 있게 해주는 역할만 할 뿐이다. 그것은 자녀를 키울 때나 회사를 운영할 때도 마찬가지다. 인간의 선한 마음, 즉 내 아이나 직원이 지닌 선한 마음을 믿어야 한다는 것이다. 인간은 선한 마음과 함께 약점도 지니고 있지만, 약점이 아닌 선한 면이 드러날 것이라 믿는 것이다.

　누군가와 대화를 나눌 때 반드시 보이지 않아야 할 태도가 있다. 바로 내가 정답을 알려줄 수 있다고 믿는 태도이다. 사실 나는 아무것도 모른다. 내가 할 수 있는 것은 상대방의 이야기를 경청하고 감정을 이입해보며 내 경험과 비교하는 것뿐이다. 물론 대화를 하는 과정에서 상대방이나 내가 받은 영감을 포착하는 것도 중요하다. 대화라는 것은 대화에 참여하는 당사자들이 소통할 때만 성공할 수 있는 거다. 한 사람이 모든 것에 대한 해답을 다 안다는 식의 태도로 대화에 참여한다면 그 대화는 성공할 수 없는 거다.

나는 사람들이 나에게 자신의 사적인 이야기를 털어놓는다는 점, 그리고 스스로도 부끄러운 부분들까지 모두 이야기할 만큼 나를 신뢰한다는 점에 감사한 마음이다. 상대방이 털어놓은 이야기를 평가하지 않고, 있는 그대로 받아들이고 상대방과 함께 그 문제를 해결할 수 있는 방법을 고민해보는 것이 중요하다. 상담을 받으러 온 사람이 내 방을 들어올 때보다 나갈 때, 더 자신감 있는 모습으로 '나는 더 강해진 것 같아. 이제 어떻게 해야 할지 알겠어.'라는 느낌을 받을 때면 늘 감사하다.

사실 상담 받으러 온 당사자 스스로가 문제 해결의 실마리를 찾아낸 것이다. 그들은 내가 했던 이야기들을 무조건 따르지도 않을 것이다. 사람들과 대화를 하다 보면 그들에게서 많은 공통점을 발견하게 된다. 우리는 모두 비슷한 문제로 맞서 싸우는 거다. 그리고 우리는 끊임없이 자신감 부족, 예민함, 두려움, 질투심, 부러움, 실망감 등을 경험하게 된다. 누구나 경험하는 기본적인 문제들이다. 단지 서로 다른 상황에서 이러한 문제들에 직면할 뿐. 나는 사제로서 보통 사람들이 겪는 상황들을 경험하지 못한 경우가 많다. 그럼에도 불구하고 사람들이 털어놓은 이야기에 충분히 공감하고 있다. 그들의 심정이 어떤지 충분히 이해할 수 있다. 그래서 서로 느끼는 감정에 대해 대화를 할 수 있는 것이다.

라슨 ———— 사람들은 보통 아주 중요한 결정을 내려야 할 때 조언을 구하곤 합니다. 그런 중요한 결정이라면 결정을 내린 후에도 자신의 선택이 옳았는지를 고민하기 때문입니다. 그러니 결정에 앞서 다른 사람들에게 자신의 문제를 이야기하며 일종의 정서적인 지지를 받는다면 자신의 선택에 대한 후회나 고민도 줄어들 것입니다. 만약 그때 다른 선택을 했더라면 어땠을까? 우리는 끊임없이 자기 자신에게 묻습니다.

우리는 살아가면서 수많은 선택지를 만나게 되고, 그때마다 우리가 내린 결정이 옳은 선택이었는지 고민하게 됩니다. 또 자신의 선택을 되돌릴 수 없고, 그 선택으로 인해 발생한 상황을 그대도 감수한 채 살아가야 한다면서, 자신의 결정을 후회하며 사는 사람들을 종종 보게 됩니다. 그리고 직장에서 성공에 집착하다가 이혼을 하거나 자녀 갖기를 포기한 사람 등 각기 다른 결정에 대해 후회하는 다양한 사람들을 보았습니다.

삼촌도 스스로 내린 결정에 대해 후회한 적이 분명 있으시겠죠? 의구심과 후회를 극복하는 방법을 어떻게 배우셨는지, 그리고 자신의 결정으로 인해 감당해야 할 어려운 상황에도 불구하고 후회하지 않고 만족하려면 어떻게 해야 하는지요?

그린 ——— 오늘날 대부분의 사람들은 완벽한 결정을 내리지 못하고 망설인다. 물론 완벽한 결정이라는 것은 존재하지 않는다. 새로운 지평을 열어주는 현명한 결정만 존재할 뿐. 모든 결정 뒤에는 '다른 선택을 했더라면 어땠을까?'라고 생각하는 순간이 찾아온다. 그래도 선택에 대해 후회하지 않는 이유는 내가 모든 선택지를 한꺼번에 다 경험할 수는 없기 때문이다.

한 길을 선택했다면, 다른 길을 가지 못한 것에 대해 의식적으로 안타까워해야 하는 거란다. 안타까움을 표시함으로써 다른 길을 가보지 못한 것에 대해 속상해하는 거다. 안타까움을 통해 내 영혼의 가장 깊은 곳에 도달하게 되면 진정한 나 자신을 발견하게 된다. 그런 과정을 거치고 나면 내가 어떤 선택을 하고 어떤 결정을 내렸는지가 그리 중요하지 않게 된다.

내가 결정을 내렸다는 것, 그리고 그 결정을 스스로 따를 것이라는 사실이 중요한 거다. 물론 이것은 완벽한 결정을 내릴 수 있을 것이라는 착각에서 자유로울 때만 가능한 일이다.

자신의 결정으로 인해 감당해야 할 어려운 상황에도 불구하고 후회하지 않고 만족하려면 어떻게 해야 할까? 내 결정에 의구심이 들 때면 늘 이렇게 자문해보며 생각하게 된다. 나는 어떤 인생을 살고 싶은가? 무엇이 중요한가? 기분 좋은 결정이 옳은 결정일까? 내 바람이 이루어지는 결정은 내가 원하는 결정인가? 진정성 있는 삶을 통해 어려운 상황에서도 성숙해지고 내 안에 존재하는 새로운 가능성을 발견하는 것이 더 중요한가? 물론 내가 내린 결정으로 인해 막다른 골목에 갇히는 순간들도 있을 수 있다. 그럴 때는 돌아서서 결정을 번복해야 할 수도 있다. 그러나 아무리 그렇다 하더라도 연속성은 유지되어야 한다. 삶의 조건들, 예컨대 부부 관계나 사제로서의 삶이 망가졌다 하더라도 내가 가진 꿈의 본질은 다시 한번 점검해보는 거다. 내 원래 목표는 무엇이었나? 다른 선택으로 그 목표가 달성되었는가? 꿈의 본질은 결코 망가지거나 사라지지 않거든.

우리의 선택이 불러온 모든 위기는 우리 내면의 깊은 곳으로부터 표면적인 부분을, 속 알맹이로부터 껍데기를 분리시키려 한다. 우리는 위기 시 우리의 삶이 제한되며 모든 선택지를 다 경험할 수 없고 하나의 길만 선택할 수 있음을 인정해야 한다. 모든 길은 비좁고 힘든 구간이 있기 마련이다. 그 구간을 잘 견뎌내면 넓은 길로 향하는 문에 이르게 될 것이다.

외로움

현대인의 4분의 1은 외로움이나 고독에 대해
두려움을 느낀다고 합니다. 외로움 때문에 괴로워하는 사람들이
조언을 구한다면, 삼촌은 어떤 이야기를 해주실 건가요?

라슨 ——— 수도사가 되기로 한 삼촌의 결정은 우리같이 평범
한 사람들이 사랑하는 사람을 만나 연인이나 부부가 되기로 한
결정과 비슷할 것 같다는 생각이 듭니다. 보통 사랑하는 연인이
나 부부는 서로에게 온전히 집중하면서 서로에 대한 사랑의 확
신으로 가득한 시간들을 보내다가도 문득 상대가 나의 진정한
짝인지 의구심을 갖게 되는 그런 시기들을 경험하곤 합니다.
　사제나 수도사로서 자신의 선택이나 부르심에 대하여 의심

이나 후회가 밀려올 때 그 위기를 극복하는 것이 연인이나 부부가 슬럼프나 권태기를 극복하는 것보다 쉬운지 혹은 더 어려운지는 모르겠습니다. 연인이나 부부의 경우 한쪽이 관계에 대한 의구심을 품어도 다른 한쪽이 손을 내밀어주고 따뜻하게 안아주며 입을 맞춰주면 둘 사이의 사랑을 재확인하고 다시 확신을 가질 수 있게 됩니다. 물론 상대가 변함없이 사랑을 표현하고 관계를 유지하려고 애써도 다른 한쪽에서 그냥 관계를 끝내버리는 경우도 있습니다. 그렇기 때문에 남녀 사이에서는 상대방이 나와 같은 생각인지 그리고 같은 마음인지 여부가 그 관계를 결정해줍니다. 수도사나 사제의 경우 상대방의 마음이나 생각까지 고려하지 않고 '오로지' 나 자신의 확신과 의지만으로 신과 자신의 관계를 결정짓는다는 점에서 그 관계를 유지하는 것이 더 쉬울 것 같기도 하지만. 내가 지치고 마음이 약해질 때 나를 끌어안아 주는 상대가 없고 나 홀로 서야 한다는 점에서는 더 어려울 것 같기도 합니다. 수도원도 공동체이긴 하지만 수도사의 삶은 외롭고 고독할 것 같습니다. 수도사는 마음속 복잡한 생각과 갈등을 홀로 극복하고 스스로를 다스리는 고독한 존재인가요?

그륀 ─── 수도사가 외로운 존재인 것은 맞다. 나도 외로움을 느끼곤 하지. 그렇다고 해서 외로움이 나쁘거나 부정적인 것이라고는 생각하지 않는다.

수도사로서 마음속 복잡한 생각과 내면의 갈등을 극복하는 것은 중요한 일이다. 그리고 네 말처럼 혼자서 감당해야 하는 일이고. 하지만 극복하기까지의 과정에서는 다른 사람들과 함께할 수도 있단다. 예컨대 수도원 식구들에게 나의 내적 갈등에 대해 이야기할 수 있는 거지. 물론 누구에게나 다 털어놓는 건 아니고. 수도원에는 속 깊은 이야기를 나눌 수 있는 가까운 친구들이 있지. 게다가 내 경우에는 6주에 한 번씩 정기적으로 심리학자를 만나 상담을 받고 있는데, 나는 그에게도 나를 불안하게 하거나 지치게 하는 것들에 대해 이야기하곤 한다.

수도사로서의 성공적인 삶 혹은 성공적인 신과의 관계 역시 공동체의 영향을 받는단다. 수도사로서의 삶에 대한 선택은 각자 홀로 내린 것이지만, 때로는 공동체가 그 결정을 유지하기 어려울 정도로 수도사들을 힘들게 할 수도 있다. 그렇게 보면 수도사로서의 결심이나 삶 역시 다른 누군가의 영향을 받는다고 할 수도 있다.

라슨 ——— 삼촌은 스스로 외로움을 선택하셨지만 보통 사람들은 외로움과 홀로 남겨지는 것을 두려워하며 괴로워한답니다.

인간 사회의 발전을 연구한 사회학자 야노쉬 쇼빈은 이렇게 결론을 내렸답니다. "사회가 제도적, 경제적으로 발전할수록 가족 및 친지들 사이의 소통과 교류의 기회는 줄어들게 된다. … 우리 사회에는 가까운 인간관계에서 소통의 기회가 줄어드는 경향이 있다."고. 그리고 외로움은 "실패의 오명"을 뒤집어쓰고 있다고.

그런데 외로움이나 고독에는 장점도 있죠. 가까운 사람들로부터의 거절과 비판에 대한 두려움을 느낄 필요가 없는 외로운 사람들은 훨씬 더 창의적이고 도전적일 수 있답니다. 외로움은 익명성이라는 보호막, 무언가를 새롭게 시도하고 도전해볼 수 있는 공간을 제공해주죠.

언젠가 아르헨티나의 한 시골 출신 친구가 뉴욕으로 이사를 오면서 느꼈던 점을 이야기해주었는데요. 주민들이 서로를 너무나 잘 알고 지내며, 늘 안전하고 보호받는 느낌을 받았던 고향 마을을 떠나 뉴욕에 온 그는 대도시의 철저한 익명성에 충격을 받았다고 했습니다. 그러나 곧 얼마 지나지 않아 그는 그 누구의 간섭도 받지 않고 자신만의 길을 걸을 수 있는 내면의 자유로움을 느꼈다고 했습니다. 다시 말해 외로움이 성장과 자기계발의 기회를 제공해준 것이죠.

그런데 외로움을 성장의 디딤돌로 생각하는 경우는 그리 많지 않은 것 같습니다. 설문에 따르면 현대인의 4분의 1은 외로움이나 고독에 대해 두려움을 느낀다고 합니다. 특히 노인, 실업자, 그리고 싱글들이 그렇다고 하죠.

수도원에는 실업자도 없고 모두가 싱글이며, 나이가 들었다고 해서 수도원에서 나가야 하는 것도 아니므로 외로움에 대한 생각도 일반인들과 조금 다를 것 같습니다. 수도원에서는 정해진 시간에 함께 기도를 하거나 식사나 노동을 하기 때문에, 정기적으로 교류하며 지내고 있다고 할 수 있죠.

수도원에서도 일반 사람들이 갖는 그런 외로움을 느끼는지요? 외로움 때문에 괴로워하는 사람들이 삼촌에게 조언을 구한다면 어떤 이야기를 해주실 건가요?

그륀 ─── 외로움이나 고독은 인간이 느끼는 가장 본질적인 특징이다. 나의 일부인 외로움과 화해를 하는 사람만이 다른 사람과도 좋은 관계를 맺을 수 있는 것이다. 외로움에서 벗어나기 위해 다른 사람과의 관계를 필요로 하는 사람은 배우자나 연인, 친구에게 집착하게 되고, 결국 그 관계는 망가지게 되는 거다. 배우자가 있는 사람도 외로움을 느끼는 거란다.

노인, 실업자, 싱글들이 느끼는 외로움은 수도사들이 느끼는 외로움과는 다른 종류의 것이다. 철학에서는 '고립되었다'라고 한다. 대도시에 사는 사람들은 익명성 속에 고립되고 고독해지는 것이다.

외로움을 인정하는 사람들은 외로움을 창의력의 원천으로 활용할 수 있다. 물론 나 자신을 집어삼킬 정도의 절대적 외로움이라면 허용해서는 안 된다. 그러한 외로움은 사람을 격리시킨다고 표현하는 것이 맞을 것 같구나. 일반적인 외로움 속에서 나는 내 자신과 하나가 될 수 있다. '고독[Alleinsein= allein(혼자) + sein(존재한다)]'이라는 단어는 '모든 것과 하나가 된다[all(모든) + eins(하나되다)]'는 의미도 담고 있다. 외로움 속에서 영혼의 가장 깊은 곳으로 들어가 세상 모든 사람들과 하나가 될 뿐 아니라, 하느님의 모든 창조물과 하느님과도 하나가 됨을 느끼는 것이다.

외로움을 고통스러운 것으로 여기는 사람들에게 어떤 조언을 해줄 수 있을까? 그들에게 나는 이렇게 이야기해주고 싶다. 아무도 없는 방에 조용히 앉아 외로움을 느껴보라고. 혼자라는 사실을 마음껏 슬퍼하라고. 그러나 외로움과 슬픔에만 머무르지 말고 외로움과 슬픔을 지나 영혼의 가장 깊은 곳까지 내려가 보라고. 그곳에 도달하면 슬픔보다 더 깊은 곳에서 평화를 느낄 수 있으니까. 스스로 하나가 된다는 것, 고독과 화해를 한다는 것, 모든 사람과 창조물 그리고 세상 모든 존재의 근원이

신 하느님과 하나가 된다는 것이 무엇을 의미하는지 어렴풋하게나마 이해가 될 것이다. 외로움이 여전히 슬픔으로 이어질 수 있지만, 그 슬픔은 나를 내면의 가장 깊은 곳으로 이끌어줄 것이다. 그리고 그곳에서 진정한 평화를 느끼게 되는 거지. 결국 혼자가 아닌, 모든 것과 하나가 되기 때문에 평화를 느끼게 되는 거란다.

라슨 ——— 하나가 되는 느낌, 내면의 진정한 평화, 내면의 고요함과 깊이에 대해 생각하면서 이러한 느낌을 외로움 속에서뿐 아니라 남편과의 관계에서도 느낄 수 있다는 생각이 들었습니다. 되는 일이라곤 없는 우울한 하루를 보내면서, 조금은 화가 난 듯한 표정으로 앉아 있을 때 남편이 제 손을 꼭 잡아주면 그런 느낌이 들곤 합니다. 우울한 그 순간에 어떤 위로가 필요한지 잘 아는 남편이 저를 웃게 만들거나 따듯하게 안아주면, 모든 부정적 감정들이 사라지고 스스로를 좀 더 관대하게 바라볼 수 있게 되며 내면에 평화가 깃드는 느낌을 받는답니다.

부족하고 단점이 많은 나를 사랑해주고 인정해주는 사람이 있다는 사실이 나 자신과의 화해를 가능하게 만들어준답니다. 물론 결과적으로는 그 화해를 제 스스로 완성시켜야 하지만요. 우리는 우리 스스로를 받아들이는 법을 배워야 내면의 고요함과 평화를 찾을 수 있는 그 장소를 발견할 수 있습니다. 삼촌의 말씀처럼 부부 사이에도 외로움은 존재합니다. 바라던 이상적인 남편처럼 내 의견을 존중하고 지지해주기는커녕 어떤 문제에 대해 나와 근본적으로 다른 의견을 고집하는 고집쟁이와 왜 결혼을 했을까, 자문하는 순간들이 있답니다. 배우자가 있지만 혼자인 듯한 시간들이 있지요. 그럴 때는 수도사처럼 철저하게 혼자가 된답니다.

수도사이든 사랑하는 연인이나 배우자가 있는 사람이든, 결국 우리 모두는 자신의 어두운 부분들을 스스로 받아들임으로써 자기 자신과의 화해와 평화에 이르러야 하는지요?

그륀 ──── 네 말이 맞다. 결혼을 하지 않는 수도사들과 배우자가 있는 부부는 공통점이 있다. 자기 자신에 대한 무조건적인 수용이 전제되어야 한다는 점이다. 다시 말해 자신의 어두운 면까지도 수용할 수 있어야 한다는 말이다. 그러나 말이 쉽지. 그것은 각자 자기 자신에 대해 갖고 있는 이상으로부터의 쓰라린 이별을 의미하는 거란다. 우리는 누구나 여유로운 사람이고 싶어 하지, 예민한 사람이고 싶어 하진 않는다. 그렇지만 내 자신을 돌아보면 나는 늘 불만족하고 예민한 사람이었다. 그리고 그 사실을 확인하는 순간, 우리는 자신의 모습에 실망하고 슬품에 잠기곤 한다. 내가 생각했던 이상에 미치지 못하는 사람이었다는 사실에 대해 아파하는 거지. 그러나 그 아픔이 우리를 내면의 고요함, 영혼의 가장 깊은 곳으로 인도하기도 한다. 독일의 정신분석학자인 마가렛테 미처리히는 이렇게 표현했다. "우리의 평범함을 아파하지 않으면 내면은 경직되어 버린다. 자신이 꿈꿨던 이상적인 모습을 보여주지 못하는 아픔을 통해서만 내면의 평화에 이를 수 있는 것이다. 그리고 영혼의 가장 깊은 곳에서 진정한 평화, 자유, 만족, 평정심 그리고 자기 자신이나 자신의 평범함과 연약함에 대한 유머까지 모두 발견하게 된다."

라슨 ───── 수도원에서는 내가 누구인지에 대해, 어떻게 배우고 있는지 궁금합니다. 사실 나를 발견하는 일은 여러 가지 시도와 경험을 통해서 가능한데, 수도원의 일상 속에서는 다양한 시도나 경험이 어렵습니다. 보통 자기를 발견하는 과정 중 자기와 비슷한 상황에 처한 사람이나 또는 자기 영혼에 자극을 주고 자기발견이라는 큰 작품 속에 작은 모자이크 조각을 형성해주는 사람들이 있어서 그들로부터 도움을 받지요.

한번은 가족들과 친구들에게 어떤 종류의 사람과 자신을 가장 동일시하는지 물어본 적이 있습니다.

제 남동생은 아시다시피 자전거 타기에 빠져 있습니다. 그는 평지에서 평범하게 자전거 타는 것을 즐기는 것이 아니라, 가파른 산길을 내려오면서 점프를 하고 온갖 곡예 펼치기를 좋아합니다. 그것도 가능한 속도를 높여서 말이죠. 그러니 튼튼한 자전거뿐 아니라 보장이 잘되는 보험도 필수랍니다. 동생은 괜찮은 직장을 다니고 있어 주변에서 성공했다는 평을 듣곤 하죠. 그래도 자신의 정체성에 대해 물으면 같이 자전거 타는 친구들 이야기를 한답니다. 왜 그럴까요? 동생은 이렇게 말합니다. "자전거 타는 친구들은 다들 같은 영혼을 지니고 있어." 그렇다면 동생은 자기 자신과 그 친구들을 어떻게 묘사하는 걸까요? 자신의 한계를 시험하는 자연 속 사내들이라고 하는데, 가끔은 한계를 넘어 사고가 나기도 한답니다. 삼촌도 최근에 동생이 다리에 깁스를 하고 있는 걸 보셨을 겁니다. 평생 그 위험한 스포츠를 지금 같은 열정으로 지속할 것인지는 알 수 없지만, 지금은 그 위험천만한 자전거 타기와 동호회 친구들이 동생에게 있어 삶의 전부인 듯합니다.

저도 살면서 여러 가지 역할을 시도해보았고, 본질적으로 매우 다양한 종류의 사람들과도 함께했습니다. 그리고 삶의 단계마다 다른 종류의 사람들로 구성된 집단에 소속감을 느끼곤 했는데, 그들은 제 자신이 어떤 사람인지 깨닫게 해주었죠. (뜨개질 동호회 사람들이 뜨개질하는 일을 좋아하는 것처럼) 그 집단에 소속된 사람들의 공통된 관심사나 기호가 아닌, 그 집단에 소속된 사람들의 영혼이 닮아 있다는 점을 통해서요.

삼촌도 아시겠지만 전 달리기를 좋아한답니다. 달리기를 시작하게 된 것은 저 혼자만의 시간이 필요해서였고, 달리기야말로 아이들과 함께하는 시끌시끌하고 복잡한 일상과 대조가 되는 스포츠였기 때문이었죠. 게다가 저만의 목표를 설정하고 그 목표를 체계적으로 달성할 수 있다는 점에서도 매력적이었으니까요. 일상 속에서는 주부로서 제가 설정한 목표가 마음대로 달성되지 않는 경우가 많답니다.

달리기를 하면서 알게 된 사람들은 신선한 공기 속에서 몸을 움직이며 뛰는 것을 좋아한다는 공통점만 갖고 있는 것이 아니었습니다. 그들은 모두 어느 정도의 욕심도 있고, 목표를 달성할 때까지 버틸 수 있는 인내심도 갖고 있었습니다. 안타깝게도 때로는 자기 자신에게 지나치게 엄격하기도 했고요. 저도 어쩔 수 없나 봅니다. 어찌나 병원을 들락날락했던지 재활 의사랑 꽤 친해졌답니다.

저 같은 장거리선수는 다운힐 라이더인 동생처럼 순간적인 아드레날린 분출을 즐기는 것이 아니라, 장시간 힘들게 노력해서 이루는 목표달성의 쾌감을 위해 운동을 하죠. 저도 단시간 내 느낄 수 있는 행복감에 만족할 수 있으면 좋았을 텐데, 그러기에는 겁이 많아 아슬아슬한 순간을 즐기지 못한답니다. 저는 놀이동산의 롤러코스터도 잘 못 탄답니다.

그런가 하면 몇 년 전 친구를 따라 요가 수업에 참석한 적이 있습니다. 그곳에서 저는 그동안 만나보지 못한 부류의 사람들을 만났는데요. 그들은 다른 사람을 평가하지 않고 내면의 소통을 추구하고 극도로 복잡해 보이는 자세와 균형잡기 연습을 통해 자기 자신과 자신의 영혼을 깨워 새로운 깨달음을 받아들이며, 자기 자신과의 '균형점'을 찾는 데 몰두한 사람들이었습니다. 달리기와 요가는 모두 비교적 단순한 운동입니다. 저는 삶의 방식과 사람 역시 소박하고 단순할 때 매력적이라고 생각합니다.

특정 집단이나 역할 또는 활동에 끌리는 이유가, 애초부터 내가 그런 종류의 사람이기 때문인지 아니면 그런 종류의 사람이 되고 싶어서인지는 정확하게 알 수 없습니다. 그러나 서로 다른 사람을 만나고, 다양한 환경을 체험함으로써 스스로를 더 잘 알아가는 것만큼은 확실한 듯합니다.

우리는 다양한 종류의 역할을 '시도해'보고, 그 역할이 불편하거나 내 영혼에 만족감을 주지 못한다면 벗어 던지면 됩니다. 그러나 이러한 시도를 통해서만이 우리는 진정한 자기상을 갖게 됩니다.

그렇다면 삼촌의 경우 어떤 사람과 경험들이 삼촌이 어떤 사람인지, 그리고 인간으로서의 삼촌이 어떤 특징을 갖고 있는지 알게 해주었나요? 다른 사람들이 삼촌에 대해 갖고 있는 생각과 삼촌이 스스로에 대해 갖고 있는 자기상은 어떻게 다른가요? 그리고 시간이 지나면서 삼촌의 자기상은 어떻게 변했나요?

수도원 생활을 통해 다양한 역할을 시도해봄으로써 스스로를 더 잘 알아갈 기회가 있었나요? 아니면 그럴 필요조차 없었나요?

그륀 ——— 내가 누구인지를 가르쳐준 사람들이 궁금한 모양이구나. 우선은 언제나 영성에 대한 그리움을 갖고 계셨고, 자연 속에서 지내는 것을 좋아하시며 자연의 아름다움을 아들에게 설명해주셨던 아버지를 꼽을 수 있겠다. 아버지를 통해 나는 내 안에 존재하는 영성에 대한 그리움을 발견하였고, 신성하고 거룩한 것, 자연의 비밀과 하느님의 비밀에 빠져들게 되었단다. 그다음으로는 첼로 연주와 노래하는 법을 가르쳐주신 오토 선생님을 잊을 수 없단다. 솔직히 첼로나 노래는 모두 수준 높은 단계까지 발전시키지는 못했지만 음악에 대한 관심과 음악이 주는 감동은 여전히 영혼을 울리고 있다. 오토 선생님은 바로 내 영혼의 울림을 깨우신 분이다. 수도원에서는 나와 함께 명상을 하고, 융의 심리학을 4세기 사막의 교부들이 한 경험과 연결시켜 해석하고자 함께 연구한 수도원의 형제들도 언급하지 않을 수 없다. 그리고 네덜란드 출신의 신학자이며 심리학자로 오래전부터 미국에서 활동한 헨리 나우헨 목사 역시 나에게 중요한 사람이다. 그는 나에게 나의 모든 감정, 욕구와 연약함까지도 허용하도록 용기를 주신 분이다.

내 책을 읽거나 내 강연에 참석하는 사람들은 종종 나를 영성의 스승이라고 부른다. 그러나 나는 내가 그런 존재라고는 결코 생각하지 않는다. 나는 그저 끊임없이 찾아 헤매고, 서 있지 않고 계속해서 찾아다니는 사람이다. 나는 지혜를 갖고 있는 것이 아니라 지혜를 찾아다닐 뿐이다. 나는 하느님을 소유한 것이 아니라 그분을 찾을 뿐. 나는 내 자신을 하느님을 찾는 자라고 생각한다. 글을 쓰고 강연을 하는 것 역시 하느님과 인간을 설명하는 데 가장 적절한 언어를 찾기 위한 끊임없는 과정인 것이다.

수도원에서는 다양한 역할을 시도해볼 기회가 있다. 물론 지금도 여전히 다양한 역할을 수행하고 있고. 대표적인 게 서른여섯 해째 재정 담당자로서 수도원의 재정을 관리하고 있다. 다시 말해 300여 명이 소속된 큰 단체를 관리하고 있는 것이다. 물론 즐거운 일이다. 그다음으로 명상과 수련을 하는 수도사로서의 내 삶도 있다. 나는 조용한 나만의 시간을 가지면서 명상하는 것을 즐기고 있다. 나는 수도원의 고요함과 외로움이 좋단다. 또한 창의력을 발휘해 글로 나를 표현하는 작가로서의 나도 있다. 선교사로서의 나도 존재하고. 나는 내가 믿는 것을 다른 사람들도 똑같이 믿게 하는 것을 목표로 선교하지는 않는다. 그러나 갈급한 사람들에게 기독교의 복음을 전하며 미사와 성례가 인간을 치유한다는 사실을 알려주어야 한다는 선교의 사명을 갖고 있다. 나에게 주신 선교사로서의 사명은 사람들의 마음을 움직이고, 사람들의 마음속에 존재하는 가장 깊은 그리움을 어루만질 수 있는 언어를 찾는 것이다. 단지 재정 담당자로서의 역할만 수행했더라면 정말 위험했을 것이다. 그랬다면 나는 수도원의 재산을 불리고 지키는 일에만 몰두했을 테니까. 또 '글 쓰는 사제'로만 살았다면 교만해졌을지도 모르고. 다행히 다양한 역할을 수행함으로써 나는 생명력 있는 삶을 살 수 있었다. 너도 마찬가지일 게다.

라슨——— 그런데 삼촌은 왜 저술가가 되셨어요? 삼촌의 마음속에 어떤 메시지가 있었기에, 그 메시지를 세상과 함께 나누고 싶어서 저술가가 되셨나요?

그륀 ─────── 사실 학창시절에는 내가 저술가가 될 것이라고는 전혀 생각하지 못했다. 저술가로서의 나의 뿌리를 생각해보면, 두 가지를 이야기할 수 있을 것 같다. 우선 나는 사막의 교부들이 남긴 글을 오늘날의 심리학적 관점에서 연구하고 그들의 경험들을 현대인들이 이해할 수 있는 언어로 표현하려고 했었다. 그 결과 나는 기독교 전통이 가진 무한한 자산을 현대인들의 마음을 움직이고 현대인들의 영혼의 지혜가 되도록 언어로 표현하기 위해, 오늘날까지 계속 노력을 하게 되었다. 또 다른 계기는 청소년 강좌로 거슬러 올라간다. 나는 청소년 대상 세미나가 끝날 때마다 참석했던 학생들에게 세미나에서 가장 중요했던 것들을 정리해 편지로 보내주곤 했다. 그때 글을 통해 사람들과 새로운 관계를 만들 수 있다는 사실을 깨달았다. 글을 쓰면서 청소년들과 가까워질 수 있다는 것도 느꼈고. 청소년들은 내 편지를 읽으면서 세미나에서 느꼈던 신뢰와 안정감을 다시 확인할 수 있었던 거다. 글을 통해 낯선 사람들과 관계를 맺고, 세미나나 강연회에 참석했던 사람들에게 다가갈 수 있었던 경험이 나를 저술가의 길로 들어서게 해준 것이다.

라슨 ─────── 삼촌은 일곱 형제의 대가족에서 자랐습니다. 그리고 삼촌의 형제자매는 꽤 '안정적'인 직업을 선택했었죠. 적어도 첫 번째 직장을 선택할 때는요. 그중에서 사제이자 저술가인 삼촌의 직업이 매우 눈에 띄는데요. 어렸을 때부터 다른 형제자매와는 다르다는 느낌이 있었는지? 만약 그랬다면, 그러한 느낌이 삼촌이 수도원에 들어가서 삼촌만의 특별한 길을 선택하는 데 도움이 되었는지요? 자신만의 길을 간다는 것은 한편으로는 외로움, 그리고 익숙한 것으로부터 떨어져 나온다는 것을 의미하는 동시에, 자유를 만끽하며 주어진 틀에 자신을 맞추지 않아도 된다는 것을 의미하는 건지요?

그륀 ──── 어렸을 때 나는 내 형제자매와 내가 서로 다르지 않다고 생각했다. 우선 우리 형제자매는 사이가 좋았다. 그리고 나는 항상 우리 형제자매와 깊은 유대감을 느꼈고. 열 살 때는 다른 형제자매보다 첫 영성체에 큰 가치를 부여하기도 했지. 나는 참신한 아이디어가 많은 아이였다. 그렇다고 해서 내가 우리 형제자매와 어울리지 못한 것은 아니었다. 모두 자기만의 역할을 가지고 있었다. 늘 자유에 목말랐던 마리-루이제 큰누나는 우리의 우상이었다. 누나는 결국 내가 열 살이 되던 해 프랑스로 떠났지. 그땐 누나가 무척 용감하다고 느꼈다. 누나 바로 아래의 페터 형은 오래전부터 아버지의 일을 도와주고 있었다. 그다음 콘라드 형과 나, 그리고 미하엘은 나이 차이가 얼마

되지 않아 친구처럼 많은 것들을 함께했지. 두 여동생인 기젤린데와 엘리자베스는 분명 오빠들 때문에 힘들 때가 많았을 거다. 우리는 서로 달랐지만 늘 형제애가 깊은 하나의 공동체였다. 물론 그렇다고 해서 나만의 계획이 없었던 것은 아니다. 아비투어를 치르기도 전에 수도원에 들어가기로 결심했을 때, 나는 내 형제자매와 의논하지 않고 홀로 결정을 내렸다. 우리는 단단한 공동체의 형제자매지간이었지만, 늘 자신만의 길을 가야 한다는 생각을 갖고 살았던 것 같다. 그 생각은 지금도 변함이 없다. 나는 수도원의 공동체에 소속되어 있지만 동시에 나만의 길을 가고 있다.

라슨 ──── 삼촌은 수도사라는 특별한 직업 때문이기도 하지만, 유명한 저술가가 되면서 형제들 중에 눈에 띄는 존재가 되었습니다. 일반적으로 사람이 성공해서 많은 돈을 벌게 되면 인간관계도 사람도 변한다고 합니다. 삼촌의 경우 벌어들인 수익금 전부를 수도원에 기부했기 때문에 사실 해당되지 않는 이야기겠지만, 삼촌의 성공은 다른 사람과의 관계에 어떤 영향을 주었는지요? 삼촌의 유명세가 형제자매간 관계에도 어떤 영향을 주었는지요?

저술가로서의 유명세 때문에 내가 더 특별한 존재가 되었다고 생각한 적은 없다. 내 형제들을 만나거나 함께 휴가를 보낼 때면, 나는 그냥 평범한 오빠이거나 동생이었다. 내 형제들이 나를 자랑스럽게 여기는 건 잘 알고 있다. 때로는 나의 형이나 동생이라는 사실이 그들에게도 도움이 되거나 긍정적인 영향을 미칠 수도 있다고 생각한다. 그러면 나의 성공을 그들과 함께 나누는 것이다.

형제들과 함께 휴가를 보낼 때면 나는 가족 구성원으로서의 소속감도 느낀다. 나의 경우 돈으로 성공을 평가하기보다 나의 인지도가 평가의 잣대가 되겠지. 그런데 성공이 항상 유쾌한 것만은 아닌 듯하다. 나는 성공한 사람으로서의 역할을 연기하기보다는 그냥 내 원래의 모습 그대로가 좋다. 그러다 보니 나의 성공은 형제자매와의 관계에 별 영향을 주지 않았다고 할 수 있다. 그래서인지 나와 내 형제자매는 여전히 자주 왕래하곤 한다.

풍요로운 삶

삶의 속도는 빨라지고 익명성도 갈수록 확대되고 있습니다.
어딘지 모르게 허전한 삶을 살고 있다고 느끼는 사람들,
풍요로운 삶에 목말라 있는 사람들은 어떻게 해야 할까요?

라슨——— 삼촌이 수도원에 들어가게 되었을 당시의 이야기를
다시 떠올려보고 싶습니다. 사실 저는 신부님이나 수녀님들의
수많은 인터뷰를 보면서 대단히 놀랐답니다. 왜냐하면 그들 대
부분이 처음에는 수도사가 되는 것에 대해 생각해본 적이 없었
다는데, 우연한 기회로 수도원을 방문했다가 마치 고향에 온
것 같은 강렬한 느낌을 받았다고들 했습니다. 삼촌도 그런가
요? 사람들이 수도원에 대해 강한 안정감이나 익숙함을 느끼는

이유가 수도원에서 행해지고 있는 오랜 전통 때문일까요? 아니면 수도원에서 느낄 수 있는 신성함이나 고요함이 사람들에게 안정감을 느끼게 해주기 때문일까요?

그륀 ─── 나는 처음 수도원을 방문했을 때 고향에 온 것 같은 느낌은 받지 못했다. 오히려 그 반대였지. 열 살의 나이로 수도원 기숙사에 입소한 나는 수도원에 살면서 집을 그리워했지.

그리고 아비투어를 치르기 전 나는 수도사가 되기로 결심을 했지. 그 결정은 내가 교회와 사람들에게 기여할 수 있고, 예수님의 복음을 남다른 방법으로 세상에 전할 수 있다는 자신감과 명예욕을 바탕에 둔 것이라 할 수 있다. 규율에 따른 질서 있는 삶에 매력을 느꼈기 때문에 수도원에 들어가기로 결정을 내린 것은 아니었다. 오히려 나는 그러한 삶이 나를 숨 막히게 하는 것은 아닐까 걱정했다. 그리고 몇 년이 지난 후, 내 안에 다양한 감정들을 경험하고 불안감을 느끼기 시작하면서 수도원을 떠나지 않기 위해 수도사로서 다른 동기와 이유들을 찾을 수 있었다. 무엇보다도 외로움과 소속감, 기도와 노동, 공동체에 속한 삶과 세상을 향해 나아가는 공존의 삶이 나에게 생명력을 주었고 내 삶을 풍요롭게 해준다는 확신이 들었던 거다. 그래서 나는 수도원에 남아 있을 수 있었던 것이다. 청년으로서 나는 엄격한 규칙보다는 새로운 것, 더 강렬한 것들에 끌렸던 거다. 오늘날에도 많은 청년들이 수도원의 문을 두드리는데, 대부분이 규칙적이고 엄격한 삶을 추구하며 종교적 공동체 안에서 영성의 길을 보다 신중하고 일관되게 걸어갈 수 있을 것이라고 믿는 사람들이다.

라슨 ——— 지금 사람들에게는 무한한 선택지가 존재합니다. 그리고 그 많은 선택지 사이에서 방황하며 헤매다가 정해진 규칙에 따르는, 조용하고 절제되고 간소한 삶을 꿈꾸며 수도원을 찾는 사람들도 있을 수 있다고 생각합니다. 주변 사람들이 모두 자신의 에너지를 조금씩 빼앗아가면, 결국 자신은 탈진하게 될 테고 자기 자신과의 소통이 불가능해진다는 느낌을 받게 될 것입니다. 그런 상태에서는 영성에 대해 생각할 여력이 없죠. 삶의 속도는 점점 더 빨라지고 익명성도 갈수록 확대되고 있습니다. 진정한 소통이 어려워지고 있죠. 그런 어려움을 겪는 사람들의 경우, 죽는 순간까지 함께할 수 있는 공동체에 소속된다는 사실이 큰 위안이 될 수 있지요.

수도사가 된다는 것은 세상으로부터 벗어나는 것, 즉 극단적인 삶의 전환을 의미할 겁니다. 부도 얻고 유명해져 인생에서 성공했지만 자신은 여전히 불행하며 텅 빈 껍데기에 불과하다고 인터뷰에서 밝힌 변호사를 본 적이 있습니다. 그는 지금껏 자신이 추구하는 삶의 목표에서 완전히 빗나갔다며, 이제는 베네딕토 수도회에서 새로운 삶을 시작해보려 한다고 했습니다. 돈과 명예를 버리고, 엄격한 규칙에 따르는 삶을 살아보고자 한다고 했습니다.

수도원에는 하루 다섯 번의 기도시간이 있는데, 새벽 5시 5분 첫 기도시간으로 하루가 시작된답니다. 그리고 저녁 7시 35분 저녁기도와 함께 수도원의 하루가 끝나게 되는데, 수도사는 하루 세 끼를 먹고 각자에게 배분된 노동시간에 따라 노동을 해야 한답니다. 그 외 개인적인 기도시간을 갖거나, 명상이나 독서를 할 수 있고요. 새벽 5시 5분 첫 기도시간에 참석하기 위해서는 늦어도 4시 45분에는 기상을 해야 한답니다.

저는 정해진 시간표대로 사는 것을 선호하는 사람이지만, 기도와 노동 외에는 특별한 것이 없는 엄격한 수도원의 생활이 단조롭고 갑갑하게 느껴질 것 같습니다. 그래서 수도원에서의 삶이 풍요롭고, 엄격한 시간표에 따른 삶이 오히려 더 많은 자유시간을 준다고 했던 한 수도사의 이야기가 더욱 놀라웠습니다. 물론 다른 수도사가 나를 위해 빨래를 하고 정원을 가꾸며, 나는 공동체 전체를 위해 음식을 준비하는 일에만 신경 쓰면 된다고 하면 명상이나 공부에 몰두할 시간과 여력이 생길 것

같긴 합니다.

그러나 솔직히 풍요로운 삶이라고 하면, 수도원에서의 삶과는 전혀 다른 것을 떠올리게 됩니다. 풍요로움이라고 하면, 예를 들어 따스한 봄날 즉흥적으로 정원에 꽃을 심고 아이들과 함께 소풍 가는 모습을 떠올리게 됩니다. 저에게 삶의 풍요로움은 친구들과 함께 맛있는 음식을 먹으며 아무 걱정 없이 웃고 떠드는 것, 시계를 보지 않고 밤늦도록 친구들과 함께하는 것을 의미합니다. 풍요로운 삶이란 저를 행복하게 해주는 것들로 제 자신을 마음껏 채우는 것을 의미하기도 하죠. 제 영혼을 살찌우고 감각들을 일깨워주는 것들 말입니다. 그게 구체적으로 무엇이냐고 묻는다면, 대답하기 어려울 듯합니다. 매일 달라지기도 하고 세월과 함께 정반대의 것이 되기도 하니까요. 앞에 언급한 수도사와 저는 완전히 다른 풍요로움을 이야기하는 모양입니다.

삼촌은 절제되고 통제된 생활 속에서 살아가는데, '풍요로운 삶'이란 어떤 삶이라고 생각하세요? 어딘지 모르게 허전한 삶을 살고 있다고 느끼는 사람들, 풍요로운 삶에 목말라 있는 사람들은 어떻게 해야 할까요?

그륀 ─── 네 말이 맞다. 수도원에서의 삶은 일상의 복잡함을 뒤로하는 것이란다. 4세기에 사막으로 떠난 이집트의 교부들 역시 그랬다. 그들은 당시 삶을 규정했던, 씨족 공동체 안에서의 삶에 대한 대안을 찾아 떠났던 사람들이다. 기존의 삶에서 벗어나 자유를 추구했던 사람들이다. 모순적이지만 자유를 추구하는 그 행위의 결과는 무엇이든 마음 내키는 대로 하는 그런 삶이 아니라는 거다. 사제가 되기로 한 결심은 정해진 질서에 따르겠다는 다짐이다. 그 질서 안에서 끝없이 반복되었던 다음과 같은 질문들로부터 자유로워지는 것이다. 지금 내 욕구는 무엇인지? 지금 내가 원하는 것은 무엇인지? 질서는 다양한 효과가 있다. 먼저 내 자신이 정돈되는 거다. 때로 너무나 혼란스러운 내 생각과 감정들이 외적인 질서를 통해 정돈될 수도 있고. 그 밖에도 외적 질서를 통해 더 근본적인 것에 집중할 수 있는 자유를 되찾기도 한다. 어느 순간 갑자기 내가 하고 싶은 것을 하는 게 중요한 것이 아니라, 지금 이 순간을 얼마나 충만하게 사느냐가 더 중요한 것이다. 지금 이 순간을 충만하게 살아가고 있다면, 나는 진정한 자유를 누리고 있는 것이다. 그러면 나는 풍요로운 삶을 살고 있는 것이다.

일요일 오후 조용히 방 안에 있을 때면, 나를 위한 이 시간을 어떻게 활용할지 생각하게 된다. 나는 주로 책을 읽다가 졸음이 오면 침대에 누워 음악을 듣는다. 좋은 생각이 떠오를 때면 글을 쓰기도 하고. 때로 조용히 앉아서 명상도 하고. 내 안에 무엇이 꿈틀거리는지? 내 마음 깊은 곳에서부터 느껴지는 이 감정은 무엇인지? 하지만 때로는 아무것도 하지 않고 그냥 시간을 흘려보내기도 한다. 누군가에게 전화를 하기도 하고. 특별한 일은 하지 않는다. 그 시간은 내게 주어진 온전히 나만의 시간이며, 동시에 늘 내 앞에 계시는 하느님의 시간이다.

휴가 때는 일상에서는 전혀 경험하지 못하는 일들을 한다. 자연 속에서 마음껏 산책을 하고, 오랜만에 형제자매와 만나 평소 접하기 힘든 음식들을 실컷 먹으며 떠들기도 하고.

수도원에서의 내 일상은 규칙적인 생활과 강연, 세미나 같은 잠깐의 외출이 전부이다. 강연을 위해 수도원 밖으로 나가면, 종종 길이 너무 막혀서 답답할 때가 있기도 하고. 하지만 그때도 나 혼자만을 위한 시간으로 활용하곤 한다. 바흐의 칸타타나 성가를 듣기도 하지만 때로는 한창 유행하는 세속적인 음악도 듣는다. 외출을 할 때면 만약의 경우를 대비해 휴대폰을 가지고 다니기는 하지만, 약속 시간을 지키지 못해 미리 연락을 해주어야 할 때 빼고는 휴대폰을 꺼놓고 나만의 시간을 갖는다.

사실 자신에게 주어진 시간을 항상 기분 좋은 일을 하며 보내거나, 소위 풍요로운 삶을 위한 것들로 모두 채우기는 쉽지 않다. 우리는 갑작스러운 운명의 장난을 받아들이고, 계획이 뒤틀렸을 때 혹은 내 꿈이 산산조각이 났을 때 그것을 슬퍼하고 수용하는 시간을 반드시 가져야 한다. 슬퍼하고 괴로워하는 시간을 간과하거나 뛰어넘어서는 안 된다. 심리학에서는 슬픔과 애도의 시간을 통해 상실의 고통을 체험하며 영혼의 가장 깊은 곳, 고요한 내면의 공간에 도달한다고 한다. 그리고 바로 그곳이 내 안에 거하시는 하느님이 머무시는 곳이며 내 자신의 안식처이다. 어떤 고통과 슬픔에도 그곳에서는 안도감과 평안을 누릴 수 있다. 그곳엔 상실감이나 상처가 감히 발을 들여놓을 수 없다. 항상 기분이 좋거나 밝아야 한다는 강박과 부담으로부터 벗어나야 한다. 슬픔이나 외로움이 내 마음을 채울 수도 있는 것이다. 다만 그것들로부터 도망치는 것이 아니라, 그것들을 통해 내면의 안정을 되찾을 수 있는 영혼의 가장 깊은 곳으로 들어가는 것이다.

라슨 ——— 오늘날 사람들은 자신의 삶을 물질적인 것들로 풍요롭게 채우려 하고, 진정한 나를 찾는 것은 지나쳐 버린다고 보시나요? 사람들이 좋은 경험이나 추억을 만드는 데 급급해, 희열을 만끽하는 짧은 순간이 지나고 나면 또다시 그런 순간을 찾아 나서는 데 혈안이 된 나머지 진정한 의미의 행복이나 풍요로움은 놓치고 있다고 생각하시는지요?

그륀 ——— 그래. 오늘날 많은 사람들이 자신에게 주어진 기회를 놓치지 않으려고, 계속해서 긍정적 감정을 느끼려고 애를 쓰는 것 같다. 아마도 충분한 관심과 사랑을 받지 못할 수도 있다는 두려움 때문일 것이다. 그런 두려움은 보통 어린 시절에 만들어진다. 어린아이들은 관심과 사랑을 받지 못할까봐 두려워한다. 그리고 성인이 된 이후에도 그 두려움은 계속 따라다니며 주어진 기회를 놓치면, 그러한 상황에 처할 것 같은 두려움을 느끼는 것이다. 사실 주어진 기회를 모두 다 잡으려는 사람은 모든 기회를 제대로 활용하지 못하고 놓쳐버리게 될 것이다. 우리는 종종 감정에 집착한다. 그리고 긍정적인 감정만 느끼고 싶어 한다. 그러나 인간의 삶에는 긍정적인 감정뿐만 아니라 부정적인 감정도 있다. 기쁨이 있으면 슬픔도 있고, 희열이 있으면 비참함도 있는 법이다. 서로 상반된 감정을 모두 허용하는 사람만이 편안해지고, 진정한 기쁨과 자유를 느낄 수 있는 것이다.

라슨 ——— 우리는 풍요로운 삶을 위해 하루하루를 어떻게 보내는 것이 좋은지를 고민하곤 한답니다. 그리고 계획한 대로 하루를 보냈다면, 기쁨과 행복만이 가득할 거라 기대합니다.

제가 만족스러워하는 완벽한 하루는, 해가 뜰 즈음 산책을 한 후 정성스럽게 차려놓은 아침식사를 하고, 행복감에 들떠 있는 아이들과 즐거운 시간을 보낸 뒤 좋아하는 일식집에서 맛있는 저녁식사를 하면서 하루를 마무리하는 것입니다. 마음을 나누는 대화와 따스한 햇살, 사이좋게 놀다가 밤이 되면 침대에 누워서 그대로 잠이 드는 아이들, 기분 좋은 영화 한 편, 그리고 편안한 잠자리. 이런 것들을 가지고 누릴 수 있다면, 만족스러운 완벽한 하루가 되겠지요. 물론 현실에서는 그렇게 완벽한 날은 없습니다. 그런데 신기하게도, 제가 생각한 완벽한 하루의 모습을 다 충족시키지 못했지만 영혼이 충전되어 입가에 미소가 번진 채 잠이 드는 날이 있다는 겁니다.

수도원에서의 완벽한 하루는 어떤 모습인가요? 삼촌의 경우 맛있는 음식이 정성스럽게 차려진 아침식사나 좋아하시는 일식을 즐기는 데 어려움이 있을 듯합니다. 개인의 바람이 전적으로 제한되는 수도원에서의 하루가 내면을 더 자유롭게 해주나요? 엄격한 공동체 생활 속에서 개인의 바람과 욕구들을 억누른다는 건 너무 힘들지 않나요? '나'라는 존재, 어릴 적부터 인정받고 싶어 했던 빌리는 어떻게 되었나요?

그륀 —— 나의 하루는 내가 무엇을 경험했는지의 여부에 따라 완벽하다거나 덜 완벽해지는 것이 아니다. 내가 하루를 얼마나 충만하게 살았느냐에 따라 결정되는 것이다. 나는 저녁이 되면 하루를 돌아보며 감사한 마음으로 두 손 모아 손바닥을 하늘로 향하게 하고 나의 하루를 하느님에게 내맡기곤 한다. 내가 감사한 마음을 갖는 것은 무엇보다도 두 가지 점 때문이다. 하나는 내가 하루를 충만하게 살았다는 점. 나는 매 순간 나 자신과 하느님 안에서 그 순간을 충만하게 누렸기 때문이다. 그렇기 때문에 무언가 특별한 일을 해내거나 경험할 필요가 없는 것이다. 다른 하나는 수많은 사람들과의 대화와 강연을 통한 만남 때문이다. 나와의 대화가 상대방에게 도움이 되었다면, 그리고 상대방이 대화를 마치고 나서 처음보다 더 큰 확신과 희망을 안고 자리를 떠났다면 우리의 대화에 축복이 있었다는 사실에 감사할 수밖에. 강연을 마치고 나면, 사람들의 마음이 움직였다는 사실 때문에 수도원으로 돌아오는 내내 나는 감사함을 느낀다. 대화를 통해 사람들이 힘을 얻고, 강연을 듣고서 감동을 받은 것 역시 내가 어떻게 해서가 아니다. 다른 사람의 마음을 움직이는 말을 한다는 것은 아주 특별한 선물이다. 내 생각과 능력으로 할 수 있는 것이 아니다. 그리고 그런 경험은 나를 겸손하게 만든다. 나는 내가 항상 사람의 마음을 움직이는 바른 말만 한다고는 생각하지 않는다. 나는 나에게 끊임없이 솔직하게 반문해본다. 나를 지탱해주는 것은 무엇인지? 무엇이 나를 살찌우게 하는지? 어떤 말들이 나를 돕고 있는지? 그런 다음 다른 사람들의 마음, 그들의 감정을 헤아려본다. 그들의 마음을 움직이고 감동시키는 것은 무엇인지? 그들은 무엇 때문에 고통스러워하는지? 그들은 무엇을 그리워하는지? 확실하게 대답할 수 없지만, 그들이 처한 상황에 대해서는 공감할 수 있는 것이다.

나는 항상 즐겁고 의욕 넘치는 마음으로 기도시간에 참석하는 것은 아니다. 하지만 특별한 사정이 없는 한, 나는 의욕이 있든 없든 매번 기도시간에 참여한다. 일단 기도시간에 참여하게 되면, 그것이 나에게 유익하다는 사실을 느끼게 된다. 기도를 통해 복잡한 감정들이 정돈되고 내 본래 자리를 찾아가기 때문이다. 나는 기도시간에 나의 공허함, 의욕 없음, 그리고 하느님으로부터 멀어진 나의 모습을 하느님에게 그대로 내맡긴다. 그러고 나면 깨어나서 생명력을 회복하게 된다. 내 감정들도 변하게 된다.

수도원에서의 일상은 어떤 의미를 찾는다기보다는 일치와 조화를 추구한다. (어릴 적부터 갖고 있었던) 그리움, 즉 무엇인가를 이루고 그 결과로 인정을 받고자 했던 나의 욕구는 아이러니하게도 수도원에서 충족되었다. 사실 나는 누군가로부터 인정을 받기 위해 노력한 것은 아니었다. 그러나 내가 저술한 책과 강연들 덕분에 나는 인정받고, 의미 있는 존재로 존중을 받고 있는 것이다. 그러니 감사함을 느낄 수밖에. 동시에 그것이 나에게 올가미가 될 수 있음도 잘 알고 있다. 그래서 나는 사람들이 나에게 부여해주는 의미로 나를 규정하지 않고, 내 내면과의 일치와 조화를 통해 나를 규정하려고 한다.

라슨 ─── 저도 마찬가지예요. 결국 만족스러운 '완벽한' 하루는 제가 무엇을 했는가보다는 제가 느낀 감정에 의해 결정되죠. 감정의 조화, 즉 내 자신 그리고 내 환경과 내가 조화를 이루고 있는지 여부가 중요하죠. 엄마로서 저는 아이들에게 사랑과 에너지를 쏟아야 합니다. 끝없이. 그것은 내면의 저장소가 충분히 채워져야만 가능하답니다. 삼촌의 경우 매일매일 정해진 시간에 자신을 돌아보고 스스로 충전할 시간을 가질 수 있지만, 저의 경우는 조용한 저만의 시간이나 재충전의 시간을 갖는다는 게 쉽지 않답니다. 그렇기 때문에 일상 속 어떤 것들이 마음의 균형을 잡을 수 있게 해주는지 알아야 하죠. 그래야만 아이들에게도 사랑과 에너지를 쏟을 수 있으니까요. 저는 이른 아침이면 조깅을 하는데, 그때가 조용히 생각할 수 있는 저만의 시간이랍니다. 그 이후에 먹는 아침식사는 꿀맛이죠. 거기에 행복해하는 아이들의 미소도 부모인 제게 안도감과 자신감을 준답니다. 좋아하는 일식 레스토랑에도 가끔 갈 수 있겠죠? 사람들은 각자의 욕구와 바람을 갖고 있습니다. 그들에겐 때로 휴식시간이 필요하기도 하고, 생명력 넘치는 추억이나 감각적 욕구를 충전해주는 순간이 필요하기도 합니다.

저의 행복은 남편과 아이들이 행복해하느냐에 따라 결정되고, 반대로 저의 행복이 그들의 행복을 좌우하기도 합니다. 종종 이런 날들이 있습니다. 아이들 중 하나가 호르몬 과다분비로 지나치게 흥분해 놀다가 결국 넘어져 다리를 다치고, 급하게 아침식사를 준비하다가 음식을 태웠는데 날씨까지 우중충해 몸살 기운이 감도는 날 말이에요. 그렇게 시작된 하루를 그래도 기분 좋게 마무리하려면 많은 노력을 해야 합니다. 어렸을 때는 제발 내일은 오늘 같지 않기를 바라면서 잠자리에 든 날이 셀 수 없이 많았습니다. 감정의 조화가 완전히 깨져버린 날들이었죠. 하루 종일 말 한마디 하지 않고, 주어진 일만 겨우 했던 날들입니다. 그런 날들은 감정의 균형이 깨지다 보니 짜증만 나고, 저뿐 아니라 다른 사람들도 저와 함께하기를 힘들어하죠.

서로 불편한 상황들이 자주 연출되었는데, 그럼에도 제가 견딜 수 있었던 것은 친구들이 찾아와 함께 커피를 마시며 자신들에게 일어났던 황당한 사건들에 대해 이야기하면서 웃음꽃을 피우거나, 홀로 조용히 산책을 하며 내 감정과 생각들을 정돈하는 시간들을 가졌기 때문입니다. 삼촌이 조용히 방에 앉아서, 혹은 강연을 가기 위해 운전을 하는 순간과 비교할 수 있는 저만의 재충전의 순간들이었던 것 같습니다.

그러고 보니 삼촌과 저는 완전히 다른 삶을 살고 있다고 생각했는데 공통점이 많은 듯합니다. 삼촌의 일상처럼 저도 매일같이 반복해서 처리해야 할, 사실 그 일이 진짜 하고 싶은지에 대해서는 생각하지도 않은 채, 해야만 하는 과제들이 꽤 많답니다. 저의 일상도 정해진 규칙에 따라, 제한된 틀 안에서 이루어지고 있다고 볼 수 있죠. 우리의 일상이 '특별한 이벤트'만으로 채워질 수는 없습니다.

제가 바라는 저의 '완벽한 하루'는 삼촌의 하루와 크게 다르지 않은 것 같아요. 조화와 균형, 제 자신을 돌아볼 수 있는 시간을 갖는 게 제가 꿈꾸는 완벽한 하루의 조건입니다. 기분 좋은 경험을 하고, 가까운 사람과 대화를 나누며, 그리고 나만의 조용한 시간을 갖는 재충전을 통해 내면이 가득 채워지면 다시 사랑과 열정을 쏟아낼 수 있지 않을까요.

저에게 '완벽한 하루'는 무언가를 해냈다는 성취감을 경험하고, 누군가에게 필요한 사람이라는 느낌 또는 누군가에게 의미 있고 중요한 사람이라는 느낌을 받는 하루를 보내는 것입니다.

그런 느낌이 가져다주는 행복감은 그것을 의식적으로 받아들일 때만 느낄 수 있습니다. 그러기 위해서는 주어진 매 순간을 충만하게 살아내야 합니다.

현재 저는 엄마로서, 무엇보다도 저의 감정과 에너지를 계속해서 누군가에게 쏟아부어야만 합니다. 그러기에 나를 채우는 순간들을 의식적으로 더 느낄 수 있는 듯합니다. '최고의 행복감'을 다시 누군가와 나누고 누군가에게 베풀 필요가 없다면, 행복감으로 충전된 순간도 특별히 즐겁지 않을 것 같습니다. 그런 의미에서 삼촌과 저는 공통점이 많은 듯합니다.

그륀 ──── 네 말이 맞다. 주고받는 것은 적당한 균형을 이루어야 한다. 받기만 하는 사람이나 주기만 하는 사람 모두 건강하지 못하다. 너와 나는 전혀 다른 모습의 인생길을 걷고 있지만, 결국 많은 부분이 닮아 있다. 그런데 한 가지 면에서, 나는 너와 생각이 조금 다르다. 넌 누군가에게 베풀 필요가 없다면, 행복감으로 자기를 채우는 순간도 특별히 즐겁지 않을 것 같다고 했다. 물론 나도 네 말에 동의한다. 주고받는 것은 짝을 이루어야 한다. 그러나 수도사들은 특별한 목적 없이 고요한 마음으로 사물이나 현상을 관찰한다. 내가 조용한 나만의 시간을 갖는 것은, 나를 충전시킨 후 다른 사람들에게 내 에너지를 쏟기 위함이 아니다. 내가 조용한 시간을 갖는 것은 하느님의 말씀을 듣기 위함이다. 그저 하느님과 마주하며 하느님 안에서 고요함을 느끼고 싶은 거다. 고요함 속에서, 나는 그 순간 느낀 것들 중 어떤 것을 다른 이들에게 설명해줄 것인지 또 나를 채우고 있는 것들을 어떻게 나누어줄 것인지를 고민하지 않는다. 만약 그랬다면 나는 하느님을 이용하게 되는 것이다. 개인적으로 나는 주고받는 것에도 균형이 맞아야 한다고 생각한다. 오래전에 아토스산(그리스 동북부 칼키디케반도의 동남쪽 끝에 있는 산. 그리스 정교회의 성지이다 ― 옮긴이)을 두 번 방문한 적이 있는데, 그곳에서 나는 철저하게 고립되어 살아가는 삶에 이끌리게 되었다. 동시에 아직은 그런 삶을 살 준비가 되어 있지 않다는 것도 확인하게 되었다. 오로지 외로움 속에서만 살게 된다면, 나는 아마 내면에서 일어나는 긴장감을 상실하게 될 것이다. 내게는 고요함 속의 외로움도 필요하지만, 복잡하고 시끌벅적한 삶도 경험할 필요가 있다. 그 밖에 순수한 관조의 삶도 존재하는데, 내 안에는 그러한 관조에 대한 목마름이 있다. 초기 수도사들은 고요함 속에서 하느님을 만나기 위해 사막으로 떠났다. 그러나 어느 순간 여기저기서 교부들과 이야기하기 위해 사람들이 몰려왔다. 사막의 교부들은 외부 세계와의 빈번한 접촉으로부터 스스로를 보호하기는 했지만, 그들을 향해 오는 사람들을 거부하진 않았던 거다. 아이러니지.

사람마다 다르겠지만, 나는 종종 생각해본다. 더 이상 강연도 할 수 없고 책을 쓸 수 없을 만큼 나이가 들면, 나는 하느님만 바라보며 살게 될 거라고. 물론 수도원의 형제들과 함께 말이지. 그리고 그때가 되면 나의 모습을 통해 하느님을 엿볼 수 있게 되기를 바라지.

라슨 ──── 저도 동의합니다. 자신을 재충전시키는 것을 다시 다른 사람에게 돌려주기 위한 목적으로 할 필요는 없습니다. 전적으로 자기 자신에게 돌아가기 위해 재충전할 수도 있는 거죠. 그러나 다른 사람들과의 관계 속에서 반복적으로, 나름의 순환이 이루어지고 있죠. 스스로 충전이 된 사람은 긍정적인 기분을 느끼게 되고, 다른 사람에게도 긍정적인 영향을 미침으로써 영감이나 평온함을 선사해줄 수 있습니다. 어쩌면 재충전은 원래는 자기 자신을 찾기 위한 방법으로 시작되었을지 몰라도, 충만해진 영혼은 의도하지 않았다 하더라도 다른 사람들이 나에게 다가오게 만듭니다. 사막의 교부들처럼 말이죠.

삼촌은 처음 수도사가 되었을 당시 조화와 의미, 그리고 능력을 인정받고자 하는 명예욕 사이의 상호작용에 대해서 이야기했습니다. 명예욕을 조심스럽게 즐기라는 이야기처럼 들리기도 했는데요. 사실 명예욕은 지양해야 할 것은 아니죠. 마음 속 깊은 곳에서 무언가를 달성하고 공적을 쌓고 싶은 마음이니까요. 그렇다면 명예욕의 어떤 부분, 어떤 걸림돌 때문에 사람들은 자신의 속마음과 다르게 자신의 가치나 의미를 스스로에게 부여하게 되나요?

그륀 ——— 명예욕이 긍정적인 마음의 태도인 것은 맞다. 과거의 수도사들도 그렇게 생각했다. 명예욕은 스스로를 이겨내고 발전시키며 다른 사람들에게도 기여할 수 있게 한다. 그러나 매사에 명예욕을 동기로 삼는다면, 사람들은 금방 경직되고 완고해질 것이다. 명예욕에 이끌려 사는 사람은 성공만 바라볼 뿐, 사람들과의 만남에는 관심을 두지 않는다. 나를 수도원에 들어오게 만든 명예욕은, 내가 겪었던 위기들을 통해 산산조각이 나고 말았다. 물론 명예욕도 나의 일부이므로 여전히 내 안에는 살아 있다. 그리고 여전히 그 명예욕은 나에게 힘과 에너지를 주는 원천이다. 그러나 더 이상 나를 마음대로 흔들지는 못한다. 나는 명예욕을 나의 성공이나 나에게 부여되는 가치가 아닌, 다른 사람들을 위해 사용하려고 노력하고 있다.

조화로운 삶

가치 있는 사람이 되고 싶은 욕구가 지나치면 내면의 조화를
이룰 수 없습니다. 우리는 왜 외부의 수많은 말들에 귀를 기울이면서,
정작 자신의 목소리는 듣지 못하는 것일까요?

라슨 ——— 제가 경제학 공부를 시작했을 때가 생생하게 기억
납니다. 대다수의 경제학과 학생들은 경제학 공부를 하고 싶다
기보다는 다른 이유에서 경제학을 선택한답니다. 아버지가 운
영하는 회사를 물려받기 위해, 또는 '제대로' 된 직장을 가졌으
면 하는 부모의 바람을 이루어주기 위해 경제학을 선택했던 거
죠. 심지어는 다른 사람들의 바람 때문이 아니라, 경제학이나
법학 또는 의학을 전공해야만 진입할 수 있는 사회적 계층과

집단에 소속되기 위해서 스스로 경제학을 선택한 경우도 있지요. 당시 지금의 남편을 만나지 못했더라면, 저도 그들과 다르지 않았을 거예요. 남편은 대다수의 경제학과 학생들과는 전혀 다른 생각을 가지고 있었어요. 지금 생각해보면, 당시 제가 보지 못한 것들을 볼 수 있게 해준 남편이 정말로 고맙지요.

저는 남편의 제안으로, 한 학기를 휴학하고 남편과 함께 하와이에서 일종의 '스트레스 내려놓기 휴가'를 보냈는데요. 당시 제가 생각했던 인생의 시간표상으로는 휴학을 할 수는 없었지만 하와이로 떠나겠다는 남편의 의지가 대단히 확고했고, 저도 평생 다시 찾아오지 않을 기회인 듯해 남편의 제안을 놓치고 싶지 않았답니다. 그래서 남편이 제안한 긴 휴가를 보내기로 마음먹고, 우리는 휴화산 분화구에서 캠핑을 하고 서핑에 도전하며 파파야 나무 열매를 떨어뜨려 먹기도 하고 해안을 따라 자전거 여행을 하며 보냈지요. 그리고 한 식당에서 파트타임 아르바이트를 구한다고 해서 저녁 때 네 시간쯤 일을 하기도 했어요. 파트타임으로 번 돈은 숙소와 최소한의 생활비를 충당하는 데 충분했었죠. 매주 40시간씩 공부를 해야만 했던 대학생활을 잠시 접고 시간을 잊은 채, 그 어디에도 매이지 않고 지낸다는 것은 정말 환상적인 일이었습니다. 휴가를 마치고 다시 독일로 돌아온 후, 저는 학교 친구들과 어딘지 모르게 맞지 않는다는 사실을 깨달았습니다. 친구들은 비싼 스카프와 세련된 셔츠를 입고 그들만의 무리를 형성하고 있었지요. 그들은 전공 학문에 대한 관심보다도 인정받고 싶은 욕구와 특별한 사회적 집단에 소속되고 싶은 마음에서 경제학을 선택했던 것이었어요.

물론 저도 예외는 아니었습니다. 저는 선천적으로 예술가적 기질이 있었지만, 아비투어를 치른 후 전적으로 예술가의 길로 뛰어들 용기가 없었습니다. 그래서 결국 경제학을 선택했죠. 저는 아이들을 낳고 엄마가 된 후, 자신의 존재에 대한 인정은 외부로부터 주어지는 것이 아니라 자신의 내면에서 시작된다는 사실을 배우게 되었고, 그 과정에서 다시 제 안에 꿈틀거리는 예술가적 기질을 발견하게 되었습니다. 물론 내면에서부터 자신을 인정한다는 것은 말처럼 쉬운 일이 아니었습니다.

의미 있고 가치 있는 사람이 되고 싶은 욕구가 지나치면 내면의 조화를 이루지 못하게 됩니다. 우리는 왜 외부의 수많은 말들에 귀를 기울이면서, 정작 자신의 목소리는 듣지 못하는 것일까요?

그륀 ——— 오늘날 많은 사람들은 타인의 목소리에 귀를 기울인다. 자신의 내면의 목소리를 들을 줄 모르기 때문이다. 자신의 마음속에서부터 들려오는 작은 목소리에 귀를 기울이지 않기 때문이다. 그래서 조화가 깨져버리는 거다. 자기 안에 있는 것과 일치나 조화를 이루지 못하는 것이다. 또 다른 이유는 자신의 가치를 유일무이한 자신의 존재 속에서 발견하지 못하고, 세련된 옷이나 멋진 자동차같이 신분이나 지위를 보여주는 것들 속에서 찾으려 하기 때문이다. 우리가 신앙생활을 하는 이유는 하느님이 우리에게 주신 유일무이한 각자의 모습을 발견하기 위함이다. 물론 자신만의 모습을 발견하는 것은 쉽지 않은 일이다. 나는 내면의 조화가 이루어지고 내 삶이 자연스럽게 흘러갈 때 나만의 모습을 발견하게 된다. 유일무이한 내 모습을 발견하게 되면서, 나는 본연의 나로 돌아가 진정성 있는 내가 되는 것이다. 진정성 있는 나는 스스로 무언가를 입증할 필요가 없다. 나는 그냥 있는 그대로의 나로 존재하는 것이다. 그런 상태에서는 힘들 게 없다.

끊임없이 뭔가를 보여주어야 하는 삶, 다른 사람들에게 사랑받기 위해 또는 다른 사람들이 만나고 싶어 하는 사람이 되기 위해 계속해서 노력해야 하는 삶은 많은 에너지가 필요하다. 그리고 그런 삶을 살다 보면, 나의 삶은 뒤틀리고 다른 사람들의 기대에 맞추는 데 급급해지기 마련이다.

라슨 ——— 다른 사람들로부터 인정받는 것이 성공했다는 증거이고, 성공은 곧 사회나 공동체로부터 사랑받고 있음을 보여주는 증거라고 생각하기 때문에, 타인의 목소리에만 집착하게 되는 것은 아닐까요?

문제는 성공이 저절로 혹은 당연하게 주어지는 것이 아니라는 거죠. 성공과 실패는 숨을 들이쉬고 내쉬는 것처럼 늘 함께합니다. 주식은 가치가 떨어지기 직전이 가장 가치가 높습니다. 사람은 스스로 가장 강하다고 믿는 순간, 공격에 가장 쉽게 무너질 수 있습니다. 저는 우리가 성공과 실패를 서로 동떨어진 것으로 이해하고 있다는 생각이 들었습니다. 우리는 실패한 사람이 적어도 성공하기 위해서 노력을 했었다는 점, 그리고 성공한 사람은 실패에 대한 두려움을 넘어 성공했다는 점을 알면서도 모른 척하려는 경향이 있습니다. 우리는 완벽한 삶을 꿈꾸면서, 완벽은 성공과 실패 사이의 아슬아슬한 줄타기이며 대부분의 경우 무수한 실패 뒤에 찾아온다는 사실을 잊어버리곤 합니다.

우리는 실패를 두려워합니다. 그것은 경제적 이유 때문이기도 하지만, 다른 한편으로는 다른 사람들로부터 부여 받았던 가치와 그들로부터 받은 인정을 잃게 되지 않을까 하는 두려움 때문입니다. 그러나 실패하지 않은 사람은 도전하지 않은 사람

이며 도전하지 않은 사람은 추진력, 열정, 생명력이 없는 무미
건조한 상태에 머물러 있는 사람입니다.

그렇다면 실패에 대한 두려움은 어디에서부터 비롯된 것일
까요? 그리고 실패가 우리에게 선물한 보물은 무엇일까요?

그륀 ─────── 네 말처럼 성공과 실패는 한 쌍이다. 예수님은 탈렌
트의 비유를 통해 설명해주셨다(마태오복음 25장 14 ─ 30절). 성서
에서 두 종은 주인이 맡긴 탈렌트를 두 배로 불렸다. 하지만 마
지막 종은 절대 실수하지 않기 위해 주인이 맡긴 탈렌트를 땅에
묻어 놓았던 것이다. 실패에 대한 두려움으로 안전하게 지키는
것에만 집착한 종은 울면서 이를 갈게 된다. 탈렌트를 불린 두
종은 이윤을 많이 남겼다고 상을 받는 것이 아니라, 도전을 했
다는 사실 때문에 상을 받는 것이다. 도전을 한다는 것은 실패
할 위험을 감수하겠다는 것이다. 나는 수도원에서 운영하는 학
교의 재정이 어려워지자 위험이 높은 투자를 했었다. 당시 나는
이 투자가 실패할 수도 있다는 사실을 잘 알고 있었다. 실패에
대한 두려움이 엄습할 때마다, 나는 실패 위에서 춤을 추는 알
렉시스 조르바(소설 『그리스인 조르바』의 주인공)를 떠올렸다. 실패를
경험해보지 못한 사람은 성공하지도 못하는 법. 아무것도 시도
하지 않는 사람은 아무것도 쟁취하지 못하는 법이다. 도전한다

는 것은 늘 실패할지도 모르는 위험에 노출되어 있다는 것이다. 그리고 실패는 우리의 영성에 도전이 되기도 한다. 실패를 통해 우리는 겸손을 배우게 되고, 성공한 것들에 대해 감사하는 마음을 갖게 된다. 무언가를 이루었을 땐, 그것이 당연한 것이 아니며 항상 선물이라는 점을 깨닫기 때문이다.

독일어로 '실패(Scheitern)'라는 말은 '구분하다(scheiden)'라는 단어에서 유래했다. 밀과 가라지, 빛과 어둠 등이 구분되는 것처럼. 우리는 실패를 통해 진실과 대면하게 된다. 우리가 가지고 있던 환상이나 착각과 이별하는 순간이다. 실패를 맛봄으로써 우리는 삶의 딱딱한 껍데기를 깨뜨리고 우리의 본질을 드러내게 되는 것이다.

물론 실패는 아프다. 그리고 우리는 실패를 통해 패자나 약자로 비웃음을 사고 무시를 당할까봐 두려워한다. 그러나 실패를 받아들이는 사람은 내 안의 진정한 나에게 더 다가갈 수 있게 되는 것이다. 이것이 실패가 주는 보물이다. 실패를 통해 우리는 원래의 나를 만나게 되는 거다. 더 이상 깨지지 않고 그 어떤 폭풍도 견뎌낼 수 있는 내면의 나를.

라슨———— 삼촌은 누구보다 명예욕과 경제적 성공을 추구하는 동시에 실패를 경험하기도 하는 기업이나 기관의 경영자들을 위한 강연을 정기적으로 개최하는 것으로 알고 있습니다. 그들은 주로 어떤 문제로 삼촌에게 조언을 구하나요? 그리고 삼촌은 어떤 조언을 해주시나요?

그륀 ——— 그런 경영자들을 위한 강연에는 진정성 있게 자신의 임무를 수행하고자 하는 사람들이 참석한다. 그들에게는 자신과 직원들의 가치가 충분히 존중되는 기업이나 기관을 만들고자 하는 열망이 느껴진다. 그들은 권위적인 경영자이지만 예민한 직원, 각종 분쟁과 갈등 등 외부로부터 지나치게 많은 영향을 받는다고 하소연하는 경우가 많다. 물론 나는 그들에게 문제를 단번에 해결해주는 속임수나 비법을 전수해주진 않는다. 나는 그들이 무엇보다도 자기 자신과 대면해야 한다고 생각한다. 자신이 직면한 문제를 스스로 느끼고 진정한 나로 존재할 수 있게 되면, 다른 사람들의 기대나 그들의 문제점들로 인해 쉽게 흔들리지 않게 된다. 그렇게 되면 아무리 흥분한 사람들을 마주하더라도 차분하게 대응할 수 있게 된다. 영성 훈련은 자신의 중심을 찾고, 외부의 문제들이 침범할 수 없는 자기 내면의 고요한 공간을 찾도록 돕는다. 물론 함께 일하는 사람들과도 공감해야 한다. 그러나 다른 이들의 기대나 요구가 발을 들일 수 없는 내면의 고요한 곳이면, 나에게 상처를 주는 말들이어도 나는 상처받지 않고 언제든 피할 수 있다. 고요한 공간에서 내면의 자유를 누리는 것이다. 그렇게 되면 나는 다른 사람들의 의견 따위로 내 자신을 정의하지 않게 된다. 외부의 수많은 목소리들이 중요해지지 않는 것이다. 나는 내면의 목소리에만 귀를 기울이면서 균형을 찾게 된다. 하느님이 나에게 선물하신 유일무이한 나의 진정한 모습과 조화를 이루면서.

물론 쉽지는 않을 것이다. 어떤 땐 아무리 노력을 해도, 외부로부터 비롯된 어려움들이 나의 중심을 흔들어 놓곤 한다. 그것 역시 허용해야 하는 거다. 중요한 것은, 흔들렸다 하더라도 다시 고요한 곳으로 돌아가는 것, 나의 원래 모습이자 진정한 내 모습을 발견하고 그 무엇으로도 증명할 필요가 없는 내 영혼의 가장 깊은 곳을 찾아가는 것이다.

라슨─── 혹시 수도원이 그러한 고요한 내면의 공간을 상징하는 건가요? 그래서 그렇게 많은 사람들이 주기적으로 수도원을 찾아 조용한 시간을 보내고 돌아가는 건가요? 사람들은 그곳에서 다른 사람들로부터 평가받지 않고, 내면의 고요함을 경험하며 자기 본연의 모습을 회복하는 건가요?

그륀─── 수도원을 두터운 담장으로 둘러싼 이유는 수도원의 고요함을 보호해주기 위해서다. 물리적 고요함은 복잡하고 시끄러운 생각들 아래, 그러니까 영혼의 가장 깊은 곳에 존재하는 내면의 고요함으로 찾아갈 수 있게 해주는 거다. 그곳에서 우리는 평가받지 않는다. 끊임없이 수도원을 찾는 방문객들 역시 고요하고 평온한 상태에 대한 그리움 때문에 수도원을 찾는 거란다. 그들은 수도원의 물리적 고요함이 평온한 상태를 회복하는 데 도움이 된다고 믿는다. 사실 수도원은 물리적 고요함만 제공하는 데 그치지 않는다. 그 누구도 평가하지 않는 수도원의 분위기도 도움이 되고 있다. 수도원의 분위기는 '어머니의 품'과 비교될 수 있다. 우리가 자연 속에서 편안함을 느끼는 것 역시 자연이 어머니의 품과 유사한 특징을 갖기 때문이다. 우리는 어머니의 품 안에서는 평가받지 않는다. 수도원에서도 마찬가지다. 우리는 평가받지 않는다. 명예욕이나 성공욕을 수도원 문 앞에 내려놓고 들어설 필요는 없다. 수도원에 들어와 수도원의 분위기를 느끼는 순간 내 안에 꿈틀거리던 성공욕은 힘을 잃게 된다. 그렇게 되면 다른 사람에게 잘 보이기 위한 노력은 하지 않아도 된다. 스스로를 평가하거나 다른 사람들로부터 평가받지 않으면서, 있는 그대로의 모습으로 존재해도 된다는 사실을 만끽하면 되는 것이다.

성공, 명예욕, 만족

도대체 성공이란 무엇인가요?

존재 자체만으로도 만족스러워하고, 자신의 한계를 인정하며

욕심부리지 않는 사람들이야말로 더 '성공적'인 게 아닐까요?

라슨 ——— 사실 전 잘 모르겠습니다. 어쩌면 우리가 성공과 명예욕을 잘못 정의했는지도.

저는 삼촌이 선택한 수많은 제약과 종교적 임무를 띤 수도원에서의 삶 역시 명예욕에서 비롯된 게 아닐까 생각합니다. 솔직히 삼촌의 선택이야말로 그 어떤 것보다 큰 명예욕에서 비롯된 결정이라고 봅니다. 그러나 그런 삼촌이라도 좋아하는 메뉴가 언제쯤 나올지 전혀 예상할 수 없음에도 불구하고 식사 시

간마다 감사하는 마음을 가져야 하고 개인적인 바람들을 불필요한 것들로 치부하는 법을 배우면서 종종 한계에 부딪혔을 거라 생각합니다. 물론 시간이 지나면서 최소한의 것만 바라는 것에 익숙해질 수도 있겠죠? 욕구에 무심해지는 단계에 이르면 내면의 자유를 느끼게 될 것이라 생각됩니다. 그래도 청년으로서 많은 부분을 포기하고 자제한다는 것은 분명 매우 어려운 일이었을 것입니다.

명예욕은 의식적으로 자신의 한계에 부딪히고 스스로를 시험함으로써 자기 자신을 더 잘 알아가고자 하는 마음도 포함한다고 생각합니다. 그런 의미의 명예욕은 결핍에서 비롯되어 일어나는 명예욕과 달리 일종의 자기발견으로부터 발생하는 것이라고 할 수 있죠.

그렇다면 두 종류의 명예욕 모두 우리를 성공으로 이끌어줄 수 있을까요? 도대체 성공이란 무엇인가요? 존재 자체만으로도 만족스러워하고, 자신의 한계를 인정하며 욕심부리지 않는 사람들이야말로 더 '성공적'인 게 아닐까요?

그륀 ——— 과거 수도사들은 명예욕을 긍정적 에너지로만 이해했다. 명예욕은 스스로를 발전시키는 동력이라고. 수도사들은 자신을 다스리고, 자율적으로 생활하며 욕구에 이끌려 다니지 않는 삶을 통해 명예욕을 실현한다고 믿었다. 독일어로 명예욕 (Ehrgeiz)은 원래 명예, 존경, 인정 등에 대한 탐심을 뜻한다. 명예욕은 목표 달성을 가능하게 하는 것이다. 그리고 목표 달성은 곧 성공을 의미하고.

성공한다는 것은, 그 자체로 나쁜 것이 아니다. 문제는 무엇으로 성공하기를 바라는가다. 오늘날 대다수의 사람들은 가능한 많은 돈을 벌어 부를 축적하고, 그것을 과시하고자 하는 욕심에 가득 차 있다. 거기에 유명해지기까지. 텔레비전을 보면 알 수 있다. 수많은 사람들이 자신의 실수나 약점까지도 거침없이 이야기하면서 어떻게 해서든 주목을 받으려 애쓰는 모습을 볼 수 있다. 그러나 늘 외적인 명성에만 목말라 있는 사람들을 보면 불편해지고 민망해진다. 그런 사람들은 진정한 자기와 동떨어져 있다는 인상을 준다. 많은 사람들이 자신을 바라보며 자신을 인정할 때에만 자기 자신을 느낄 수 있기 때문이다.

반대로 명예욕이 전혀 없는 사람은 삶의 동력도 없는 사람이다. 융은 사람은 인생의 중반에 이르기까지는 명예욕이 있어야 무언가가 될 수 있다고 했다. 그리고 그 이후에는 다른 삶의 태도가 필요하다고 했다. 인생의 중반에 이르러서는 그냥 존재하는 법, 진정성 있는 존재가 되는 법, 내면에 집중하는 법, 그리고 외적인 부에 집착하는 대신 영혼의 풍요로움을 발견하는 법을 배워야 한다는 것이다. 융은 변화를 가로막는 가장 큰 걸림돌은 성공적인 삶이라고 했다. 그것은 지속적으로 외적인 성공을 이룬 사람은, 자신의 내면을 더 깊이 들여다보며 하느님이 자신에게 준 본연의 모습을 회복할 필요를 느끼지 못하기 때문이다.

물론 수도사가 된다고 해서 하루아침에 명예욕이 사라진 것은 아니다. 내가 가진 명예욕도 변했다는 생각이 든다. 나는 애초에 부자가 되거나 유명해지고 싶은 마음은 없었다. 그러나 수도사의 길로 들어선 이후에도 몇 년 동안은 좋은 수도사가 되고, 엄격한 생활을 몸에 익히고, 스스로를 다스릴 수 있으며 예수님의 형상을 닮아가는 사람이 되고픈 욕심은 있었다. 아마도 네가 말한 자기발견을 의미하는 명예욕일 것이다. 공부를 하게 되면서부터 좋은 성적을 받고 싶다는 욕심보다는, 현대인들의 그리움을 불러일으키며 마음을 어루만져주는 언어로 예수님의 복음을 전할 수 있는 사제가 되고자 하는 마음이 더 컸던 것 같다. 나는 그 욕심을 채우기 위해 많은 책을 읽었다. 특히 마르틴 하이데거, 알베르 카뮈, 칼 야스퍼스, 장 폴 사르트르, 에른스트 블로흐 같은 철학자나 소설가의 책들을 탐독했다.

그리고 그 명예욕은 오늘날까지 글을 쓰는 나로 하여금 다음 질문들에 대해 계속해서 생각하게 만들었다. 무엇이 나를 지탱해주고 있는가? 무엇이 사람을 움직이게 하는가? 인간이라는 존재의 비밀, 그리고 하느님의 비밀로 향하는 문을 열어주는 언어는 어떻게 발견할 수 있는가? 나는 이러한 명예욕이 곧 긍정적인 에너지라고 믿고 있다. 물론 오로지 명예욕을 통해서만 나를 규정하려고 한다면 위험해지겠지만.

만족감도 비슷한 것이다. 인간이라는 존재의 궁극적 목표는 본질과 자신의 삶이 조화를 이루는 것이다. 내 자신과의 조화가 이루어지면 내가 축복의 원천이 되어 주변 사람들에게까지 축복을 확산시킨다. 그 결과 내 삶은 풍요로워진다. 그러나 자기만족감에 빠진 사람들도 있다. 그런 사람들은 주변에 별로 영향을 주지 못하고 주변 사람들에게까지 평화를 확산시키지 못한다. 자기만족감에 빠진 사람은 나르시시즘적이고 자기중심적으로 자기 자신만을 맴돌 뿐이다. 다른 사람은 어떻게 되든 나 자신만 만족스러우면 된다는 것이다. 어떤 태도이든지 적당한 정도가 중요하다. 명예욕이든 성공에 대한 욕구이든 만족감이든, 그 정도가 중요하다. 성 베네딕토는 중도를 아는 지혜가 모든 덕행의 어머니라고 했다. 중도를 아는 지혜, 즉 분별력이 있어야 한다는 것이다. 분별력은 삶의 한 태도로, 자기 자신과 다른 이들에게 축복이 되는지 혹은 피해를 주는지를 판단할 수 있는 능력을 말한다.

삼촌은 저술가로서도 크게 성공했습니다. 삼촌의 창의력과 자기통제, 인내는 감탄을 자아내게 하기에 충분합니다. 적어도 제삼자에게는 삼촌의 삶이 성공적으로 보입니다. 그런데 삼촌은 성공이 변화의 가장 큰 걸림돌이라고 하는 융의 말을 인용하고 있습니다. 지속적인 성공과 내적인 변화가 수도원에서만 동시에 존재할 수 있다고 생각하시는지요? 삼촌이 수도사가 되지 않았더라도 지금과 같은 성공을 꿈꿨을까요?

성공 자체는 목표가 될 수 없습니다. 단지 노력의 결과일 뿐. 성공은 우리를 부정적으로 변화시킬 수도 있고, 계획하지 않은 방향으로 우리의 삶을 끌고 갈 수도 있습니다.

삼촌의 경우 성공을 했든 그렇지 않든, 일상이 달라지지 않는다는 것은 잘 아실 것입니다. 수도사인 삼촌은 책 판매나 강연을 통해 번 돈을 개인적으로 축적하지 않기 때문에, 다른 이들로부터 시기를 받지 않아도 된다는 사실도 잘 알고 있을 것입니다. 1961년에 상영된 영화 〈허슬러(the hustler)〉가 기억납니다. 미국의 영화배우 폴 뉴먼이 도박 당구의 내기꾼인 '에디'를 연기했던 영화인데요. 내기 당구에서 크게 패한, 냉철한 도박사 버트 고든은 에디에게 이렇게 말합니다. "이기는 것은 지는 것만큼이나 위험한 일이야. 그래서 그것을 감당할 수 있는 사람은 거의 없는 거지."

삼촌의 경우 성공을 했다고 해도, 다른 사람들처럼 성공 이후의 삶이 크게 달라지는 것이 아니라는 사실을 잘 알고 있기 때문에 주어진 일에 온전히 몰두할 수 있는 것인지요?

그륀 ——— 나는 한 번도 인생의 성공을 목표로 애쓰지 않았다. 저술가의 삶도, 글 쓰는 게 즐거웠을 뿐이다. 종종 색다른 도전에 맞닥뜨리면 (예컨대 출판사나 TV 방송국에서 출간 또는 출연 의뢰가 들어오면) 흥분이 되기도 했다. 그러나 나는 성공하기 위해 어떤 것을 계획한 적은 없다. 그들의 의뢰에 그냥 응하기만 했을 뿐이다. 다른 저술가들이나 강연자들을 만나보면, 성공의 올가미에 걸려들 위험이 있지 않을까 하는 생각이 들 때도 있었다. 왜냐하면 그들이 시간이 지나면서 점점 자기 자신에 대해 무비판적으로 변하기 때문이다. 이미 성공의 맛을 알아버렸기 때문이기도 하고. 그리고 그들은 자신들이 살아 있다는 사실을 확인하기 위해 성공해야 했다는 인상을 줄 때도 있었다. 자존감을 갖기 위해 자신들을 응원해주는 팬덤이 필요하기도 했던 듯하다. 나도 성공의 유혹을 느껴본 적이 있다. 그러나 나는 그렇게 변해버린 사람들을 너무나 많이 봐왔기 때문에 그들을 거울로 삼았다. 그들의 모습에서 내 모습을 보았던 것이다. 나는 성공으로 취할 수 있는 그 위험에 빠지지 않기를 바랄 뿐이다. 그런 위험이 늘 내 주위에 도사리고 있기 때문이다.

　나는 내가 이룬 성공을 경제적 결과로 정의하지 않는다. 나를 통해 얻게 된 경제적 부라도 그건 수도원의 것이니까. 그러나 내 안에는 가끔, 내가 수도원에 얼마나 많은 경제적 혜택을 주었는데 식의 자랑과 교만이 고개를 들기도 한다. 그런 생각이 들 때면, 나는 이렇게 답하곤 한다. "저를 통해 이루어지는 모든 것에 감사합니다." 나는 내가 이룬 그 모든 일들이 나만의 공로로만 이루어진 것이 아니라는 것을 잘 알고 있다.

　나는 종종 시기심과도 마주하게 되는데, 나를 비판하는 사람들에게서 그런 느낌을 받곤 한다. 한 번은 한 여성이 이렇게 말하더구나. "왜 강연을 하나요? 신부님도 결국은 자기 자신만을 위하고 있는 거잖아요. 그냥 수도원에 계세요." 이런 이야기를 들을 때면 나도 기분이 좋지 않다. 그러나 나는 불만족스러운 표정의 그녀의 얼굴을 보았다. 그녀는 자신의 삶이 뜻대로 되어가지 않고, 아무도 자신을 존중해주지 않으니 나를 시기하고 있는 듯했다. 나에게 시기심을 느끼는 사람 앞에서, 나를 낮추거나 혹은 내가 성공한 것에 대해 미안한 마음을 갖는다고 그 감정이 해소되는 것은 아니다. 시기심은 그것을 느끼는 사람이 스스로 해결해야 하는 문제이니까.

　수도원에서의 반복된 일상은 나에게 생명력을 준다. 그리고 그 일상은 나에게 성공이 아닌, 내가 나아가는 길 그 자체가 의미 있음을 깨닫게 해준다. 물론 성공은 사람들을 안주하게 만드는 위험을 안고 있다. 내가 사용하는 언어야말로 완벽하다는 착각에 빠질 위험을 안고 있다. 사람들에게 어떤 말로 다가설 수 있는지 안다고 믿게 되는 것이다. 성 베네딕토는 평생 동안 진정한 의미에서 하느님을 추구했던 수도사였다. 나에게도 큰 도전과제이다. 내게 주어진 길을 끊임없이 걸어가는 것, 하느님이 어떤 분인지 또 내가 누구인지, 인간과 하느님의 비밀은 무엇인지 계속해서 찾는 것이. 오스트리아의 작가 페터 한트케는 이렇게 말했다. "글 쓰기는 본질, 즉 모든 것의 이면에 숨겨져 있는 진실로 향하는 문을 열기 위한 열쇠를 끊임없이 찾는 행위이다." 나는 본질과 존재를 감지할 수 있게 해주는 새로운 언어들을 찾는 것을 매우 중요하게 생각한다.

라슨 ——— 삼촌은 명예욕과 성공에 대한 욕구, 시기와 비판에 대해 이야기했는데, 네 가지 모두 인간의 내면에 깊이 뿌리내리고 있으며 무엇보다 인간의 생존에 대한 두려움이나 염려와 연결되어 있다고 생각합니다. 우리는 치열하게 경쟁하는 사회에 살고 있고 우리 사회는 더 좋은 것, 더 멋지고 화려한 것을 추구하고 있죠. 그리고 이러한 사회 변화에 빠르게 적응하지 못하는 사람은 불쾌한 기분을 느끼며 시기심으로 반응하게 됩니다. 물론 이러한 변화를 따르려 하지 않는 사람들도 있는데, 예술가들 중에 그러한 사람들이 있습니다. 그들은 보통 사람들과 다르다는 이유로, 웃음거리가 되거나 비판의 대상이 되기도 합니다. 인간은 오래전부터 늘 그래 왔겠죠? 그런데 삼촌의 경우 수도원이라는 안전한 공간에서, 성공해야 한다거나 돈을 많이 벌어야 한다는 압박으로부터 자유로운 공간에서 오롯이 삼촌의 재능에만 집중할 수 있지 않았나요?

오늘날 많은 사람들은 자신의 영혼과 끊임없이 타협하면서 살아가고 있습니다. 원래는 요리사가 되고 싶었지만 가족과 함께할 수 있는 시간을 갖기 위해 요리사를 포기한 가정주부의 경우도 그렇습니다. 또 연기자나 음악가가 되고 싶었지만 자식의 뒷바라지를 위해 안정된 수입이 보장된 다른 직업을 택한 가장들도 마찬가지입니다. 홀로 자식을 키우는 사람의 경우 반나절 근무를 하고도 아이를 충분히 양육할 수 있을 정도의 소득을 보장받을 수 있다면, 어떤 일이라도 가리지 않을 것입니다. 이런 사람들은 자기 영혼의 만족이나 영혼과의 온전한 일치보다는 생존이 우선인 거죠.

이처럼 자신의 영혼이 원하는 삶을 살지 못하는 사람들의 좌절로부터 시기와 비판이 생겨나는 것은, 어찌 보면 당연한 일이라고 할 수도 있습니다. 자신의 영혼과의 타협은 그렇게 쉽게 이루어지지 않습니다. 그러니 자신이 내린 결정에 대한 합당한 이유를 찾기 위해 무엇이든 하게 되는 거죠.

삼촌에겐 그런 타협이 필요 없었을 거라 생각합니다. 그러나 삼촌 역시 포기하거나 양보해야 할 것들이 없지는 않았을 거예요. 인간과 하느님의 비밀을 탐구하는 대신에 가족, 개인 소유물, 그리고 자유로운 일과를 포기하신 셈이니까요. 삼촌의 긴 수염이 없었다면, 모두 검은 사제복을 입은 수도사들 사이에서 삼촌을 한눈에 알아보지 못했을 겁니다.

아시다시피 여자들은 옷이나 장신구를 통해 자신을 표현하기를 좋아합니다. 요즘에는 남자들도 외모를 통해 자신을 드러내 보이려고 하죠. 예컨대 은행원들은 세련된 옷차림 때문에 은행 밖에서도 쉽게 구분이 됩니다. 디자이너를 꿈꾸는 이는, 자신이 입고 있는 옷을 통해 재능을 뽐내기도 합니다.

삼촌은 처음 사제복으로 옷을 갈아입을 때 기분이 어떠셨는지요? 자신만의 개성을 포기하고 수많은 수도자들 가운데 하나가 된다는 것은 어떤 기분인가요? 겉치레를 벗어던지고 내면에만 집중할 수 있게 되나요? 나를 더 이상 외적으로 드러내지 못하게 되면, 내 영혼은 어떻게 되나요? 어떻게 해야 자신을 드러내는 것이 제한되더라도 개성을 지키며 살아갈 수 있을까요?

그륀 ——— 옷차림으로 다른 사람과 나를 구별하고 싶은 마음이 나도 없는 것은 아니다. 그러나 늘 똑같은 사제복을 입게 됨으로써, 옷을 고르는 데 시간을 많이 들일 필요가 없어 다행이라고 생각한다. 물론 일상적인 일을 할 때는 평상복을 입기도 한다. 사제복 이외의 옷들은 모두 선물로 받은 것들이다. 나는 가족들이 사준 스웨터를 즐겨 입는다. 사실 나는 어떤 옷이 어떤 상황에 잘 맞는지, 또 상하의를 어떻게 입어야 서로 잘 어울리는지 등에 감각이 없는 사람이다. 그래서 사제복이 있어 얼마나 다행인지 모른다.

그렇다고 해서 개성을 완전히 포기한 것은 아니다. 수도원에서 생활하는 수도자들은 다섯 번의 기도시간, 식사시간, 각종 모임 때문에 늘 공동체 구성원들과 함께하고 있다. 그러니 더더욱 개성이 필요하다. 나는 공동체 안에 속해 있지만 나만의 내적 길은 홀로 걸어가야 한다. 그리고 그 길을 가는 데 있어서 책임도 전적으로 내 몫이고. 내가 생각하고 느끼는 방식을 누군가가 가르쳐줄 수는 없는 것이다. 이 부분에 있어서만큼은 완전히 자유롭다고 할 수 있다. 내가 쓴 글은 누구도 검열하지 않는다. 나는 내가 느끼는 대로 무엇이든 쓸 수 있고, 누구의 허락이나 동의를 구할 필요도 없다.

대화를 하다 보면 자신의 꿈대로 살아가지 못하는 사람들이 많다는 사실을 깨닫는다. 그럴 때면 나는 내가 엄청난 특권을 누리는 듯하다. 나는 그런 사람들과의 대화를 통해 개성이라는 것이 자신이 원하는 직업을 통해서만 실현되는 건 아니라는 사실을 강조한다. 내가 선택하지 않았더라도, 내 의지와 상관없이 주어진 상황에서도 나는 온전한 나로 살아갈 수 있다. 무엇이 나를 나답게 하는지? 진정한 나는 누구인지? 무엇으로부터 나는 나 자신을 정의하는지? 이런 근본적인 질문들에 대한 해답을 찾으면 되는 것이다.

다시 말해 나를, 직업을 통해서 또는 사회적 역할을 통해서 정의하는 것이 아니다. 내 안에는 특별한 무언가가 존재한다. 그것은 그 누구도 빼앗아갈 수 없는 거다. 수도사의 경우 외적으로 거의 동질적인 공동체 안에서 살아가고 있기 때문에 자신을 외적으로 내세우기보다, 내면에서 자신의 유일무이함을 발견하고 가장 깊은 곳에 있는 존재의 본질을 찾아 발현시켜야 하는 것이다.

라슨 ——— 내면 속 존재의 본질을 성공적으로 찾는 것이 외적인 보여주기를 완전히 포기할 때에만 가능한지 궁금합니다. 저는 다양한 외적 스타일을 시도하는 과정에서 제 안에 숨겨져 있는 다양한 면들을 발견한 적도 있습니다. 외적인 표현방식에 따라 제가 가진, 예술가적 기질 등이 드러나기도 했죠. 반대로 다양한 자신의 모습을 발견하고, 그것을 옷이나 장신구 등의 외적인 표현방식으로 강조하는 것은 재미있는 일이기도 합니다. 저는 십 년 전에 입었던 스타일의 옷을 지금은 입지 않습니다. 아마 십 년 전에 지금 입는 스타일의 옷을 권했어도 분명 거부했을 것입니다. 유행하는 스타일 때문이라기보다는, 여성으로서 저는 십 년 전에 비해 성장하고 변했기 때문입니다.

우리가 무의식적으로 매일같이 보여주고 있는 이 패션쇼는 사회심리학적 이유에서도 무의미하지 않습니다. 상대방의 외적 모습을 통해서 우리는 상대가 대화를 나누고 싶은 사람인지 아닌지, 나와 통할 사람인지 아닌지, 클래식과 전통을 중시하는 사람인지 아니면 자유로운 예술가의 영혼을 가진 사람인지 판단할 수 있습니다. 우리는 우리 존재의 특성을 보여주며, 간판이라고 할 수 있는 외모가 한편으로는 특정 집단에의 소속감을 느끼게 해주며, 동시에 다른 사람들로부터 우리를 명백하게 구분해준다고 믿습니다. 수도사들의 경우 모두 동일한 사제복을 입고 있기 때문에 수도원 안에서는 똑같아 보이며, 수도원 밖에서는 같은 공동체의 일원임을 알아차릴 수 있습니다.

그렇다면 개성이 드러나는 옷과 장신구, 화장과 기타 사치품을 포기하고 거부함으로써 진정한 자기 자신, 즉 내면의 본질을 발견할 수 있다고 믿는 건지요? 성 베네딕토는 이 문제에 대해 어떻게 이야기하고 있는지요?

그륀 ───── 사제복은 초기 수도사들에게 대단히 중요한 것이었다. 사제복이 수도사에게 수도사로서의 정체성을 부여했기 때문이다. 네가 설명한 것과 크게 다르지 않다. 너는 우아함과 예술가적 분위기의 특별한 조화를 사랑하는 안드레아라는 너의 정체성을 네가 입는 옷을 통해 표현하기 위해 특정 옷을 선택하잖니. 수도사들도 외적 모습을 통해 정체성을 강조하려고 한다. 가장 대표적인 것이 옷이다. 생활방식도 마찬가지다. 너는 전형적인 미국의 생활방식과는 구별되는 너만의 생활방식을 정립했다. 넌 독일의 생활방식을 그대로 고수하지는 않는다고 했다. 너만의 패션 스타일, 주거와 식생활 방식, 여가시간을 활용하는 방식, 그리고 네가 중요하게 생각하는 것 등 모두 너만의 독특함을 보여주고 있다.

중요한 것은 그러한 외적인 것들이 내면의 정체성을 그대로 표현해주어야 한다는 것이다. 만약 외형적인 것들로만 자신을 정의한다면, 예를 들어 부족한 자존감을 가리기 위해 비싼 옷을 입어야만 한다면 아무 의미가 없다. 그런 경우 외형과 내면이 분리되어 모순이 일어난다. 그러나 외적인 모습이 내면을 그대로 보여주고 있다면, 그것을 통해 내면은 더 안정감을 찾게 된다. 외적인 모습이 내면에 더해지면서 더 진정성 있게 살아갈 수 있는 것이다.

융은 이렇게 말했다. "부는 그 자체로 나쁘지 않다. 그러나 자신이 쓰고 있는 가면을 더 두껍게 만들려는 경향이 있다. 그 결과 부는 우리를 우리의 마음에서부터 멀어지게 만든다."

한 여성이 나를 찾아와 경제적으로 큰 성공을 이룬 남편에 대한 이야기를 한 적이 있다. 그 여성은 부자는 되었지만 남편과 진짜 속마음을 나눌 수 없게 되었다는 것이다. 남편은 오로지 돈, 권력, 그리고 섹스에만 관심을 보인다는 것이다. 남편이 성취한 부와 성공은 결국 남편을 자신의 마음에서 멀어지게 만들었던 것이다. 그렇다고 해서 돈이 없거나 좋은 옷을 입지 못할 때에만 본래의 마음을 되찾을 수 있다는 것은 결코 아니다. 내가 말하려고 하는 것은 외적 모습과 내면의 관계가 올바르게 형성되어야 한다는 것이다.

돈, 소유, 노동

완벽한 배우자, 완벽한 직업, 사랑스러운 아이들, 넓은 집 등
완벽한 삶에 대한 갈망이 혹 불행으로 가는 지름길이 아닐까요?
삼촌은 수도사로서 자기만족을 이루고
행복해지려는 사람들의 몸부림을 어떻게 보는지요?

라슨 ——— 삼촌은 책을 쓰고 강연을 해서 많은 돈을 벌었습니
다. 신부가 아니었다면 부자가 되었을 텐데, 삼촌에게 부는 어
떤 의미가 있는 건가요?

그륀 ——— 나는 수도원의 재정 담당자로 재정에 신경을 써야
한다. 규모가 큰 수도원을 정기적으로 보수하고 수많은 직원들

에게 임금을 주기 위해서는 항상 돈이 필요했던 것이다. 부를 축적하기 위해서가 아니라 안정적인 미래를 위해서 필요하다.

그래서 충분한 돈을 버는 것은 중요하지만, 부 그 자체는 나에게 아무런 의미가 없다. 나는 돈을 벌 수 있어서 기뻤다. 하지만 내 개인적으로 돈이 필요하지는 않다. 나는 소박한 가정에서 자라서 검소함이 몸에 배어 있다. 재산을 불리고 값비싼 물건을 사는 것은 나와는 거리가 먼 얘기다.

많은 사람들이 내가 쓴 책을 읽고 강연을 들으러 오는 것은 참 감사한 일이다. 하지만 그것으로 내가 돈을 얼마큼 벌었는가보다는 사람들의 마음을 얼마큼 움직였는가가 나에게는 훨씬 더 중요하다.

라슨 ——— 삼촌도 저도 부유한 나라에서 살고 있습니다. 단순히 먹고사는 문제에 급급하지는 않는 나라들이라고 할 수 있죠. 그래서 정말로 중요한 문제라고 생각하는 자기발견을 위해 시간과 노력을 투자할 수 있는 것입니다.

혹 자신이 누구인지를 끊임없이 찾아 헤매는 것이, 결국 오늘날 광범위하게 나타난 우울증으로 이어지는 것은 아닐는지요? 자신의 단점을 보완해주는 완벽한 배우자, 삶을 만족스럽게 해주는 완벽한 직업, 사랑스러운 아이들, 게다가 자신이 원하는 넓은 집 등 완벽한 삶에 대한 갈망이 혹시 불행으로 가는 지름길은 아니었는지? 통계를 보면 부유한 나라일수록 우울증 환자의 비율이 높다고 합니다. 삼촌은 수도사로서 자기만족을 이루며 행복해지려는 사람들의 몸부림을 어떻게 보는지요?

그륀 ─── 스위스의 정신과 의사이자 우울증 전문가인 다니엘 헬은 이렇게 말했다. "우울증은 과도한 자기 기대에 대한 경고의 메시지, 즉 자신은 항상 완벽해야 하고 성공적이고 쿨하고 독립적이며 매사를 통제할 수 있어야 한다는 기대에 대한 경고의 메시지다." 안간힘을 다해 내가 누구인지를 보여주어야 한다면, 다시 말해 완벽한 배우자와 남들이 부러워하는 직업, 똑똑한 아이들을 반드시 가져야만 한다면 영혼이 저항하게 될 것이다. 우울해지거나 두려움이 엄습한다. 인간의 행복을 연구하는 학자들은 사람들이 무조건 행복해지려고 욕심을 부리면 절대 행복해질 수 없다고 했다. 우리는 모두 자신만의 특별한 삶을 살고자 하는 욕구를 갖고 있다. 그것은 인간의 특징이다. 모든 인간은 유일무이한 존재다. 내 안에서 하느님이 나에게 주신 나의 원래 모습을 마주하게 되면, 외적으로 내가 누구인지 입증해 보여줄 필요가 없게 된다. 그렇게 되면 자신의 내면에 부합하는 외적인 모습을 만들어 나갈 수 있다. 그리고 외적인 모습을 더 개성 있게, 더 매력적으로, 더 성공적이고 지적으로 보이게 만드는 데 더 많은 에너지를 쏟을 필요가 없게 된다.

외적인 것을 모두 포기하고 철저한 금욕생활을 통해 자신을 전혀 드러내지 않으며 살아야 한다는 것은 아니다. 반대로 모든 에너지를 외적으로 드러나는 모습에만 쏟아서도 안 되는 것이고. 둘 사이의 적절한 균형과 공존이 필요하다. 수도원의 외적 모습, 수도사들이 수도원을 건축한 방식과 수도사들이 사는 방의 구조 등은 수도사의 삶과 문화에 중요한 한 부분이었다고 성 베네딕토는 강조했다. 외관을 전혀 가꾸지 않고, 미적 부분을 무시하고 건축한 수도원은 정성 들여 가꾸지 않은 영혼을 반영하는 듯하다. 그런 의미에서 공간을 어떻게 꾸미는지도 중요한 요소이다. 내가 사는 방을 세속적인 분위기가 물씬 풍기게 꾸밀 수도 있지만, 미적으로 손색이 없으면서 동시에 영성이 가득한 공간으로 꾸밀 수도 있는 것이다. 이때 미적 요소는 인간의 존엄성과 관련이 있다. 더 나아가 미는 하느님이 창조하신 이 세계에서의 하느님의 흔적이기도 하다. 이것은 인간과 인간의 삶을 통해 드러남으로써, 하느님의 아름다움이 표현되고 있는 것이다. 아름다움은 인간을 치유하는 효과가 있다. 그러나 아름다움은 가능한 많은 것을 소유하고 사치스럽게 살아가는 것과는 무관하다. 때로 지나치게 사치스럽게 장식한 집이 거부감을 일으키기도 한다. 부에는 추한 모습도 존재한다. 어떤 부자들은 취향이 없기도 하다. 그들은 그저 부를 자랑하고 싶을 뿐인 것이다. 그들이 입는 옷, 그들이 사는 집, 그들의 생활 방식은 내면의 아름다움을 보여주는 수단이 되지 못하고 있다.

라슨 ——— 삼촌은 내면과 외면의 조화가 중요하다고 했습니다. 저는 누르시아의 성인 베네딕토에 관한 삼촌의 글을 보았는데요. "기도하고 일하라!" 성 베네딕토도 삶의 균형, 특히 기도 생활과 일의 조화를 강조하였습니다. 일하는 사람이 기도도 더 잘하고, 기도하는 사람이 일도 더 잘한다고 하셨죠.

오늘날 우리는 지나치게 많은 일을 하고 있습니다. 영혼을 돌보지 못하고 마음이 쉴 수 있는 틈을 주지 않고 있으니, 결국 탈진 상태에 이르게 되는 거죠. 일과 휴식 사이의 적절한 균형을 찾지 못하고 있는 것입니다. 반대로 일이 에너지를 제공할 수도 있습니다. 새롭게 맡은 프로젝트에 대한 기대와 의욕이 샘솟는다면, 하던 일을 멈추고 눈을 다른 데로 돌려야 하는 것이 오히려 아쉬울 것입니다. 솔직히 신이 나서 일을 하게 되면, 아무리 좋은 의도로 하는 명상이나 휴식에도 불구하고 일 생각밖에 나지 않을 것 같습니다. 창의력이 넘치는 사람들을 보면 창의력이 발휘되는 시간과 조용한 명상의 시간들이 교차하는 듯합니다. 다만 그러한 시간들이 하루 일과표에 따라 규칙적으로 정해진 시간에 찾아오는 것은 아니라는 거죠. 음악가 모차르트의 어린 시절을 생각해보면, 기도와 묵상을 위해 악기 연습을 하다 말고 정해진 시간에 바이올린을 내려놓았을 것이라고는 상상이 되지 않습니다.

성 베네딕토가 말하는 정도를 찾게 되면 질서와 균형이 존재할 것입니다. 하지만 때로는 계획과 규칙에서 벗어난 삶의 순간들이 창의적인 에너지를 발산하기도 합니다. 삼촌의 경우는 수도원의 엄격함과 규칙성이 창의력을 제한하지는 않았다고 생각하시잖아요. 그건 일과 기도 생활이 갖는 규칙적인 리듬 덕분인가요? 아니면 가정, 집세, 정원 가꾸기 등의 평범한 가장이었다면 해야 할 고민들로부터 자유롭기 때문일까요?

성 베네딕토가 일과 속에서 규칙적으로 수행하는 일과 기도의 조화를 그렇게 중요하게 생각한 이유는 무엇인가요? 그가 말한 조화가 우리처럼 '평범한' 일상생활에도 가능할까요?

그륀 ——— "기도하고 일하라."는 베네딕토 수도회의 가르침에는 기도와 일의 균형뿐 아니라 헌신적인 태도를 지녀야 한다는 핵심적인 개념도 담겨 있다. 기도는 하느님께 자기 자신을 내어드리는 것이다. 일을 할 때도 나의 자아에 집중하는 태도, 혹은 다른 사람들이 나의 일에 대해 어떻게 생각하는지 신경 쓰는 태도에서 벗어나 내 일에 몰두하게 만드는 것이다. 내 자신을 잊고 일에 헌신하도록 하는 것이다. 그래야 좋은 결과물이 나오니까.

세상에는 다양한 사람들이 존재한다. 융은 일정한 리듬을 가지고 일하는 사람은 효율적이고 지속적으로 일할 수 있다고 했다. 그것은 그들에게 창의력이 발휘될 수 있는 휴식 시간이 주기적으로 주어지기 때문일 것이다. 나는 쉼 없이, 네 시간 동안 한 가지 일에만 몰두하지 못한다. 휴식을 취하며 잠시 숨을 고를 때 새로운 에너지와 창의력이 생겨나는 것이다. 수도원에서 정해놓은 기도시간은 나에게는 창의력이 샘솟는 휴식 시간이다. 기도 중에 새로운 아이디어가 떠오르기도 한다. 자면서 꿈을 꾸다가도 마찬가지. 새로운 아이디어는 어느 날 갑자기 생겨나는 거다. 수도원에서의 규칙적인 삶과 리듬은 나로 하여금 일정 시간 동안 한 가지 주제나 임무에 온전히 집중할 수 있게 만들어준다. 분명 예술가적 기질이 강한 사람은 나와는 다른 내적 리듬을 선호할 것이다. 독일 출신의 음악가 헨델은 메시아를 단숨에 작곡했다고 알려져 있다. 그렇다 하더라도 중간에 밥도 먹고 잠도 잤을 것이다. 물론 작품이 완성될 때까지 전적으로 매달려야만 하는 창조적 시간들도 있을 것이다. 소설가 토마스 만이나 헤밍웨이 같은 대문호들 역시 엄격하게 정해진 규칙에 따라 글을 썼다고 알려져 있다.

물론 이러한 기도와 일의 리듬이 모든 사람에게 맞는 것은 아니다. 하지만 일상 속에서 일정한 리듬을 갖는다는 것은 분명 큰 도움이 된다. 자연에도 리듬이 있고, 모든 사람은 자신만의 생체 리듬을 가지고 있다. 그러므로 자기 내면의 리듬에 귀를 기울이는 것이 필요하다. 내가 알고 있는 어느 기업의 경영자는 회의를 오래 하기로 유명하다. 그는 쉬는 시간도 없이 계속 회의를 한다고 한다. 그런 회의에서는 공격적인 말밖에 나오지 않는다. 새로운 아이디어들을 얻기 위해서는 휴식이 필요하다.

성 베네딕토는 기도와 일의 리듬을 말하면서 일의 효율성과 지속성을 최우선으로 생각하지는 않았을 것이다. 그는 영성적인 부분에 대해 말하고자 했을 것이다. 우리 삶의 목표는 '하느님의 영광'을 위하는 것이다. 그것은 수도사에게만 해당되는 것이 아니다. 모든 위대한 작품은 하느님에게 영광이 되어야 한다. 이 또한 예술작품에만 해당되는 말이 아니다. 성 베네딕토가 하느님의 영광을 높이는 것에 대하여 언급한 내용들이 '수공예가들에 관하여'라는 부분에 기록되어 있다. 그는 무엇인가를 만들 때는 자신의 자아를 드러내서도 안 되고 성공이나 물질에 대한 욕심 때문에 해서도 안 된다고 했다. 신의 창조적인 힘이 작품에 발휘되도록 자신을 비워야만 한다고 했다. 대부분의 사람들에게는 너무 신성하게 들릴지도 모르겠다. 하지만 작품을 보면 수공예가, 작가, 음악가, 화가가 자신을 드러내고자 한 것인지 아니면 자신을 비우고 더 큰 가치, 아이디어, 아름다움 그 자체, 혹은 신을 드러내고자 한 것인지 알 수 있다.

라슨 ——— 삼촌이 '자아'에 대해서 언급하셨는데, 저도 사실 오랫동안 생각해왔습니다. 수도사가 된다는 것은 어찌 보면 인간으로서 선택할 수 있는 가장 몰아적인 일인 것 같기도 하고, 또 어찌 보면 인간으로 선택할 수 있는 가장 이기적인 일인 것 같기도 합니다. 솔직히 잘 모르겠습니다. 그러나 우선 많은 것을 포기한다는 점에서 몰아적이라고 할 수 있지만, 반대로 자기 자신을 성찰하는 데 많은 시간을 할애한다는 점에서는 자기중심적이라고 할 수 있습니다.

수도사로서의 삶은 여러 면에서 제약이 따르는 삶을 의미합니다. 저와 같은 평범한 사람들은 작은 바람쯤은 쉽게, 그리고 즉시 이룰 수 있습니다. 그러나 수도사에게는 개인의 욕구와 감정, 그리고 그리움이 더 강하게 다가올 듯합니다. 저는 따뜻한 코코아 한잔이 생각나면 즉시 코코아를 만들어 먹을 수 있습니다. 주말에 친구들을 만나고 싶으면 친구들에게 전화해서 약속을 잡기만 하면 됩니다. 화창한 봄날엔 산책하며 자연을 만끽할 수도 있습니다. 어떻게 보면 제 삶의 방식이 삼촌의 삶의 방식에 비해 훨씬 더 자기중심적이라 할 수 있죠.

대신 살아가면서 끊임없이 생각지 못한 상황에 맞닥뜨리기도 하고, 수많은 제약을 감수해야 하기도 합니다. 그리고 결핍과 위기의 순간엔 비로소 자기 자신에 대해 더 많이 배울 수 있다는 것도 깨닫곤 하죠. 욕구를 충족할 수 없고 결핍을 견뎌내야만 하는 순간이 닥치면 나에게 진짜로 필요한 것이 무엇인지, 그리고 그것이 왜 필요한지, 지금 내가 느끼는 욕구가 나의 어떤 상처를 건드리고 있는지 자문하게 됩니다.

또 부모가 되면서 갑자기 제가 제 삶의 중심에서 밀려나게 되는 것을 경험했습니다. 기쁨과 아픔은 더 이상 나의 욕구 충족을 통해, 또는 내가 느끼는 결핍의 결과로만 나타나는 게 아니라 아이들 때문에도 경험하게 됩니다. 가정을 통해 저는 점점 더 몰아적으로 변하고 있습니다. 저의 행복과 욕구들이 다른 가족 구성원들과 직접 관련되어 있기 때문입니다. 아이들이 불행하다고 느끼는데 저 혼자 즐겁고 행복해지기는 어렵습니다. 그런 의미에서 부모로서 우리는 자신의 마음 상태에 대한 통제력을 부분적으로 포기하고 쉽게 상처받을 수 있는 존재라고 할 수 있습니다.

가정을 이루며 사는 저의 삶은 자기중심적인 바람에서 시작되었지만 결국 저를 몰아적으로 만들었습니다.

수도사는 그 반대일까요? 몰아적 삶에 대한 갈구에서 시작된 수도사로서의 삶이 오히려 자기 자신에게 더 집중하는 삶으로 발전하게 되나요? 수도사는 공동체 생활을 하지만, 삼촌이 설명한 것처럼 수도사의 삶은 고독과 자기 자신과의 일치를 추구하고 있습니다. 고독 속에서는 자신의 상처를 좀 더 세밀히 살펴보고 느낄 수 있을 것 같습니다. 그러다 보면 지나치게 자기중심만을 맴돌게 되는 것은 아닌지? 삼촌은 몰아성과 자기중심성 사이의 모순적인 관계를 어떻게 보는지요?

그륀 ─── 한 남자의 아내이자 아이들 엄마로서의 너, 그리고 사제로서의 나, 우리 모두는 갈수록 자기 자신에게서 벗어나 점점 더 몰아적인 존재가 되는 거다. 수도사라고 해서 자동적으로 몰아적으로 변하는 것은 아니다. 자기 주위만 맴돌면서 오로지 자기 자신을 위해 시간을 사용하면서 그것을 관조라고 착각하게 될 수도 있다. 성 베네딕토의 글을 보면, 그가 그런 종류의 자기중심적 신앙생활에 대해 극도로 예민하게 반응하며 경고하고 있음을 알 수 있다. 그는 젊은 수도사들이 진정으로 하느님을 찾고 있는지를 시험했다. 미사를 드리는 열심, 공동체에 자기 자신을 내맡기는 자세, 그리고 어려운 임무라도 도전할 의지가 있는지 등을 통해서 그것을 확인했다. 주어진 임무를 수행하는 자세를 통해, 수도사가 단지 자기 자신만을 추구하고 있는지 아니면 진정으로 하느님을 구하고 있는지를 확인할 수 있다고 보았던 것이다.

아이들 엄마로서의 너도 마찬가지일 것이다. 너의 욕구를 계속해서 자제할 때에만 좋은 엄마가 될 수 있는 거란다. 그러나 엄마로서의 너도 그렇고 수도사 역시, 모두 자신의 욕구와 다른 이들의 욕구 사이의 건강한 균형을 찾아야만 한다. 누구든 항상 상대에게 주기만 한다면 얼마 지나지 않아 그는 탈진하고 말 것이다. 우리는 자신도 돌아보아야 한다. 그러나 공동체가 나를 필요로 하고 조언이 필요한 사람이 수도원의 문을 두드리면, 또 네 아이들이 엄마를 찾을 때면, 그 순간엔 자신의 욕구보다 자신에게 주어진 임무가 더 중요한 거란다.

예수님은 영성적 삶을 단순하고 쉽게 설명하셨다. 예수님은 우리를 그저 해야 할 일을 하는 종(루카복음서 17장 10절)에 비유하셨다. 영성적 삶을 산다는 것은 지금 이 순간 내가 해야 할 일, 즉 다른 사람이나 나 자신, 그리고 하느님에게 빚진 것을 갚기 위해 해야 할 일을 하는 것을 의미한다. 좀 더 냉정하게 이야기하면 지금 내 앞에 놓인 일들을 하는 것이다. 그것이야말로 진정한 몰아적 삶이라는 거다. 영성적 삶을 위한 방법을 연마하는 데에만 집중하는 사람은 영성적인 삶을 추구한다는 핑계하에 자기 자아만 키우는 사람이다. 그러나 우리는 자아를 키워 강하게 만드는 동시에, 언제든 자기 자신을 버리고 주어진 상황에 자신을 내던질 수 있는 준비가 되어 있어야 한다.

몰아와 자기발견

자기 자신의 유일무이함을 인식한다는 것은 얼마나
중요한 일인가요? 자신의 양심과 내면의 목소리를 따라가다 보면
자신에게 어떤 역할이 부여된 것인지 점차 알게 되나요?

라슨 ——— 삼촌은 우리가 점점 더 몰아적으로 변해가고 있다
고 하셨는데, 결혼해서 아이를 낳는 사람들이 점점 더 줄어들
고 있는 우리 사회를 보면, 자신을 내려놓기보다는 자기중심적
삶을 추구하는 경향이 강해진 것 같습니다. 몰아성이라는 개념
은 오늘날의 사회에서 찾기가 쉽지 않습니다.

　언젠가 영어학 교수님과 열띤 토론을 벌였던 생각이 납니다.
교수님은 인간이 선천적으로 이기적인지 아니면 몰아적인지를

물었습니다. 저는 인간은 선천적으로 이기적이고, 몰아적으로 보이는 행동도 사실은 무의식적인 이기적 동기에서 비롯된다고 했습니다. 우리는 우리 뇌가 하는 단순한 경제적 계산에 따라 자신에게 유익한 행동을 하곤 합니다. 여기서 유익이란 물질적인 이득뿐 아니라 좋은 감정일 수도 있습니다. 예를 들어 저는 누군가를 도울 때 기쁨을 느낍니다. 그래서 좋은 기분을 느끼기 위해 다른 사람에게 도움을 줍니다. 만약 누군가를 도울 때 끔찍한 기분이 들고, 자신이나 자신이 소속된 집단에 전혀 '이득'이 되지 않는다면, 다른 사람을 돕는 행위는 하지 않을 것입니다.

솔직히 엄마로서 일상 속에서 처리해야 할 크고 작은 임무들이 전적으로 아이들을 위한 것이 아니라, 때로는 나를 위한 것일 때도 있습니다. 제가 엄마라는 존재에 대한 기대에 미치는 사람이 되기 위해 그 일들을 처리할 때가 있다는 말입니다. 그렇게 제 임무를 하고 나면 제가 원했던 다정한 엄마가 된 듯하니까요. 하지만 집안일로 이미 몇 차례나 세탁기를 돌렸는데 또 한 차례 더 세탁기를 돌려서 빨래를 널어야 하는 날에는, 이것이 내가 꿈꿨던 가정적인 엄마의 모습인지 의구심을 갖게 됩니다.

첫딸을 낳고서, 저는 오늘날 많은 엄마들이 하는 고민을 하게 됐습니다. 다시 일터로 나가 커리어를 이어나가야 하는지를. 일을 하는 것은 경제적인 면에서 분명 현명한 선택이었습니다. 하지만 저는 그렇게 하지 않았습니다. 그 결정은 오직 아이들만을 위한 선택은 아니었습니다. 그것은 제가 생각하는 엄마의 이미지에도 맞지 않았습니다. 그러니 저의 결정은 저를 위한 선택이기도 했죠. 그리고 그 사실을 하루 세 차례 세탁기를 돌려야 하는 날이면 떠올려야만 했으니.

달라이 라마는 "지혜로운 이기주의와 어리석은 이기주의가 있는데, 분명한 것은 우리 모두가 이기적"이라고 했습니다. 기독교인들도 지혜로운 이기주의 개념을 가지고 있는지요? 몰아성은 우리에게 왜 중요한 거죠? 수도사들은 왜 몰아적 삶을 훈련하며, 우리는 어떻게 하면 수도원 밖의 세상에서 몰아적인 삶을 살 수 있을까요?

그륀 ───── 기독교에서도, 불교에서도 자신을 내려놓고 자아로부터 벗어나는 것을 중요하게 생각한다. 기독교인들에게는 예수 그리스도가 나를 통해 드러날 수 있게 나를 내어드리는 것을 의미한다. 하지만 완벽하게 몰아적인 삶은 존재하지 않는다. 융은 '나(Ich)'와 '자기(Selbst)'를 구분했다. '나'는 의식적인 존재로서의 자신이다. "나는 지금 그곳으로 가서 무언가를 먹거나 쉴 거야." 이때 자아는 주인공이 되려고 한다. 반면 '자기'는 내면적 존재로서의 자신을 의미한다. 즉 존재의 중심으로서의 진정한 나인 것이다. 융은 이 '자기'에 신적 형상도 담겨 있다고 했다. 기독교인에게 있어 '자기'는 하느님이 각 사람에게 부여한 유일무이한 모습이다.

우리는 이 '자기'로부터 벗어나서는 안 된다. 그것은 한 개인의 소멸을 의미하는 것이기 때문이다. 자아를 벗어나 진정한 자기를 찾아야 한다는 것이다. 물론 자아도 긍정적인 역할을 한다. 우리가 일하고, 행동하고, 앞으로 나아가도록 해준다. 그리고 우리의 자아는 당연히 우리의 모든 활동에 참여하고 있다. 다른 사람에게 도움을 줄 때는 나도 분명 얻는 것이 있다. 도움을 줌으로써 기분이 좋아지고 감사함을 경험하게 된다. 그런데 돕는 행위를 조금 더 자세히 살펴볼 필요가 있다. 내 기분을 좋게 하려고 누군가를 돕는다면, 나는 그 사람을 이용하는 것이다. 그러면 다른 사람을 위하는 것이 아니라, 결국 나의 만족만을 위하는 것이 된다.

뇌과학자들과 생물학자들은 인간에게 다른 사람을 돕고자 하는 기질이 있음을 확인했다. 물론 누군가를 돕는 행위는 긍정적인 느낌을 준다. 하지만 이러한 행위의 핵심은 좋은 느낌이 아니라 다른 사람을 돕고 싶어 하는 열망이다. 이러한 열망이 우리의 마음에 깔려 있다는 것이다.

심리학에는 잘 알려진 다음과 같은 원칙이 있다. "많이 주는 사람은 많은 것이 필요한 사람이다." 사람들은 자신의 존재를 인정받기 위해 다른 사람들에게 다가가고 도움을 주는 것이다. 어쩌면 자신이 좋은 사람이라는 느낌을 받고 싶어서일지도 모른다. 하지만 나에게 필요해서 다른 사람을 돕는다면, 나는 금방 소진되어버릴 것이다. 그러나 내가 도움 받은 것이 있기 때문에, 내 안에 사랑의 원천이 존재하기 때문에 다른 사람에게 나누어주려 한다면, 아무리 주어도 소진되지 않을 것이다. 그리고 무엇을 하든 나의 자아도 함께할 것이다. 이는 막을 수 없는 일이다. 그러므로 자아를 약화시키기 위해 끊임없이 노력할 뿐이다.

한 가지 예를 들어보겠다. 내가 설교를 할 때면 나는 늘 청중이 만족해하는 설교를 하고 싶다는 생각이 든다. 그리고 미사 후에 내 설교가 훌륭했다는 소리를 들으면 기분이 좋다. 그러나 내가 칭찬을 받기 위해 설교를 했다면, 그 사실을 설교를 듣는 사람들도 알아차리게 된다. 그렇게 되면 그 설교는 자만심에 빠진 자기연출에 불과하게 된다. 물론 하느님의 말씀만 전달하는 설교였다는 평도 반갑지만은 않다. 하느님의 말씀을 전달하는 통로일 뿐이고, 다른 사람들의 인정 따위는 전혀 신경

쓰지 않는다고 해보자. 그랬다면 나의 자아가 우쭐대며 다른 사람들을 내려다보고 있는 사실조차 깨닫지 못했을 것이다. 설교를 할 때에도 자아는 함께한다. 그래서 자아를 스스로 느껴야 한다. 그리고 스스로에게 이렇게 말할 수 있어야 한다. 설교를 하는 그 순간에는 (물론 설교가 좋았다는 칭찬을 받으면 좋겠지만) 나를 드러내는 것이 아니라, 설교를 통해 사람들의 마음이 움직여야 한다고. 물론 자아는 내가 열심히 설교를 준비하고, 신중하게 단어를 선택하며, 설교를 듣게 될 사람들이 누구일지 예상할 수 있도록 도와줄 것이다.

엄마로서 네가 하는 일도 마찬가지일 것이다. 아이들을 위해 존재하는 엄마로서 너는 뿌듯해할 것이다. 그런데 어느 순간, 하루 세 차례씩 세탁기를 돌리면서 집안일에 치일 때는 그 좋은 느낌이 더 이상 삶의 원동력이 되지 못한다는 사실을 깨닫고, 이렇게 말하는 순간이 올 것이다. "나는 집안일을 내 자신을 위해서만이 아니라 우리 가족을 위해서 하는 것이다." 그 순간부터는 나의 자아를 내려놓고 몰아적인 사랑이 드러날 수 있게 노력해야 된다. 완벽하게 몰아적일 수는 없다. 단지 행동하고 생각하고 말하고 쓰면서 계속해서 나의 자아를 내려놓고, 더 큰 무언가나 어떤 가치관이 혹은 신앙인이라면 예수님이 나를 통해 드러날 수 있게 노력할 뿐이다.

라슨——— 삼촌의 이야기는 하느님이 우리 모두에게 각자 부여해주신 유일무이한 모습이 있다는 것이군요. 또한 우리의 자아와 자신에 대한 각자의 기대 그리고 다른 이들이 바라는 모습을 끊임없이 옆으로 밀어냄으로써 진정한 나를 찾아야 한다는 것이고요.

그러나 자신의 내면 깊은 곳에 존재하고 있는 원래의 모습이 사실은 외부의 영향을 받아 형성된 것은 아닌지요? 500년 전의 여성들은 아마도 21세기를 살아가는 여성들과는 전혀 다른 내면의 목소리를 들었을 것입니다. 외부 세계는 우리의 모습을 반영하고 평가하기만 하는 것에 그치지 않고, 우리의 자기상을 발전시키는 데 영향을 미치고 있습니다. 앞에서 다른 이의 꿈을 대신 이루어주는 것에 대해 이야기했는데, 이 경우가 그렇다고 할 수 있습니다. 예컨대 부모의 이루지 못한 꿈과 그리움들을 무의식적으로 받아들여 자기 자신의 꿈으로 추구하게 된다고 했습니다.

또 하나의 구체적인 예로, 어렸을 적부터 부엌에서 요리하기를 좋아했고 요리사가 되어서 작은 식당을 운영하는 꿈을 가졌던 한 여성의 이야기를 들려드리겠습니다. 그녀는 신선한 식재료나 허브를 손질하고 손님들을 대접하는 것에서 행복을 느끼는 사람이었습니다. 그녀는 형제자매가 많은 대가족에서 성장했는데, 자신도 대가족을 이루고 싶어 했습니다. 그래서 아이들을 여럿 낳았는데, 문제는 아이들이 엄마의 창의적인 요리보다는 스파게티나 슈니첼(달걀을 입혀서 굽거나 튀긴 고기요리 — 옮긴이) 같이 흔해 빠진 음식만 먹으려 한다는 것이었습니다. 이 여성은 대가족의 가정적인 엄마가 되고자 했던 원래의 꿈을 이룬 것은 사실이지만, 분명 마음 한 구석은 쓸쓸할 것입니다.

이 경우에도 가정과 직업에 대한 기대가 서로 어우러지지 못했습니다. 물론 이 여성도 가사와 육아를 도와줄 사람을 고용해 자신의 직업적 꿈을 좇을 수도 있겠지만, 그것은 그녀가 원했던 엄마로서의 역할에는 맞지 않을 것입니다. 다른 한편으로 아이들이 장성할 때까지 기다렸다가 그 후에 요리사로서의 꿈을 펼칠 수도 있겠지만, 그때가 되면 오십이 넘은 나이로 체력을 요하는 요리사가 되기에는 힘에 부칠 것입니다.

인간으로서 자기 자신에게 바라는 모습들이 어쩌면 서로 어울리지 않는 다양한 모습들일 수도 있습니다. 게다가 엄마로서의 자기상이라는 것 역시, 늘 자기를 위해 집에 있었던 엄마의 모습을 토대로 형성된 것이었을 테고. 이 여성은 엄마로서 자신에게 가지고 있는 기대와 또 다른 자신의 꿈 사이에서 모순을 느꼈습니다. 물론 그럼에도 불구하고 두 모습은 모두 그녀의 것입니다. 이런 경우 어떤 것이 하느님이 그녀에게 선사한 유일무이한 모습인지? 그리고 역사와 시대의 변화가 우리 내면의 모습을 읽어내는 데 얼마나 영향을 미칠 수 있는지? 하느님은 삼촌에게 어떤 모습을 선물하셨나요?

그륀 ——— 하느님이 모든 사람에게 선물하신 특별한 모습을 간단히 묘사할 수는 없다. 어떤 특징을 갖고 있는 엄마로서의 모습이나, 신선한 식재료로 만든 별미를 손님들에게 대접하는 것에 큰 기쁨을 느끼는 여성의 모습으로 간단하게 설명할 수 없다. 네가 말한 특별한 모습들은 원형이 구체화된 것들일 뿐이다. 그 모습들은 당연히 환경이나 부모의 영향, 그리고 더 나아가 어릴 적 경험들이 만들어낸 것이다. 나의 경우 무언가에 빠져들면 지칠 줄 모르고 그 일에 몰두했던 어린 시절의 경험이 지금의 내가 가진 특성에 크게 영향을 미쳤다. 어릴 적 기억을 떠올리면, 나에게 주어진 과제를 수행하는 데 도움을 주는 나의 특성과 모습들을 마주하게 된다. 나는 어릴 적 의자를 비롯해 다양한 물건을 만드는 데 몰두했고 온갖 실험과 시도들을 했다. 그러한 나의 경험은 행정업무를 수행하는 데 있어서 남들이 늘 해왔던 대로 업무를 처리하기보다 창의적으로 문제를 해결하고 새로운 것을 시도할 수 있게 해준다. 그러나 그것은 모두 외적인 모습이다. 하느님이 나에게 선사해주신 유일무이한 나의 모습의 전부가 아니라는 거다. 내 외적 모습은, 분명 용기 있고 자유롭고 늘 새로운 것에 도전했던 창의적인 아버지로부터 많은 영향을 받았다.

하느님이 주신 나만의 유일무이한 모습은 말로 설명할 수가 없다. 고요한 순간 내 자신에게 집중할 때, 그 모습을 느끼고 짐작할 뿐이다. 구체적으로 그림을 그리는 것이 아니라, 내 내면의 조화, 나 자신과의 일치를 느끼는 것이다. 그 순간 나는 진정한 나를 만나게 된다. 진정한 내가 삶의 현장에서 어떤 모습으로 나타나는지는 다른 문제다. 어린 시절의 모습은 현재의 삶에 도움이 되는 내 모습을 찾고, 나의 내적 에너지의 원천을 발견하는 데 도움이 된다. 호텔에서 일하는 한 여성이 어릴 적 동굴이나 집 만들기를 좋아했고, 자신이 만든 동굴이나 집에서 안정감을 느꼈다고 이야기한 걸 들은 적이 있다. 그리고 그런 그녀의 특징이 현재의 일에도 도움이 된다는 것이다. 그녀는 호텔에서 손님들을 위해 봉사하면서, 손님들에게 편안함과 안정감을 느끼게 해준다고 했다. 그러나 하느님이 그 여성에게 선사하신 그녀만의 모습은 그보다 더 깊은 곳에 존재한다. 그녀라는 존재의 근원에 있는 것이다.

모든 인간은 유일무이한 존재이다. 독일의 신학자 로마노 과르디니는 하느님이 모든 사람에게 그에게만 해당되는 '패스워드'를 주셨다고 말한다. 우리의 과제는 그 패스워드를 세상에 소개하는 것이다. 우리의 영성적 과제는 자신의 유일무이한 모습을 발견하고, 이 세상에 유일무이한 삶의 흔적을 남기는 것이다.

라슨———— 삼촌께서는 사람마다 자신만의 삶의 흔적이 있다고 하시니 할머니 생각이 납니다. 할머니는 소통에 능한 분이셨어요. 할머니는 사람들 사이에 다리를 놓아주는 그런 분이셨습니다. 사랑스러운 미소로 사람들을 기분 좋게 만드셨고, 힘 있는 목소리로 노래를 하시면서 교회 공동체 안에서 자기주장만 내세우는 사람들의 목소리를 잠재우셨죠. 할머니는 아마도 자신이 얼마나 독특한 삶의 흔적을 남기셨는지 잘 모르실 겁니다.

자기 자신의 유일무이함을 인식한다는 것은 얼마나 중요한 일인가요? 또 자신의 양심과 내면의 목소리를 따라가다 보면 자신에게 어떤 역할이 부여된 것인지 점차 알게 되나요?

그륀———— 어머니는 항상 진정으로, 자신의 모습 그대로 사셨던 분이시다. 농가에서 자란 어머니는 본인 삶의 중심이 어디인지 아시고서, 늘 그 중심에 서 있으셨다. 다르게 표현하면 언제나 온 마음을 다해 사셨던 분이시지. 어머니 자신의 삶의 흔적에 대해서도, 하느님께서 선사하신 어머니만의 패스워드에 대해서도 생각해보지 않으셨을 것 같다. 하지만 늘 자신의 삶을 돌아보시는 분이셨다. 아버지가 돌아가신 후, 어머니는 거의 삼십 년을 더 살다 가셨다. 그리고 그 세월 동안 당신 스스로에 대해, 그리고 자신에게 주어진 삶의 과제에 대해 늘 생각하셨다. 좋아하시는 노래와 성서의 말씀들을 통해 늘 도전을 받으셨다고 하셨지. 그러면서 스스로 느끼고 발견하신 것이다. 어머니는 매일 아침, 두 가지 기도를 하신다고 하셨다. 하나는 돌아가신 남편을 위한 기도고, 또 하나는 주어진 하루를 보다 신중하게 보내고 다른 사람들을 상심하지 않게 하며, 그리고 늘 평안하고 만족할 만한 하루가 되게 해달라는 자신을 위한 기도라고 하셨다. 어머니는 매일매일 최선을 다해 진정성 있게 살기 위해, 그리고 다른 사람들에게 활짝 마음을 열고 더 큰 신뢰를 주면서 다가갈 수 있도록 기도하셨다.

자기 내면의 고요한 장소를 찾고, 그곳에서 진정한 자기를 꼭 발견해야만 하는 것은 아니다. 그러나 자신이 하는 일들을 돌아보는 방편으로서의 기도는 분명 자기 삶의 흔적들을 발견하는 좋은 방법이다. 어떤 사람들은 자기 자신에 대해 그리 많이 생각할 필요를 느끼지 않는다. 왜냐하면 이미 자기 자신의 삶의 흔적 한가운데 서 있기 때문이다. 그들은 진정으로 자신의 삶을 살아가고 있는 것이다. 처음부터 자신이 무엇을 원하고 있는지 정확하게 알고 있었던 것이다. 나는 종종 자신의 내면의 속사람과 완전히 일치된 삶을 사는 노인들을 본다. 그들에게는 명상이나 자기반성의 방법을 알려줄 필요가 전혀 없다. 그들은 주변 환경에 지배되지 않고 자신의 삶을 충만하게 살아온 사람들이다. 그들을 만났다는 것 자체가 큰 기쁨이다.

어머니도 늘 자신의 삶의 중심에 서 있었던 분이셨다. 삶을 충만하게 살아내야만 하는 무언가를 소유했던 분이셨다. 다른 한편으로는 끊임없이 자기 삶을 돌아보는 분이셨다. 어머니에게 기도와 미사는 자신에 대해 생각해볼 수 있는 시간이었다. 함께 차를 마시면서 삶을 나누었던 분들과의 정기적인 만남 역시 그런 시간이었다. 어머니는 그 모임에서 사람들이 얼마나 솔직하게 자신의 문제를 털어놓는지 이야기해주셨다. 물론 모두가 매사 같은 의견을 보인 건 아니었다. 각자 자기만의 삶의 철학을 갖고 있었기 때문이다. 그 모임에 참석하셨던 분들은 우리만큼 열심히 명상이나 자기성찰을 하지는 않았을 것이다. 하지만 그분들에게는 문제나 갈등을 신앙을 통해 극복하는 것이 너무나 당연한 일이었다. 그런 과정들을 통해 점점 더 자신의 삶의 흔적들을 발견하게 되었던 것이다.

라슨 ——— 저는 삶의 흔적은 주변 환경과의 관계 속에서 형성된다고 생각합니다. 내가 어떤 성과를 얼마나 달성했는지가 중요한 것이 아니라, 내가 다른 사람들에게 얼마큼의 행복이나 기쁨, 안정감 또는 공감을 주었는지가 중요하죠. 내가 남긴 정신적 감정적 흔적이 중요하다는 뜻입니다. 삶에서 나 자신만을 중요시 생각한다면, 삶은 어딘지 모르게 공허하고 텅 빈 느낌일 것입니다.

우리 모두는 주변 사람들과의 관계 속에 존재합니다. 엄마로서 아이들과 잘 소통하는 경우도 있지만, 어떤 때는 아이들과의 관계가 불편한 경우도 있습니다. 직장동료나 형제자매 간에는 더더욱 그렇죠. 사람들은 자기만의 특별한 방식으로 다른 사람들과 관계를 맺고 유지해나갑니다. 그리고 상대방을 자기 시각으로 바라봅니다.

놀라운 것은 냉혹하고 못된 사람들도 주변 사람들에게 사랑을 받는다는 사실입니다. 그리고 그런 사람들을 보면서 하느님이 모든 사람에게 선물하신 각자의 패스워드라는 것에 대해 고민하게 됩니다. 이런 모순된 상황을 어떻게 설명하실 수 있는지요? 하느님께서 우리에게 부여해주신 원래의 모습은, 우리가 주변 환경에 미치는 영향과는 전혀 상관없는 것인지요?

그린 ——— 자신에게 주어진 패스워드와 완전히 무관하게 사는 사람들이 있다. 그들은 하느님이 주신 자신들의 모습에 대해 전혀 알지 못하거나 잘못 알고 있는 것이다. 그 이유는 어린 시절로 거슬러 올라간다. 어린 시절 상처를 많이 받아 존엄성이 훼손된 사람은 그 상처들로 인해 자기 내면으로 향하는 길을 발견하기 어렵다. 물론 그것이 불가능하다는 말은 아니다. 사람은 누구나 살다 보면 마음에 상처를 입을 수도 있다. 우리는 그 상처와 화해를 하거나, 성 힐데가르트 폰 빙엔의 말처럼 상처를 진주로 변화시켜야 한다.

어떤 사람들은 뼈아픈 인간됨의 길을 걸으려 하지 않는다. 상처에 빠져 허우적거리면서 다른 사람들에게 복수하고픈 마음뿐이다. 독일 뮌헨의 정신과 의사인 알베르트 필레스는 이렇게 표현하였다. "그런 사람들로부터 나오는 악은, 그들이 오래전 받은 상처에 대한 복수인데, 그 대상은 상처를 준 당사자가 아니라 애먼 사람이다." 부모가 어린 시절의 자녀에게 실수를 했다고 가정하자. 자녀는 부모에게 앙갚음하고 싶어도 부모가 더 이상 살아 있지 않아서, 또는 차마 부모에게는 분노를 터뜨릴 수 없어서 다른 사람들에게 그 분노를 표출하며 스스로 병들어 간다.

어떻게 보면 이것은 큰 문제로 보이지 않을 수도 있다. 그러나 권력이 커질수록 미치는 영향력도 커진다. 많은 권력을 가진 사람이 자신의 삶의 진실을 대면할 준비가 되어 있지 않고 자신이 당했던 것을 다른 사람들에게 그대로 갚아주려 한다면 문제는 커질 수 있다. 게다가 부모에 대한 증오로 가득해 여기저기 방화를 하고 다닌다 하더라도 그 증오와 분노에서 자유로워지지도 못한다. 결국 불행만 커질 뿐이다. 그런 사람은 내면의 혼란 때문에 마음속 고요한 공간에 이를 수 없다. 마음속 고요한 곳에서 자신의 진실을 대면해야 하는데, 그는 그 진실을 감당할 수 없기 때문이다.

나는 사람들이 자기 자신 그리고 자신의 삶과 화해를 하도록 돕는 것이 내 사명이라고 믿는다. 그러한 화해를 통해서만 사람들은 자신의 원래 모습을 발견할 수 있다. 그리고 축복의 흔적을 남기게 된다. 그렇지 않으면 황폐화, 파괴, 증오, 미움의 흔적만 남을 것이다.

우리는 다른 사람들에 대해 함부로 판단할 수 없다. 그들의 상처가 얼마나 깊은지 알 수 없기 때문이다. 그러나 모든 사람은 파괴를 거부하고 화해의 길을 선택할 자유도 갖고 있다. 분노가 가득한 사람은 진정한 자기 내면과 마주할 때, 그동안 분노로 쌓아올린 삶이 무너지는 경험을 하게 될 것이다. 그는 더 이상 자신이 느꼈던 분노를 통해 자신을 정의할 수 없게 되기 때문이다. 하느님은 인간에게 자유를 선물하셨다. 삶을 선택하고 죽음을 배척할 자유, 선을 선택하고 악을 멀리할 자유, 자신의 유일무이한 모습을 회복하고 일그러진 자신의 모습을 벗어던질 자유를.

라슨 ———— 신이 우리에게 부여하신 원래의 모습은 항상 사랑, 온순함, 생명력과 힘이 넘치는 모습일 거라 생각됩니다. 이처럼 우리에게 주어진 원래의 긍정적 에너지를 발산하는 데 걸림돌이 되고 있는 일상 속 문제들을 찾아낸다면, 과거의 상처로 향하는 문의 열쇠를 찾았다고 할 수 있지 않을까요? 그런 의미에서 신이 각자에게 주신 모습이 다른 사람들과의 관계와는 아무런 상관이 없는데도 불구하고, 다른 사람들과 소통하면서 느끼는 감정들을 통해서만 하느님이 우리에게 주신 원래의 모습이 어떤 것인지 알 수 있다는 역설을 이해할 수 있을 것 같습니다. 쉽게 말해 다른 사람과의 관계 속에서 무엇이 나를 질투 나게 하고 화나게 하고 분노, 상처, 슬픔을 느끼게 하는지를 알게 되면서 내가 어떤 사람인지 추론할 수 있는 것입니다.

그렇다면 자기성찰을 하지 않는 사람은 어쩌면 계속해서 잘못된 길을 걷게 된다고도 볼 수 있습니다. 삼촌의 설명에 따르면, 우리는 자칫 잘못하면 신이 우리에게 선사하신 원래의 모습이 아닌 일그러진 모습에 끌려다닐 수 있게 되는 것입니다. 예컨대 처음에는 나에게 완벽한 배우자를 만났다고 믿으며 매우 만족스러워하다가, 시간이 한참 지난 후에야 과거의 아픈 기억을 재현시켜주는 사람을 만났다는 사실을 깨닫게 될 수 있습니다. 심지어 일에 집착하며 번아웃 상태가 될 때까지 앞만 보고 달리는 경우도 마찬가지입니다. 사실은 일에 몰두하는 것이 아니라 자신의 열등감을 이겨내 보려는 몸부림이었던 것입니다. 자신의 건강, 부부 관계, 가정생활을 위태롭게 하면서까지 직업적 성공에 몰두하는 사람들, 또는 금방 사랑에 빠졌다가 오래가지 못하고 또 새로운 사랑에 빠지는 사람들의 이해할 수 없는 태도도 다 이 틀 안에서 설명되고 있습니다.

엄마로서 저는 사람들이 가지고 있는 내면의 상처가 부모에 의한 것이라는 이야기를 들으면 비판적인 자세를 취하게 됩니다. 물론 사람들에게 부모와의 관계는 가장 친밀한 것입니다. 그리고 부모는 다른 모든 인간관계에서처럼 자식과의 관계에서도 자신이 자기 부모와 맺었던 관계의 영향을 받습니다. 그러나 부모자식 관계는 자식이 부모 때문에 일방적으로 상처를 받게 되는 일방통행이 아닙니다. 아이들은 모두 특별한 개성과 기질을 가지고 세상에 태어납니다. 그래서 어떤 가정에서는 부모자식 관계가 매우 어려울 수도 있습니다. 우리 친척들만 봐도 알 수 있습니다. 다들 비슷한 유전적 특징을 공유하고 있는 데도 불구하고 유독 더 편하고 잘 맞는 친척들이 있습니다. 사람은 태어나서 이십 년 가까이 자신과 전혀 다른 성격과 특징을 가진 부모와 형제자매랑 한 지붕 아래 살아야 합니다. 또 부모가 정한 규칙이 맘에 들든 들지 않든 수용하는 법을 배워야 하며 자신에게 주어진 임무를 수행해야 합니다. 그렇지 않으면 용돈을 받지 못한다거나 TV 시청을 금지 당하거나 최악의 경우 휴대폰을 빼앗기게 됩니다.

대부분의 부모는 아이들을 잘 가르쳐 앞으로의 삶에 대비시키려고 노력합니다. 반면 아이들은 있는 그대로의 상태를 유지하고 싶어 합니다. 그러다 보니 부모와 자식 간엔 늘 갈등이 생기고 때로 상처를 주고받는 경우도 발생하게 됩니다.

저는 엄마가 되면서 부모님을 이해하게 되었습니다. 부모님 역시 세상 모든 질문에 대한 답을 알지 못했고, 인생에 대한 수많은 물음에 답을 찾으려는 존재였다는 사실을 깨닫게 되었습니다. 저는 엄마가 되면서 제 삶에 대해 온전히 책임지는 법을 배우기 시작했습니다.

부모가 되면 갑자기 아이들의 미래와 행복에 대한 책임을 떠안게 되므로 자기 자신만 생각할 수 없게 됩니다. 독일의 출산율 통계를 보면 부모로서 져야 하는 막중한 책임을 감수할 의지가 있는 커플이나 부부는 극히 드문 것 같습니다. 자신의 선택에 책임이 뒤따른다는 것에 전적으로 공감합니다. 죽음이 아닌 삶, 악이 아닌 선, 자신의 일그러진 모습이 아닌 자기 본래 모습을 선택한다는 것은 정말 중요한 일입니다.

그륀──── 다른 사람들의 나에 대한 정의 그리고 자기가 스스로에게 부여한 자기상 등 나를 묘사하는 수많은 모습들 때문에 진정한 나의 모습을 발견하기가 쉽지 않다. 이에 대해 우리 두 사람 모두 동의하고 있다. 이 사실을 인정하고 진정한 나의 모습을 발견하기 위해 노력한다면 열등감에 사로잡히지 않게 된다. 모든 문제의 잘못이나 원인을 나에게서 찾으려 하지 않게 된다. 그러면 인생은 훨씬 수월하게 흘러가게 된다. 물론 항상 말처럼 쉽게 되는 것은 아니다. 계속해서 일그러진 나의 모습에서 벗어나 나의 본연의 모습을 찾기 위해 노력해야 한다. 그것은 평생의 과제이다.

네 말처럼 어떤 엄마들은 엄청난 기대 속에서 압박을 느낀다. 그래서 종종 심리학 서적이나 전문가의 조언이 담긴 책들을 찾아 읽는다. 부모로서 모든 것을 완벽하게 해내려고 욕심을 내지만, 결국 완벽해질 수도 없다. 나도 네 의견에 전적으로 동의한다. 엄마도 아빠도 모두 인간이다. 욕심이나 한계, 다양한 감정과 열정을 지닌 존재인 것이다. 아이들이 자라나는 과정에는 항상 위기와 상처가 따른다. 너무나 당연한 일이다. 그 위기와 상처를 도전으로 받아들이고, 그 과정을 통해 우리 가정의 한계를 조금씩 극복해나가면 되는 것이다. 한계가 없는, 모든 것이 완벽한 가정이라면 개성도 없을 것이다. 게다가 자녀들은 자신의 삶을 만족스럽고 행복하게 만들어나갈 수 있는 힘을 지닌 인간으로 성장하지도 못할 것이다.

온전히 나답게

엄마로서만 산다는 것은 제 자존감을 상하게 하는 일이었습니다.
직장이라는 '간판' 없이 과연 나는 누구인지, 그리고 나 스스로를
어떻게 평가하고 있는지를 계속해서 자문해야만 했습니다.

라슨 ——— 부모자식 간의 관계에 대한 이야기가 나왔으니 한 가지 묻고 싶습니다. 수도원에서도 부모자식 간의 관계는 이어지는 것 같습니다. 수도사들은 전적으로 수도원의 보살핌을 받으며 살고 있습니다. 수도사가 직접 식사 준비를 한다거나 살집을 구하거나 수리할 필요도 없는 듯합니다. 수도원이 어머니처럼 수도사들을 보살핀다고 할 수 있습니다.

한편 수도사들은 피크닉 등 바깥 외출을 할 때는 수도원장의

허락을 받아야 하며, 수도회가 정한 생활규칙을 따라야 합니다.
수도원장이 아버지 역할을 한다고 볼 수 있습니다.

저와 같은 일반인은 성인이 된 이후에도 어린 시절 형성된
부모와의 관계에 영향을 받습니다. 부모와의 갈등을 경험한 상
황이라면, 그것이 수도원 생활에서도 드러나는지요?

그륀 ──── 물론이다. 모든 공동체, 모든 기관이 어머니 같은
역할을 한다고 보면 된다. 그래서 대학을 라틴어로 'alma
mater(알마 마떼르)', 모교라고 부르기도 한다. 젊은 수도사들 중
에는 어머니에게 매우 친밀한 유대감을 느끼는 청년들이 있다.
어머니와 떨어져 살면서 어머니를 대체할 대상을 찾는 사람들
도 있다. 그런 사람들은 결코 어른이 되지 못하고 영원한 아이
로 남게 된다. 진짜 어른이 되려면 그런 어머니 같은 대상으로
부터 떨어져 나와야 하는데, 수도사의 경우는 심지어 수도원을
떠나야 그 의존성에서 완전히 탈피할 수 있다. 현재 수도원에
서는 들어올 수 있는 나이를 높게 조정해, 수도원에서의 삶에
관심을 갖는 사람들이 충분히 세상을 경험해보고 어느 정도 나
이가 들면 수도사가 될 수 있도록 하고 있다.

어린 시절 경험한 아버지와의 관계 역시 수도원장을 비롯한
상급자와의 관계에 영향을 미치고 있다. 아버지는 아이들을 위

한 버팀목으로서 신뢰를 주는 존재이며, 아이들이 스스로 삶을 개척해나갈 수 있게 해주는 존재이다. 아버지와 함께 살지 못했다거나, 혹은 아버지가 아버지로서의 역할을 제대로 하지 못한 가정에서 자란 청년들은 자신을 지탱해주는 무언가가 없는 느낌을 받으며 살아간다. 그리고 모든 권위에 대하여 기본적으로 불신하는 경향이 있다. 그런 수도사들은 수도원장이 내린 지시에 대해서 자의적 결정이라며 거부감을 표출하기 일쑤다. 만약 수도원장 자신이 아버지와 이상적인 관계를 만들지 못한 경우라면, 갈등을 회피하고 결정이나 결단을 단호하게 내리지 못하는 경향을 보이거나 반대로 매우 독단적인 성향을 보인다. 권위(독일어로 Autorität, 영어로는 authority)라는 단어는 '번식하고 성장하게 한다'는 의미의 라틴어 'augere'에서 유래한 것이다. 따라서 진정한 의미에서 권위가 있는 수도원장은 자의적으로 권력을 휘두르지 않고 수도사들 각자가 자신의 본연의 모습을 드러내며 성장할 수 있게 해주는 역할을 하는 것이다.

아버지와의 관계는 수도원에서 또 다른 의미를 갖는다. 아버지와 좋은 관계를 유지해온 사람은, 아버지를 떠올릴 때 다른 사람들을 보호하고자 하는 마음을 갖는다. 상담을 해주고 있는 성직자로서 나는 일종의 아버지 역할을 맡고 있다. 나를 전적으로 신뢰하며, 자기 삶의 이야기를 털어놓고 자신을 지지해주기를 바라는 젊은이들을 대할 때만 그런 역할을 하는 것은 아니다. 자신의 문제를 솔직하게 이야기하는 성인들을 대할 때도 마찬가지다. 그런 사람들을 대할 때면 내 안에 아버지의 마음이 생겨난다. 그들에게는 자신들이 믿고 기댈 수 있는 누군가가 필요하다. 나는 그 필요성을 인지하고 그 역할을 하고 있는 것이다. 물론 아버지 역할을 통해서만 나 자신을 규정할 수는 없다. 만약 그렇다면 나는 아버지 역할을 수행하기 위해, 그리고 이를 통해 사람들과의 친밀감과 그들 앞에서의 권위를 즐기고 싶어 하는 나의 욕구를 무의식적으로 충족시키기 위해 그들을 이용하게 될 것이기 때문이다.

라슨 ——— 상담사들 중에는 아이가 없지만 상담을 의뢰하는 사람들이 행복하게 살아갈 수 있도록 그들을 도와줌으로써 일종의 아버지 혹은 어머니 역할을 하는 사람들이 있습니다. 저는 아버지나 어머니의 역할을 하게 될 때, 비로소 나와 부모와의 관계를 제대로 바라보며 현재의 어려운 문제를 극복할 수 있지 않을까 생각합니다.

저도 그런 경험을 했거든요. 사실 저는 부모님과의 관계에 대해 진지하게 생각해본 적이 없었습니다. 저의 어린 시절은 완벽했고 저에게 부모님은 절대적 존재였으니까요. 그러다 결혼 후 첫 아이를 낳고, 저희 부부는 부모님과의 관계에 대해 진지하게 대화를 나누면서 우리가 어떤 부모가 되어야 하는지를 고민하게 되었습니다. 남편과 저는 각자 부모님과의 관계 속에서 무엇이 긍정적이고 부정적이었는지를 찾아냈고, 부모님이 선택하신 방식들 중 어떤 것들을 우리가 이어나갈지, 또 어떤 부분에서 새로운 방법을 찾아 시도해볼지 의논하곤 했습니다. 예상대로 순탄치만은 않았습니다. 부모의 역할을 실행하면서 우리는 서로의 문제점을 인정해야만 했고, 그 과정에서 부모님의 실수에 대해서도 이해하게 되었습니다.

다른 사람들도 저희 부부와 비슷하게 느낄 거라 생각합니다. 한번은 아버지와 늘 거리를 두었던 한 남자가, 자신은 아버지와 어느 정도 거리가 있는 것이 정상인 줄 알았다고 했습니다. 그러나 자신이 직접 아이들을 키우면서 아이들과 늘 친밀한 관계를 유지하고 싶은 욕구를 느꼈고, 그동안 전혀 이상하다고 생각한 적도 없고 상처가 되지도 않았던 아버지와의 관계에 대해 다시 돌아보게 되면서 뒤늦게 상처를 받았다고 했습니다. 그는 오랜 세월 무의식적으로 아버지와의 친밀한 관계를 그리워했다는 사실을 깨달았던 것입니다.

우리는 어린 시절부터 익숙해진 것들을 아무런 의심 없이 이상적인 것으로 여기면서, 그것이 자신에게 가장 잘 맞는 것이라고 믿습니다. 그러나 그러한 생각을 벗어던지고 실제로는 다른 사람이고 싶었다는 사실, 혹은 다른 것을 좋아한다는 사실을 인정하게 되면 그 무엇과도 비교할 수 없는 자유를 경험하게 됩니다.

저는 알몸으로 수영을 하거나 술을 마시면서 길거리를 제멋대로 활보하고 다니는 정도의 일탈만 아니라면, 모든 관습과 전통으로부터 벗어나 자유롭게 살 수 있는 나라를 선택해서 떠났습니다. 미국은 누구나, 어느 정도 자신이 원하는 방식과 모습대로 살 수 있는 나라입니다. 그런 나라를 선택했음에도 불구하고 저는 실내화를 신고 시장을 보러 나온 사람들을 보면서 속으로 그들이 이상하다고 비난을 했습니다. 그러다 문득 자문하게 됐습니다. 실내화 신고 외출하지 말란 법이 있나? 마트에 갈 때 어울리는 옷차림에 대한 기준은 도대체 누가 만든 것일까?

제가 엄마가 되는 과정도 비슷했습니다. 완전한 자유에 대한 욕구와 기존 관습에서 벗어나지 못하는 비판적인 목소리가 제 안에서 충돌하곤 했습니다. 그러면서 부모님으로부터 물려받은 부모라는 역할의 기준에서 벗어난 저만의 기준을 만들 수 있었습니다.

우리는 어른이 되어도 영원히 부모님의 딸이나 아들로 살아가게 되지만, 내면의 갈등은 우리로 하여금 더 진정성 있는 인간이 되게 하며 부모를 존경하게 만듭니다. 자신의 아이를 기르는 직접적인 방법이든 직장생활이나 다른 이들을 위한 봉사를 통한 간접적인 방법이든 부모의 역할을 경험해보지 않고는 그것을 깨달을 수 없고, 계속해서 추상적인 이상에 집착하면서 부모를 비판할 것입니다.

삼촌은 상담자로서 아버지 역할만으로 자신을 규정짓는 것은 바람직하지 않다고 했습니다. 잘 이해되지 않습니다. 친밀감과 권위에 대한 욕구가 어떤 것인지 잘 알고 있습니다. 그러나 아버지처럼 자신을 보듬어주고 도와주는 누군가를 필요로 하는 사람에게 그러한 역할을 해주면서, 동시에 아버지로서 느끼는 친밀감과 권위에 대한 자신의 욕구까지 채울 수 있다면 괜찮지 않을까요? 여기에서 경계해야 할 것은 무엇인가요?

그륀 ───── 나를 전적으로 신뢰하는 사람들에게 아버지와 같은 존재가 된다는 것은 기분 좋은 일이다. 그런 존재로서 누군가를 도울 수 있다는 건 나를 만족시키고 채워주는 느낌이 들기도 하고. 자녀를 위하는 아버지의 마음이 어떤 것인지 짐작할 수 있게 된다. 나를 아버지 역할로써 규정하려 하지 않는다는 말은, '오직' 아버지 같은 역할만 하는 사람도 아니고 '항상' 아버지 같은 존재인 건 아니라는 사실을 인식한다는 것이다. 융은 다음과 같이 경고했다. "조력자나 치료자의 전형적인 모습, 또는 아버지의 전형적인 모습으로 자신을 규정짓는 사람은 자신의 삶을 제대로 보지 못하는 눈 먼 자다." 여기에서 융이 언급한 전형적인 상은 우리로 하여금 다양한 능력을 발견하게 해주기 때문에 중요하다. 아버지의 전형적인 모습에 대한 기대는 아버지로서 발휘하게 될 능력들을 발견하게 해준다. 감사한 일이다. 나는 그러한 능력을 맘껏 펼치며 아버지로서의 모습을 보여주고 있다. 그러나 종종 자신을 전형적인 치료자로 여기면서 다른 사람들과의 친밀하고 가까운 관계에 대한 자신의 욕구를 충족시키는 사제들을 보곤 한다. 문제는 그들이 마음의 위안을 바라는 사람들에게 별로 도움이 되지 못한다는 사실이다. 도움과 위안을 구하러 찾아온 사람들은 사제가 자신들 앞에서 우월한 존재가 되려 하거나 친밀감에 대한 욕구를 자신들을 이용해 충족시키고 있음을 느끼기 때문이다. 그 외에도 자신을 지도자나 영적 아버지로 여기는 종교계 지도자들을 본 적이 있다. 그들은 자신을 따르는 제자들이 있어야만 만족감을 느끼는 사람들이다.

항상 누군가를 도와야만 하는 사람들이 있다. 종교계 지도자들이 자신의 제자들이나 추종자들에게 오랜 시간 도움을 주는 것은 좋은 일이다. 그러나 그들은 언제까지 도움을 필요로 할까? 도움이 계속되면 제자들이나 추종자들은 지도자에게 의존하게 된다. 상담자의 경우도 마찬가지다. 일정 시간 동안 상담을 받는 사람은 도움을 받지만, 일정한 시간이 지나면 상담자의 조언과 도움이 더 이상 필요 없음을 느끼게 된다. 성직자, 교사, 상담사들이 상담자나 조력자로서의 역할에 너무 집착한 나머지 제자들이나 내담자들을 성적으로 추행하는 경우도 있다. 자신이 원하는 전형적인 역할에 대한 집착은 자신의 성적 욕구를 어린 학생이나 내담자를 통해 충족시키고 있다는 사실조차 깨닫지 못하는 지경에 이르게 한다. 그들은 자신의 어긋난 행위를 상담자나 조력자의 역할을 수행하는 것으로서 정당화한다. 이런 이유로 나는 그 역할에 대해 매우 신중하고 조심스러워야 한다고 말하는 것이다. 물론 나도 아버지와 같은 역할을 적극적으로, 그리고 감사한 마음으로 담당하고 싶고, 이를 통해 나의 지지와 지원을 필요로 하는 사람들의 마음속에 신뢰가 쌓이기를 바란다. 그러나 전형적인 아버지의 역할만으로 자신을 규정지으면서, 자신은 무엇이든 다 가르쳐줄 수 있는 대단한 조언자나 모두가 추종하고 싶어 하는 강한 존재인 듯한 느낌을 갖는 것은 지양해야 할 일이다.

아이들을 키우는 엄마라도 네가 엄마로서만 존재하는 것이 아님을 기억해줬으면 한다. 아이들에게 진정한 의미의 엄마가 되어주고, 그들에게 안정감과 근원적 신뢰를 주면서 너의 역할을 충실히 수행하는 것은 매우 중요한 일이다. 그러나 네가 엄마로서만 살아간다면, 너는 아이들을 떠나보낼 때가 되어도 보내지 못하고 아이들에게 집착하게 될 것이다. 엄마로서만 살았던 너는 계속해서 그 역할을 하기 위해 아이들이 필요하게 될 것이다. 그런 이유로 엄마가 아닌, 다른 너의 모습과 역할들도 함께 발전시켜야 한다. 너는 글을 쓰고 있으니, 엄마가 아닌 존재로서의 너를 생각해보렴. 그건 분명 아이들에게도 유익할 거라 생각한다.

라슨 ─── 삼촌은 세상의 많은 엄마들이 귀담아 들어야 할 말씀을 하셨습니다. 우리는 엄마이고 싶어 합니다. 그래서 집중력과 많은 시간을 투자해 엄마의 역할을 수행하고 있습니다. 동시에 엄마가 아닌 다른 나로서의 삶도 살고 싶어 하며, 엄마가 되기 이전에 꿈꿨지만 포기해야만 했던 일들에 대한 강한 갈망도 갖고 있습니다. 그러나 매일같이 아이들을 학교에 보내놓고 산더미처럼 쌓인 빨래를 하다가 시간이 되면 '운전기사'처럼 아이들을 태워 데려와서 '동물사육사'처럼 아이들에게 음식을 먹이고 나면, '우리 가족 매니저' 외 다른 내 모습을 찾고 추구할 만한 시간도 에너지도 남아 있지 않습니다. 그래서 많은 엄마들이 짧은 육아휴직 후 직장에 복귀해 다시 바쁜 직장인으로서의 삶을 살고 있습니다. 동시에 엄마로서의 역할을 제대로 수행할 수 없어 늘 죄책감에 시달린답니다. 직장인으로서 맡은 업무와 책임은 엄마로서의 시간표를 전혀 고려하지 않으니까요. 엄마들은 늘 스트레스를 받습니다. 직장인으로서, 엄마로서, 아내로서 동시에 완벽하고 행복하기란 성공하기 어려운 묘기입니다. 한번은 이런 소리도 들었습니다. "사랑, 아이, 직장… 이 중 두 가지만 선택해야 한다"고.

그럼에도 불구하고 삼촌의 말에 전적으로 동의합니다. 엄마의 역할'만' 고집하는 것은 마치 은행원이나 의사로서만 살겠다는 것처럼 불균형적인 삶을 의미합니다. 그렇다고 해서 엄마의 역할이 중요하지 않다는 것은 아닙니다. 단지 엄마로서만 살 경우 장기적으로 모든 감정적 욕구를 완벽하게 충족하지는 못한다는 뜻입니다. 그렇게 되면 균형이 깨지게 되고 다른 사람들에게 지나치게 집착하게 됩니다. 넘치는 에너지로 상대를 짓누르거나 계속해서 트집을 잡을 수 있습니다. 제 경험상 늘 비판의 목소리가 큰 사람들은 자기 자신을 온전히 살아내지 못하고, 균형 있는 삶을 살지 못하며 자신의 열정을 억누르는 사람들이었습니다. 물론 모든 게 뜻대로 되지 않고, 모든 감정적 욕구를 충족하지 못하거나 다른 뭔가를 생각하기에 너무 지쳐 있는 시기가 누구에게나 찾아올 수 있습니다. 저도 그런 시기를 겪었고, 남편은 그 시기에 저를 먼발치에서 지켜보며 기다려주는 법을 배웠답니다.

저는 인내를 배워야만 했습니다. 솔직히 저에게 가장 어려운 일은 인내하는 것입니다. 아직도 완벽하게 인내할 줄 안다고 하기는 어렵습니다. 벽에 부딪히면 즉시 '머리로 벽을 들이받는' 성향의 사람이기 때문입니다. 모든 일은 때가 되면 이루어질 것이라는 믿음, 그리고 속도를 낸다고 해서 꼭 더 유리해지는 건 아니라는 믿음을 갖게 된 것은 저에게 어려운 학습과정이었습니다.

기다림의 시간 동안 관심을 다른 데로 돌리면 인내하기가 조금 수월해지긴 합니다. 제 경우 아이들이 아직 어렸을 때, 인내하는 법을 배우면서 열정적인 스포츠인으로 거듭났습니다. 저는 아이들이나 남편과 전혀 관계가 없는 일에 몰두하고 열정을 쏟는 법을 배워야만 했습니다. 지금은 아이들이 더 이상 저를 예전처럼 수시로 필요로 하지 않는 나이가 되었고, 저는 자연스럽게 글을 쓰는 일에 몰두하기 시작했습니다. 적당한 때가 되었던 거죠.

기다림의 시간을 돌아보면서 저는 그 시간이 저에게 주어진 선물이었음을 깨달았습니다. '오로지' 엄마로서만 산다는 것은 제 자존감을 상하게 하는 일이었습니다. 저는 직업이라는 '간판' 없이 과연 나는 누구인지, 그리고 나 스스로를 어떻게 평가하고 있는지를 계속해서 자문해야만 했습니다. 그래도 저는 제가 어떤 모습이든, 직업이 없어도 그리고 레고더미 한가운데 머리가 다 헝클어진 채 앉아 있어도 남편이 저를 사랑해준다는 확신이 있었기 때문에 그 시기를 어렵지 않게 보낼 수 있었습니다.

사랑과 생명력

우리는 어떻게 수많은 기대의 굴레에서 벗어날 수 있을까요?
어떻게 다른 사람들의 시선으로부터 벗어나
스스로 가치 있다고 느낄 수 있을까요?

라슨 ——— 삼촌과 이야기를 주고받으며 확인할 수 있었듯이, 사람은 누구나 다른 사람으로부터 관심과 인정을 받고 가치 있는 존재로 대접받기를 원하며 자신을 표현하고자 하는 욕구를 가지고 있습니다. 그리고 다른 사람들이 필요로 하는 존재가 되고 싶어 합니다. 자녀를 둔 엄마이든 혹은 조언이 필요한 사람들이 찾는 사람이든 누구나 이러한 욕구를 갖고 있습니다. 그러나 내가 누군가를 돕는 사람이 되기 위해서는 다른 사람들이 나의 도움을 필요로 해야 합니다. 나의 욕구와 다른 이들의 필요가 서로 맞아떨어져야 합니다.

앞서 전형적인 아버지 상에 대한 이야기를 나눌 때 삼촌은 다른 사람들의 상담을 해주면서 자신이 가지고 있는 아버지로서의 역량을 느낄 수 있다고 하셨습니다. 저는 삼촌이 매우 조심스러워하고 있다는 느낌을 받았습니다. 사제로서 사람들과 매우 친밀한 관계를 맺고 있지만 그들을 대하는 데 매우 조심스러워하며 신중하다는 것을 느낄 수 있었습니다. 감정적으로 늘 긴장을 하고 있다는 생각이 듭니다. 이성적으로 감정의 안전거리를 유지하는 대신, 그냥 자신의 욕구대로 따르고 싶은 생각은 안 드는지요? 수도사는 자기 자신과 화해를 하지만, 그 대가로 자신의 욕구나 감정을 늘 객관화시켜야 하는 것인지요?

그륀 ───── 감정을 느끼는 데 있어서 조심스럽다는 표현은 맞지 않는 듯하다. 내 감정과 욕구를 의식적으로 인식한다는 표현이 더 적합할 것이다. 나는 다양한 감정과 욕구를 허용하며, 상담을 하면서 내담자에게 친밀감도 느끼고 있다. 그러나 상담이 친밀감에 대한 나의 욕구를 충족시키는 방편이 되어서는 안 된다는 사실을 인식해야 한다. 그러지 않는다면 사제이자 상담자로서의 나의 역할을 내 욕구 충족을 위해 이용하게 될 것이다. 물론 상담을 받으러 오는 사람이 나와 특별한 친밀감을 기대했다면, 내가 친밀감을 보여주는 것이 그에게도 유익할지 모른다. 하지만 그렇게 되면 상담자와 내담자가 서로 얽히게 된다. 그것은 모든 상담자에게 다 적용된다. 오랜 시간 상담이나 심리치료를 하다가 결국 자기 환자에게 의존하게 되는 상담사나 심리치료사들은 흔하다. 그런 상담사나 심리치료사들은 더 이상 내담자나 환자를 치유하는 데 도움이 되지 못한다. 나도 내담자가 무언가를 주면 받기 마련이다. 그러나 나는 돌려받기 위해서가 아니라 내면에서 열정이 끊임없이 샘솟기 때문에 주는 것이다. 상담을 받은 사람들이 나에게 표시한 감사와 친밀감과 공감 등에 대해서 나도 감사하게 생각한다.

수도사로서의 삶을 산다고 해서 항상 감정적으로 안전거리를 유지해야 하는 것은 아니다. 수도사들 역시 개인적으로 친구들과의 관계도 유지하고 있다. 나는 친구들과의 관계 속에서 내 감정을 통제하지 않는다. 감정을 마음껏 발산한다. 친밀감에 대한 나의 욕구도 마음껏 표출하고. 왜냐하면 우정을 나누는 친구와의 관계는 상담을 받으러 온 사람과 상담자 간의 관계와는 완전히 다른 종류의 것이기 때문이다. 나는 친구들과의 관계 속에서 친밀감에 대한 나의 욕구를 마음껏 표출하며 우정을 꽃피우고 있다. 동시에 아무리 친한 친구라도 편안함과 안정감에 대한 나의 욕구를 완전히 충족시켜줄 수 없다는 사실을 인정해야 한다. 우정이 안내해주는 내면의 가장 깊은 곳, 바로 하느님 안에서 안정감을 찾을 수 있다. 나는 하느님 안에서 느낄 수 있는 안정감과 친구들과의 관계 속에서 느낄 수 있는 안정감은 서로 상충하지 않는다고 생각한다. 오히려 서로 쌍을 이룬다고도 할 수 있다. 하느님 안에서 충분히 만족하고 있기 때문에 친구를 필요로 하지 않는다는 의견에 대해서 나는 동의하기가 어렵다. 그렇게 주장하는 사람은 다른 사람과의 관계를 어려워하는 자신의 약점이나 친구가 별로 없는 자신의 초라함을 감추기 위해 하느님과 자신의 관계를 과대포장하는 사람이다. 반대로 "나는 친구가 없고 그 누구도 내가 원하는 친밀감을 주지 않는다."며 서글퍼하는 사람들도 있다. 그런 사람에게 나는 나를 나답게 해주는 내면의 중심을 살펴보라고 한다. 왜냐하면 영혼의 가장 깊은 곳에는 사랑의 원천이 흐르는데, 이 사랑의 원천은 다른 사람이 나를 사랑하는지의 여부에 전혀 영향을 받지 않기 때문이다. 누구나 다른 사람으로부터 사랑을 받는 경험과 사랑을 받지 못하는 경험을 하게 되는데, 그 경험들은 우리에게 사랑의 내적 근원을 찾을 수 있는 계기를 제공해준다. 나는 친밀감에 대한 욕구를 허용하고 그 친밀감을 느끼는 동시에, 내 안에 존재하는 가장 깊은 곳에서 안정감을 느끼는 것이 수도사로서 살아가는 방식이라고 생각한다.

라슨 ─── 베네딕토 수도회의 한 수도사가 수도원에서의 삶을 선택한 이유가 사랑과 생명력에 대한 그리움 때문이라고 인터뷰한 것을 들은 적이 있습니다.

저는 한 남자의 아내이자 아이들의 엄마로서 단 며칠이라도 수도원에서 조용하고 외로운 시간을 만끽하고 싶은 욕구를 느낍니다. 수도사는 어떤 종류의 사랑과 생명력을 그리워하나요? 수도사들에게 사랑은 어떤 의미인가요?

그륀 ─── 수도사들이 말하는 사랑 역시 일차적으로 사람을 대상으로 한 사랑을 의미한다. 그러나 수도사들이 추구하는 사랑은 자기 영혼의 가장 깊은 곳에 존재하는 사랑을 말한다. 궁극적으로 사랑으로서의 하느님을 추구하는 것이다. 모든 존재의 근원에 깔려 있는 사랑에 대한 그리움을 채우는 것이다. 이때 인간에 대한 사랑이라는 구체적인 경험을 통해 우리 영혼의 가장 깊은 곳에 존재하는 사랑의 원천에 가까워지는 거란다. 사랑의 원천을 발견한 사람은 누군가를 사랑하도록 스스로를 다그칠 필요가 없다. 내면에서부터 자연스럽게 사랑이 흘러넘치기 때문이다. 그러면 사물에 대한 것은 물론이고 동물과 식물에 대한 사랑, 그리고 인간에 대한 사랑까지도 넘치게 된다.

라슨 ——— 내면의 모든 것이 적절하게 조화를 이뤄 기분 좋은 날에는 내면으로부터 사랑이 샘솟는 듯합니다. 그런 날은 내가 다른 사람들에게 주는 것이 많은 경우입니다. 남편은 따뜻한 입맞춤을 선물로 받고, 아이들은 갓 구운 쿠키를, 고양이는 신선한 우유 한 사발을 먹을 수 있게 된답니다. 그러고 나면 남편은 저에게 다시 입을 맞춰주며, 아이들도 저를 따뜻하게 안아주고, 고양이는 해가 잘 드는 마당 한 구석에 누워 새들이 마음껏 지렁이를 찾도록 내버려 둔답니다. 제 안에서 흘러넘친 사랑이 연쇄반응을 일으키는 거랍니다.

저는 내면의 사랑이 반드시 외적으로도 표현되어야 한다고 생각합니다. 고대 그리스에서는 사랑을 세 가지 종류, 즉 이성 간의 사랑이자 열정인 에로스, 깊은 우애와 연대의 마음인 필리아, 그리고 신의 사랑인 아가페로 구분해 표현했습니다.

내면에서 사랑이 넘쳐흐르는 날엔, 연인이나 배우자에 대한 열정과 주변 사람들에 대한 애정과 호의도 더 커지는 듯합니다. 열정적인 사랑은 진심으로 나에게 다가오는 상대를 향해 생겨날 수 있습니다. 내가 상대에게 사랑을 주면 상대도 나에게 사랑을 줌으로써, 자연스럽게 내 안에서도 사랑이 싹트게

되는 것입니다. 많은 사람들의 경우 사랑하는 사람과 열정적인 밤을 보내고 나면 그에게 더 큰 친밀감과 애정, 깊은 사랑과 평화를 느낄 뿐 아니라 자신의 내면에서 샘솟는 행복감을 어떤 형태로든 다른 사람들에게도 전달하고자 하는 마음을 갖게 됩니다.

어떤 형태의 사랑에서 출발하든, 종국에는 세 종류의 사랑을 모두 느끼게 됩니다. 또한 이러한 역동적인 사랑 안에서 우리는 생명력을 동시에 경험하게 됩니다.

우리는 내면에 존재하는 신의 사랑과 그 사랑이 선사하는 생명력 역시 평범한 일상 속에서 경험할 수 있습니다. 그래서 다른 이유보다도 금욕을 통해 사랑과 생명력을 찾겠다며 수도사가 되려는 젊은이들을 잘 이해하지 못하겠습니다. 삼촌은 어떻게 생각하는지요?

그륀 ────── 물론 결혼을 한 사람이라도 부부 관계 속에서 충분히 신의 사랑을 경험할 수 있다. 토마스 아퀴나스는 세 가지 종류의 사랑이 항상 같이 나타난다고 했다. 아가페는 에로스, 필리아와 관계가 없는 것이 아니라 늘 영향을 받는다. 그래야만 아가페가 살아 있는 사랑이 되는 거란다. 다시 말해 부부 관계에서 사랑과 생명력을 찾지 못하기 때문에 그것을 찾기 위해 수도사가 되겠다고 말하는 것은 잘못된 것이다. 이것은 부부 관계를 무시하는 말이다. 부부의 사랑은 열정적인 사랑과 우정, 신의 사랑, 이 세 종류의 사랑을 모두 아우르는 거란다. 신의 사랑에 이르는 길은 많다. 그리고 그중 어느 길이 더 좋다고 말할 수도 없다.

과거에는 수도원에서의 공동체 삶을 '완벽한 삶(vita perfecta)'이라고 했다. 부부의 연을 맺고 가정을 이루는 것을 다소 가볍게 여기는 뉘앙스가 느껴지는 표현이다. 그러나 오늘날에는 그런 뉘앙스의 표현을 쓰는 사람은 없다.

수도사에게 있어서도 세 종류의 사랑이 동시에 존재할 수 있다. 수도사도 에로스, 필리아, 그리고 아가페를 경험한다. 남성으로서 여성에게 끌리는 마음을 느끼며, 여성이 발산하는 매력에 매료되기도 한다. 이때 에로스의 사랑이 꿈틀거리게 된다. 그러나 이 사랑은 부부의 연을 맺은 사람들과 다르게 아가페적 사랑으로 발전한다. 나를 매료시킨 여성을 나의 연인으로 만들려 하지 않는다. 여성에 대한 나의 끌림을 인지하고 허용하는 거다. 이때 나는 영감을 받게 된다. 그리고 나는 신의 사랑이라 부르는 하느님에 대한 나의 사랑이 상대적으로 매우 약하고 지루함을 종종 깨닫게 된다.

나를 매료시키는 여성을 보면서 느끼는 에로스적 사랑은 아가페적 사랑 역시 풍성하게 만든다. 물론 에로스를 성적으로 실현시키지는 않지. 에로스와 성이 늘 함께하는 것은 맞지. 그러나 나 같은 수도사의 경우 성적 행위가 아닌 감정을 통해 사랑이 표현되는 것이다. 이 방법에 모든 사제가 성공하는 것은 아니다. 어떤 이들은 에로스를 그냥 억누른다. 그러나 그럴 경우 수도사로서의 삶은 더 지루하고 무기력해지지. 반면 열정에 완전히 사로잡혀 사제복을 벗어던지는 사람들도 있다. 또 다른 이들은 균형을 찾기 위해 애쓰기도 하고. 결혼한 사람이든 수도사가 되어 독신으로 사는 사람이든 성공적인 사랑을 이루기 위해서는 끊임없는 시도와 실패를 감수해야 한다. 이상적인 방법은 존재하지 않는다. 수도사와 기혼자들이 자신의 성, 에로스, 필리아, 그리고 아가페에 관하여 솔직하게 이야기하게 되면 서로 더 가까워지며, 독신과 기혼인 사람들이 생각보다 그렇게 많이 다르지 않다는 점을 확인할 수 있다.

라슨———— 사랑의 균형에 대한 이야기를 하다 보니 삶의 균형까지 이야기하게 되었습니다. 특히 성 베네딕토의 규칙에 따라 일과 기도의 균형을 추구하는 수도사들에 대한 이야기도 빠뜨릴 수 없는데요. 성 베네딕토가 일과 기도로 하루 일과를 정할 당시만 해도 수도사들의 일이라는 것은 힘든 육체노동이었습니다. 그 결과 육체와 영혼이 적절한 균형을 이루었고 수도사들은 저녁이 되면 피곤에 쓰러져 잠이 들었을 것이라 생각됩니다. 일과 기도가 조화를 이룬 일과는 육체와 정신 사이의 균형을 의미했습니다. 그러나 오늘날과 같은 '안락한' 시대에는 육체와 정신의 균형이 대부분 깨져 있습니다.

저는 육체 활동이 정신건강에 얼마나 중요한지 직접 경험했기 때문에 누구보다 잘 알고 있습니다. 운동을 하고 나면 정신이 더 맑아지고 균형 잡힌 기분입니다. 그리고 오랜 시간 달리기를 할 때 가장 좋은 아이디어들이 떠오르곤 합니다. 수많은 연구조사 결과들이 신체 활동을 할 때 뇌에서 행복호르몬이 분출된다는 사실을 입증하였습니다. 육체와 정신은 생물학적으로 긴밀히 연결되어 있기 때문입니다. 오늘날 자신의 몸을 주로 성행위, 또는 맛있는 것을 먹고 마시는 행위를 통해서만 느끼는 사람들이 많습니다. 정신적 활동을 상쇄해줄 육체 활동이 필요한데, 스포츠를 즐기는 사람이 아니라면 주로 침실이나 식탁에서 그 욕구를 채우는 것입니다.

그런 의미에서 중용과 균형을 강조한 성 베네딕토의 규칙은 지금 시대와 맞지 않는다는 생각이 듭니다. 오늘날 수도사들은 자신의 육체를 어떻게 느끼고 있는지요? 시간이 지나면서 인간이 '안락한' 생활을 하게 될 줄은 성 베네딕토도 알지 못했을 것입니다.

그린 ─── 성 베네딕토가 수작업이라 부른 육체 노동은 수도 사들에게 늘 중요한 삶의 부분이었다. 노동을 통해 자신이 한 기도가 올바른 기도였는지 확인할 수 있기 때문이지. 물론 오 늘날의 수도사들이 하는 노동은 더 이상 손으로 하는 수작업은 아니다. 수도원의 여러 작업실, 빵집, 정육점, 공방 등에서 마이 스터로서 여전히 손으로 작업하는 일부 수도사들도 있기는 하 다. 그러나 상당수의 수도사는 신학자로서 가르치는 일을 하거 나 게스트하우스에서 손님들을 안내해주는 역할을 한다. 행정 업무를 담당하는 나 역시 정신적 노동을 주로 한다. 나는 형제 자매들과 만나 등산을 할 때를 빼고는 별도로 운동을 하지도 않는다. 그럼에도 불구하고 나는 몸을 많이 움직인다. 나는 절 대로 엘리베이터를 타지 않기 때문에 매일같이 수많은 계단을 오르내린다. 게다가 거리가 꽤 되는, 내 방에서 행정사무실까지 의 길을 매일같이 걸어 다닌다. 나처럼 먼 거리를 걸어 다니거 나 자전거로 다니는 수도사들이 많다. 일요일 오후에는 종종 산책을 하기도 한다. 기분이 상쾌해지는 순간이다.

수도사들이 모여 기도하는 시간에는 허리를 굽혀 몸을 앞으 로 숙이는 자세를 취하게 되는데, 기도 역시 신체를 통해 표현하고 있음을 알 수 있다.

라슨 ——— 삼촌은 일을 할 때 몸을 쓰는 것과 몸을 움직이는 것에 대해 이야기하였습니다. 그런 의미에서 가톨릭교회의 수도사나 사제들에게 있어 금욕은 얼마나 중요한 것인지요? 제가 듣기로 타 종교에서는 금욕이 덜 중요시되고 있답니다. 금욕을 통해 절제하고 독신으로 살아간다는 것이 단지 성생활을 하지 않는다는 의미이거나, 또는 배우자와 함께 살아가는 삶을 포기한다는 의미로 국한되는 것인지요? 삼촌은 성직자에게 금욕이 얼마큼 중요하다고 생각하는지요?

그륀 ——— 수도사가 되었다고 해서 하루아침에 성욕을 버리거나 억제할 수 있는 것은 아니다. 단지 성욕을 생식기를 통해 해소하지 않는다는 것이다. 나는 언젠가 선불교의 승려와 공동으로 책을 쓴 적이 있다. 우리는 책을 쓰면서 성적 금욕에 대해서도 이야기를 했다. 그는 성욕을 포기함으로써 영적 삶에 더 집중할 수 있다고 했다. 기독교의 수도사 역시 성생활을 포기함으로써 그러한 유익을 누릴 것이다. 그러나 성욕은 수도사에게 중요한 삶의 에너지이기도 하다. 성욕을 다른 사람이나 사물을 대하는 데 필요한 창의력, 주의력, 온화함으로 바꾸고 궁극적으로 하느님 안에서의 무한한 기쁨과 신비로 발전시키면 된다고 생각한다. 종교에서는 늘 두 가지를 이야기한다. 성을 절제하라고 하는가 하면 누리라고도 한다. 두 가지 모두 영성에 도움이 될 수 있다는 거다.

수도사와 타 종교의 일반 성직자 사이에는 큰 차이가 있다. 타 종교의 성직자들은 결혼을 하는 경우가 많은데, 그럼에도 불구하고 훌륭한 성직자로 활동하며 모범적 영성을 보여주고 있다. 수도사와는 다르게 성을 활용한 경우라 할 수 있다. 반면 수도사들은 생식기를 통한 성적 욕구의 해소를 의식적으로 포기하고, 하느님을 향해 자신을 더 여는 방식으로 성을 활용하고 있다.

라슨 ——— 성은 삶의 긍정적 에너지라고 생각합니다. 먹고 마시는 것이나 소통하는 것처럼. 모든 동물과 인간은 바로 이 세 가지의 공통된 에너지원을 사용하고 있고, 그 특성 덕분에 생존할 수 있었습니다. 수도사가 된다는 것은 성을 포기하고, 금식 기간 중에는 나머지 두 개의 에너지원 역시 포기하는 삶을 선택하는 것입니다. 물론 원래부터 이런 욕구들이 낮은 사람들이 있습니다. 아침을 먹으면서 점심에는 또 무얼 먹을지 고민하지 않고, 다른 사람들과 얽혀 사는 것보다는 조용하게 혼자

지내는 것을 더 선호하는 사람들이 있습니다. 그러나 대부분의 사람들은 이런 종류의 절제와 금욕생활을 장기적으로 하라고 하면 힘들어할 것입니다.

불교의 승려들 역시 성을 포기하고 있는데, 그들도 모든 바람과 그리움으로부터 자유로워짐으로써 고통을 예방하는 것을 종교의 핵심으로 삼고 있다고 했습니다. 바라는 것이 많아지고 이루어지지 못한 바람들이 많아질수록 더 많은 고통을 느끼는 듯합니다. 적게 바랄수록 좋다는 이야기입니다.

성직자들의 금욕적인 생활에 관한 이야기를 나누다 보니, 산책하면서 구걸을 하는 수도사를 만난 어느 부자의 이야기가 떠오릅니다. 구걸을 하던 수도사는 자신이 걸치고 있던 옷과 샌들, 그리고 동전을 받아 모으기 위한 작은 바가지 하나 외에는 아무것도 가진 것이 없었습니다. 부자는 수도사의 간소한 삶에 감동을 받고 말했습니다. "당신의 삶의 방식은 정말 놀랍군요. 당신은 모든 것을 포기했고 가진 것도 거의 없군요. 이런 무소유를 가능케 한 강한 자기통제력과 목표의식이 정말 놀랍습니다."

그러자 수도사가 이렇게 말했답니다. "오히려 그 반대입니다. 당신이야말로 많은 것을 포기했군요. 저야 아주 소박한 것들 몇 개만 포기하고 내면의 확신과 만족감을 얻을 수 있었습니다. 반면 당신은 아주 작은 즐거움과 적은 재물을 소유하기 위해 확신이나 만족감 등의 소중한 것들을 내주어야만 했으니까요. 제 생각엔 당신이야말로 엄청나게 많은 것들을 포기하고 아주 작은 것들만 얻었으니 더 대단한 사람입니다."

구걸하는 수도사와 부자 이야기가 우리에게 주는 교훈은 모든 고통의 원인은 인간의 끝없는 욕심에서부터 비롯된다고 한 아르투어 쇼펜하우어의 철학과 일맥상통합니다. 쇼펜하우어는 이렇게 말했죠. (그의 말을 좀 더 쉽게 설명해보겠습니다.) "궁핍과 고통은 무소유에서 비롯되는 것이 아니라, 소유하고 싶지만 그렇지 못하기 때문에 생겨나는 것이다. 소유욕 때문에 무소유가 궁핍이 되고 고통을 야기시키는 것이다." 간단히 말하면, 끊임없이 원하면서 그렇게 원하는 것을 다 채우지 못해 느끼는 고통의 딜레마를 극복하는 방법은 한 가지뿐. 어떻게 해서든 더 가지려는 욕구를 떨쳐버려야 하는 것. 쇼펜하우어의 철학에 따르면, 금욕이나 고행은 덜 고통스러운 삶을 사는 데 가장 좋은 방법입니다. 물론 쇼펜하우어도 극단적인 절제나 포기의 형태가 소수의 사람들만이 실현할 수 있는 방법이었다는 것을 인정해야만 했습니다. 그 자신도 그렇게 살지는 못했으니까요.

저의 경우 담배나 술, 비싼 옷이나 장신구, 자동차같이 삶에 꼭 필요하지는 않지만 그것들을 소유하고 있어야만 행복해질 수 있다는 착각을 일으키는 것들에 대한 '욕심 버리기'는 실천

할 수 있을 것 같습니다. 그러나 앞서 이야기했던 세 가지 에너지원인 성, 음식, 소통을 장기적으로 끊는 것은 어려울 것 같습니다. 물론 개인마다 다르고, 살다 보면 개인의 욕구도 변할 수 있고 시기에 따라 특정 욕구가 더 강해지거나 약해질 수 있습니다. 정상적인 사람이라면 장기간 음식 섭취를 극단적으로 줄이거나 다른 사람과의 소통을 완전히 거부할 생각은 하지 않을 것입니다. 그러나 성적 욕구는 완벽하게 억누를 수 있다고 믿는 사람들이 있는 듯합니다. 삼촌도 언급했지만, 성적 욕구가 사라지지는 않지만 성행위로 실행에 옮기지 않는 성의 개념에 대해 모든 성직자들이 동의한다거나 따르고 있지 않는다는 것은 다양한 사례를 통해 확인할 수 있습니다.

왜 성을 선택적인 삶의 에너지원으로 여기고 있는 건가요? '원하지 않는 것'이 훨씬 더 실천하기 어려운 것은 아닐까요? 삼촌은 우리가 포기를 함으로써 비로소 하느님을 향해 온전히 우리 자신을 열 수 있다고 하셨는데, 그렇다면 우리는 어떤 이유 때문에 수많은 욕구, 바람, 목마름과 소통에 대한 간절함을 가지고 창조되었을까요? 예수님도 금욕적인 삶을 사셨나요?

그륀 ——— 포기를 통해서만 하느님을 향해 우리 자신을 내어드릴 수 있게 된다는 것은 아니다. 성을 사랑의 표현으로 발산하는 사람 역시 하느님을 향해 전적으로 자신을 열 수 있다. 하느님을 향해 자신을 열고 하느님에게 자신을 내어드리는 방법에는 여러 가지가 있다.

식욕은 완전히 포기할 수 없는 자연스러운 욕구다. 우리 육신을 정화하고 몸을 가볍고 맑게 하기 위해 일정 기간 금식을 하는 것만 가능하다. 성욕 자체를 포기하는 것도 불가능하다. 성욕은 인간의 본성 중 하나이기 때문이다. 내면의 자유를 찾기 위해 금식을 하듯 일정 기간 동안 성적 금욕을 하는 것은 가능하다. 내가 중요하게 생각하는 것은 성욕을 어떻게 표출할 것인가의 문제다. 정상적인 방법은 배우자와의 관계 속에서 성욕을 발산하는 것이다. 그러나 독신인 경우 그것이 불가능하다. 그렇다면 성적 욕구를 해소하기 위해 대안적인 방법을 찾거나 성욕을 다른 방식으로 표출해야만 한다. 성욕이 보다 고상하게 해소되기 위해서는 다음의 네 가지 조건이 충족되어야 한다.

1. 건강한 생활을 영위하며 아름다움과 예술을 추구할 줄 아는 감각이 있어야 한다. 지그문트 프로이트가 말했듯이 성은 문화를 촉진시키는 요소이다.

2. 남성이나 여성의 구분 없이 좋은 인간관계를 형성할 줄 알아야 한다. 즉 친밀감을 느끼게 해주는 우정을 나눌 줄 알아

야 한다.

3. 창의력이 있어야 한다. 한 심리치료사가 치료사 교육을 받을 때 이런 이야기를 들었다고 했다. "성과 관련해서 아내와 성관계를 갖는 것 이외에 다른 방법이 없다고 생각한다면 병든 것이다." 그리고 그 치료사는 그림을 그리는 데 열정을 쏟으면서 자신이 성을 건강하게 표출할 수 있게 되었다고 했다.

4. 신비의 체험을 통해 하느님과의 친밀함과 하느님 안에서의 황홀감을 경험해야 한다.

이 네 가지 조건이 충분히 갖춰지지 않으면 육체적 성욕의 해소에 대한 자제는 성공할 수 없다. 그렇게 되면 성적 남용이 일어나고, 건강하지 못한 집착 등이 야기될 수 있다.

불교에서 말하는 방법이나 쇼펜하우어가 제안하는 방법은 사람들의 관심을 끌기에 충분하다. 하지만 나는 그것들이 진정한 해결책이라고는 보지 않는다. 예수님은 조금 다른 방법을 제시하고 있다. 세상과의 관계를 끊는 방법이 아니라, 사랑 안에서 변화됨으로써 우리는 영성이 풍성한 사람이 될 수 있다고 하셨다. 예수님은 독신으로 금욕생활을 하신 것으로 전해진다. 물론 예수님도 연애감정을 경험하셨을 것이다. 자신을 따르는 무리 가운데에 있던 여성들을 남성들을 대할 때처럼 스스럼없이 대하신 걸 보면 알 수 있다. 많은 신부들이 신부라는 직업을 원하면서도 자신의 의지로 독신을 선택한 것이 아니고 성욕의 건전한 변화를 방해하는 방식의 삶을 영위한다는 문제를 안고 있다. 그런 경우 언론에서 종종 접하게 되는 수많은 문제들이 발생하게 된다.

라슨───── 삼촌의 설명처럼 성욕을 단순히 육체적 에너지로만 볼 것이 아니라 정신적 창의력의 원천으로 확대해보면 성욕은 엄청나게 많은 영감을 주는 에너지원이 됩니다. 누군가를 가슴 시리게 짝사랑해본 사람은 짝사랑이 아프지만 창의력이 샘솟고 매우 감성적으로 변할 수 있다는 사실을 알 것입니다. 누군가에게 끌리는 동안에는 그 사람과 말 한마디 섞지 못한다 할지라도 많은 잠재력이 날개를 펴게 됩니다.

독일 작가 토마스 만은 육체적으로 발산하지 못한 성적 에너지가 무한한 창의력으로 바뀔 수 있다는 사실을 단적으로 보여주는 예일 것입니다. 여섯 자녀를 둔 토마스 만의 일기가 사후에 공개되면서 알려졌듯이, 토마스 만은 동성애적 성향이 강했지만 그러한 성적 취향대로 살 수 없었습니다. 토마스 만은 자신이 느낀 사랑에 대한 목마름, 자신의 진짜 감정을 결코 내보일 수 없는 현실이 준 우울함과 낙담을 자신의 수많은 작품 속

인물들로 승화시켰습니다.

그러나 우리는 토마스 만이 자신의 진실된 모습대로 살아가지 못하고 가짜 모습 뒤에 숨어 지내면서 행복하지 못했다는 사실도 잘 압니다. 그는 자신의 성적 취향을 엄격한 자기통제와 강한 의지로 오랜 세월 억누르면서 존경받는 가장으로서의 자기상을 유지해왔습니다.

여기서 진정한 자기확신과 잘못된 자기상에 대한 집착을 구분하는 것에 관한 문제를 이야기해보고 싶습니다. 어쩌면 어떤 신부들은 삼촌이 말씀하신 것처럼 자신이 얼마나 적극적으로 독신과 금욕생활을 선택했는지를 자문하면서, 혹시 자신이 원하는 신부로서의 모습을 보여주기 위해 독신과 금욕생활을 일종의 대가로 감수하는 것뿐인지 돌아보아야 합니다.

물론 우리 모두도 스스로에게 물어야 합니다. 나는 진정으로 나의 확신에 따라 살고 있는지, 아니면 잘못된 자기상을 추구하고 있는 것은 아닌지 말입니다. 한 여성 심리치료사가 일부 남성 환자들이 이미 결혼을 하는 순간 자신은 남편으로서의 정절을 지킬 수 없을 것 같은 느낌이 들었다는 속마음을 털어놓았다고 이야기해준 적이 있습니다. 처음부터 스스로를 속이지 않고 진실되게 살았다면, 배우자가 그토록 많은 실망과 좌절의 눈물을 흘릴 필요가 없었을 것입니다.

삼촌이 말씀하신 창의력의 원천으로서의 성욕 개념은 확신을 가지고 배우자를 선택했지만, 살아가면서 일시적으로 위기를 겪는 사람들에게 도움이 될 수 있을 것 같습니다. 갑자기 배우자가 아닌 다른 사람에게 끌리는 자신의 마음을 부부 관계를 끝내야 한다는 신호로 볼 것이 아니라, 그로 인해 발생하는 (사실은 긍정적인) 성적 긴장감을 창의적 에너지로 이해할 수 있다는 것입니다. 다른 사람에게 끌림으로써 자기 안의 열정을 재발견하고, 더 생기 넘치는 사람이 될 수 있다는 말입니다.

남은 생을 오직 배우자에게만 충실하기로 약속한 부부 관계는, 그 누구도 배우자로 선택하지 않는 수도사와 사실 크게 다르지 않습니다. 두 경우 모두 자신이 매력적으로 느끼는 다른 사람에 대한 감정을 쉽게 표현하고 발전시킬 수 없기 때문입니다.

심리학에서는 성과 성애가 단순히 육체적인 것에 국한되지 않고, 사랑과 사랑에 대한 갈구를 표현하는 방식이라 설명합니다. 우리는 육체적인 관계만 원하는 것이 아니라 사랑을 느끼고 싶어 합니다. 수많은 단점에도 불구하고 누군가로부터 사랑받고 인정받는 것보다 더 기분 좋은 일은 없을 것입니다.

명상을 하는 동안 하느님으로부터 사랑받고 있다는 느낌이 자신을 충만하게 채워준다는 것은 충분히 이해할 수 있습니다. 그러나 여기에서 말하는 사랑이 어떤 종류의 것인지 잘 이해되지는 않습니다. 명상 중에 삼촌이 느끼는 감정은 어떤 것인지요? 평범한 사람들이 연인이나 배우자와 나누는 사랑을 대체해주는 감정이 무엇인지 궁금합니다.

그륀 ———— 부부와 독신자들의 성은 그런 면에서 큰 차이가 없는 게 사실이다. 부부일지라도 성욕을 창의적으로 변화시킴으로써 두 사람 사이에 균형 잡힌 성이 실현될 수 있어야 한다. 우리 같은 수도사들은 성욕을 긍정적인 삶의 에너지로 전환함으로써 수도사다운 생활을 할 수 있다.

하느님을 향한 사랑은 인간과 인간 사이의 사랑을 대체해주는 것이 될 수 없다. 나도 수도사이지만 때로 여성을 향한 에로스적 사랑의 감정을 느낀다. 사랑에 빠진 적도 몇 번 있었다. 그리고 그 짝사랑은 나에게 중요한 경험이 되었다. 나는 지난날 내가 하느님을 향한 사랑이라고 표현했던 것이 창백한 얼굴의 사랑에 불과하다는 것을 깨닫게 되었다. 에로스적 사랑은 하느님을 향한 사랑이 얼마나 더 강렬할 수 있는지를 알게 해주었다. 그 경험 덕분에 하느님을 향한 나의 사랑이 깊어질 수 있었다. 나는 늘 예수님의 기도로 명상을 한다. 낮은 의자에 앉아 들숨과 날숨을 쉬며 예수님의 이름을 묵상한다. 이때 두 손을 모아 내 가슴 중앙에 올려놓는다. 그곳에서 나는 기도를 통해 내 마음으로 흘러 들어오는 따스함을 느끼기도 한다. 예수님의 사랑이 단지 영적인 것에 그치지 않고, 내 육체를 통해서도 느낄 수 있음을 알게 된다. 내 마음이 따뜻해진다. 그다음 그분의 사랑이 내가 숨을 내쉴 때 나의 마음에서부터 온몸으로 퍼져나간다고 상상한다. 그 순간 나는 내 몸이 완전히 사랑으로 가득해짐을 느끼게 된다. 그것은 내가 사랑에 빠졌을 때와 비슷한 느낌이다. 누군가를 사랑하게 되면 온통 사랑으로 가득해지듯이. 신을 향한 사랑과 인간을 향한 사랑, 이 둘은 나에게 서로 연결되어 있는 것이다. 두 사랑은 서로를 더 풍성하게 해준다. 에로스적 사랑을 경험하지 못한 사람의 경우 하느님을 향한 사랑도 메마를 수 있다. 그리고 신을 향한 사랑을 경험하지 못하면 에로스적 사랑도 결코 만족감에 이르지 못한다. 에로스적 사랑은 하느님을 향한 사랑을 풍성하고 깊게 만들어주며 다양한 감정으로 채워준다. 신을 향한 사랑은 에로스적 사랑을 정화시켜주고 에로스적 사랑이 계속해서 사랑을 충전할 수 있는 원천이 되어준다.

따라서 에로스적 사랑과 신을 향한 사랑은 하나의 쌍을 이루며, 이는 수도사와 배우자가 있는 사람 모두에게 적용된다. 두 경우 어느 쪽을 더 강조하느냐에 따라 다소 달라질 수는 있다. 그러나 이 둘 사이의 끊임없는 긴장은 수도사나 배우자가 있는 사람 모두에게 도전과제다. 우리의 숙제는 양극단 사이에 존재하는 건강한 균형점을 찾아내는 것이다.

라슨 ——— 예술가들은 다른 어떤 주제보다도 사랑에 관해 더 많이 노래하거나 그림을 그리며 시를 씁니다. 우리는 항상 다른 사람을 사랑하거나 다른 사람들로부터 사랑받는 것을 삶에서 중요한 부분이라 생각하며, 어쩌면 충분한 사랑을 주고받지 못할 수도 있다는 걱정에 괴로워합니다. 사람들에게 사랑과 사랑의 결핍은 삶의 핵심적 문제입니다.

우리는 왜 이토록 사랑을 갈구하며, 때로 자신이 사랑을 받을 만한 가치가 없다고 생각하는 걸까요?

그륀 ——— 그래, 누구나 사랑하고 사랑받기를 원한다. 그러나 우리는 내면에 그 누구도 빼앗아갈 수 없는 사랑의 원천이 흐르고 있다는 사실을 자주 잊어버리곤 한다. 그래서 많은 사람들이 사랑받지 못할 수도 있다는 두려움 속에서 살고 있다. 이런 두려움은 어린 시절 충분히 사랑받지 못한 경험에서 시작되었을 것이다. 그런 사람은 부모, 친구, 애인 등이 자신을 진심으로 사랑하는지 늘 확신을 갖지 못한다. 인간은 사랑받지 못하면 스스로 무가치하다고 느낀다. 인간은 안도감을 느끼고 싶어서 사랑의 경험이 필요한 모양이다. 우리는 다른 이들에게 혹은 자신에게 줄 사랑에 대한 지나친 기대 때문에 부담을 주기도 한다. 우리가 그런 기대를 갖는 것은, 우리가 충분히 자기 자신과 함께하지 못하기 때문이다. 진정으로 자기 자신에 대한 확신을 가지고 살아가는 사람만이 다른 사람의 사랑도 만끽할 수 있게 된다. 그러면 사랑을 받지 못할 수도 있다는 두려움 속에 살 필요가 없게 된다.

많은 사람들은 자신들이 사랑받을 만한 가치가 없다고 생각한다. 그들은 어린 시절 사랑받기 위해 대가를 지불해야만 했던 경험을 가진 사람들이다. 그들은 자신이 있는 그대로의 모습만으로도 충분히 사랑받을 자격이 있음을 전혀 알지 못하는 것이다. 어린 시절 부모의 기대를 충족시켜줄 때에만 사랑을 받았던 기억이 있기 때문이다. 그런 사람들은 다른 사람들의 기대를 충족시켜줌으로써 사랑을 받는 데만 집중하게 된다. 그러면서 다른 사람들이 바라는 것들을 다 충족시켜주지 못해 결국 사랑받지 못하게 될까봐 두려워한다. 자기 자신에 대해서도 확신을 갖지 못하기 때문에 다른 사람들이 자신을 간과해버리고 있다는 느낌을 받는 것이다. 자기 자신을 사랑하지 못하기 때문에 다른 이들도 자신을 사랑해주지 않을까봐 두려워하는 것이다.

라슨 ────── 악순환이죠. 자기 자신은 충분히 사랑하지 않으면서 다른 사람들에게 사랑스러운 존재가 되기 위해 애를 쓰고 있으니까요. 그러나 다른 사람들로부터 사랑을 받는다 하더라도 그것은 사랑스럽게 꾸며 놓은 나의 가면이 사랑을 받는 것이지, 진정으로 내가 사랑받는 것이 아니죠. 그것은 진정한 나의 모습이 드러날 수 있도록 허용하지 않았기 때문이라 할 수 있습니다. 다른 사람들이 진정한 나의 모습에 실망하고 나에게 사랑을 주지 않을 수도 있다는 두려움, 그리고 나는 충분히 사랑을 받을 만한 존재가 아닐지도 모른다는 두려움 때문입니다. 심리학자들은 '자기충족적 예언'이라는 말로 이런 상황을 설명합니다. 결국 우리는 '예언'한 상황이 발생하도록, 즉 사랑스럽지 못한 모습을 보이며 행동하게 된다는 것입니다.

그러나 계속해서 충분히 사랑받기 위해서는, 먼저 자기 자신을 사랑하는 것 외에는 다른 방법이 없습니다.

현대인들은 자신의 가치가 경제적 성공과 아름다움에 의해서만 결정된다고 생각하는 것이 일반적입니다. 그래서 성공하기 위해 노력하지 않는 사람들은 게으른 사람 취급을 받기도 합니다. 또 나이가 많다는 것은, 특히 여자들의 경우 단점으로 치부되고 있습니다. 그러다 보니 여성들은 아이를 낳자마자 아이는 어린이집에 맡기고 직장으로 돌아가 커리어를 쌓으며, 신상 안티에이징 크림을 바르면서 팽팽해진 얼굴로 다른 사람들에게 자신의 완벽한 삶을 자랑할 수 있을 때 비로소 충분히 사랑받고 있다고 생각합니다.

우리는 어떻게 수많은 기대의 굴레에서 벗어날 수 있을까요? 어떻게 다른 이들의 시선으로부터 벗어나 스스로 가치 있다고 느낄 수 있을까요? 자신이 느끼는 사랑을 다른 이들이 주는 사랑으로만 국한시키지 않으려면 자기 내면의 사랑의 원천을 찾아야 할 텐데, 어떻게 해야 할까요?

그륀 —— 나의 가치를 오직 다른 이들이 주는 사랑을 기준으로 정의한다면, 나는 되도록 많은 사랑을 받기 위해 나의 가면만을 보여주려 할 것이다. 결국 자기애는 결핍되고 타인의 기대에 자신을 맞춤으로써 그 결핍을 채우려 하며, 다른 사람들로부터 사랑받고 있는지를 끊임없이 확인받고 싶어 하는 악순환이 일어날 것이다. 반대로 자기 자신을 사랑하는 사람은 다른 사람들로부터도 사랑받는 선순환을 경험하게 된다. 다른 이들이 나에게 준 사랑이 다시 나의 자기애를 강화시키는 것이다. 어린아이는 먼저 다른 사람들로부터 사랑을 받아야만 자기 자신을 사랑할 수 있다. 부모가 아무런 조건 없이 아이에게 사랑을 주면, 아이는 그 사랑을 바탕으로 자기 자신을 더 사랑하게 되는 것이다. 자기 자신에 대한 사랑, 다른 이들의 사랑 그리고 다른 이들을 향한 나의 사랑은 결국 하나로 합쳐지게 돼 있다. 그렇지만 각 사랑의 시작점을 잊어서는 안 된다. 사람은 누구나, 많건 적건 외부로부터 자신에게 주어지는 사랑을 경험한다. 우리는 이 사랑을 디딤돌 삼아 자신의 영혼 가장 깊은 곳에 흐르고 있는 사랑의 원천에 도달해야 한다. 물론 그것은 내 안에 사랑의 원천이 존재한다는 믿음이 있을 때에만 가능하다. 그것은 자신의 내면에 귀를 기울이면서, 사랑을 받았던 경험이나 그 반대 경험 등을 모두 거치고 영혼의 가장 깊은 곳으로 내려가 영원히 마르지 않는 무한한 사랑의 샘을 발견할 수 있다는 확신이 있을 때에만 가능하다. 그것이 바로 영성의 길이다. 그 길을 따라가면 자기애, 나를 향한 타인의 사랑, 그리고 타인을 향한 나의 사랑 간에 가장 적절한 균형점을 발견하게 된다.

하느님 상像

현대인들이 추구하는 신앙은
'영성적이지만 종교적이지 않은 것'입니다.
젊은이들은 왜, 종교를 외면하는 걸까요?

라슨 ─── 삼촌께서는 무한한 사랑을 알아가는 것을 영성의 길이라며, '스스로 사랑이신 하느님' 그리고 '고요한 내면의 장소'로서의 하느님에 대해 이야기하셨습니다. 하느님은 우리 마음 깊은 곳에서 들려오는 음성이신가요? 아니면 우리 안에서 느껴지는 사랑이신가요? 삼촌에게 하느님은 어떤 존재이고 누구인가요?

하느님이 나에게 어떤 존재이고 누구냐는 물음은 대답하기 쉽지 않은 질문이다. 나는 서로 상반된 특성을 가지신 하느님의 여러 모습을 통해 하느님이 어떤 분이신지 설명하는 것 외에는 달리 다른 방법을 모르겠다. 하느님은 인간의 능력으로는 이해할 수 없고 형용할 수 없는 비밀이기 때문이다. 비유를 통해서만 그분을 묘사할 수 있을 듯하다.

나에게 하느님은 모든 창조물과 존재를 통해 드러나게 할 수 있는 사랑이시다. 이 사랑은 모든 인간의 영혼 가장 깊은 곳에도 존재한다. 그러나 하느님은 내가 말을 걸기도 하고 (성서를 통해) 나에게 말씀을 하시는 상대이기도 하다. 하느님은 나로 하여금 내 진실을 직시하도록 강제하시는 진리이기도 하다. 하느님은 나를 진정한 의미에서 자유롭게 하시며 다른 사람들, 그들의 평가 또는 그들의 인정이나 거부로부터 나를 자유롭게 하시는 자유이기도 하다. 하느님은 이 세상을 창조하신 창조주이다. 그분이 창조하신 우주의 신비 앞에서 나는 그저 감탄할 뿐이다. 그리고 하느님은 내 안에, 내 영혼의 가장 깊은 곳에 거하시는 분이다. 하느님은 세상의 모든 아름다움을 통해 엿볼 수 있는 아름다움이시다. 또한 모든 음악을 통해 엿들을 수 있는, 지금껏 들어본 적 없는 소리이시다. 하느님은 인격적이면서 초인격적인 분이다. 내 안에, 그리고 내 밖에 거하시는 분이다. 내

위에, 그리고 내 아래에도 존재하신다. 나는 그분을 이렇게 알아가면서 인간으로서는 이해할 수 없는 하느님 앞에 엎드릴 뿐이다.

라슨 ─── 최근 교회는 영향력을 상실했고 많은 기독교인들이 특정 교회나 교파에 대한 소속감을 느끼지 못하는 듯합니다. 예를 들어 개신교 신도들 중에는 가톨릭교회의 미사가 더 화려하고 맘에 든다며 종종 성당을 찾는가 하면, 세례를 받는 사람들 중에는 신앙에 대한 확신과 상관없이 일종의 문화적 전통을 따르는 차원에서 세례를 받겠다는 사람들도 있습니다. 그런가 하면 신실한 믿음과 확신은 가지고 있지만 더 이상 교회에 가지 않는 사람들도 있습니다. 과거에 비해 훨씬 자의적으로 신앙을 추구하는, 일종의 기독교의 '라이트 버전' 시대가 도래했다고 볼 수 있습니다.

그리고 도발적인 질문인데요. 혹 좀 더 단순한 신앙의 형태로, 다시 말해 오랜 전통의 종교적 형식보다는 각자의 신앙에 집중할 때 예수님의 말씀에 더 쉽게, 더 가까이 다가갈 수 있지 않을까요?

그륀 ─── 종교의 전통 및 교리에서 제시하는 것과 개인의 믿음 사이에는 충돌이 일어날 수 있다. 그렇다고 종교에서 제시하는 것을 무비판적으로 받아들여야 하는 것은 아니다. 우리는 이성을 가지고 있으며 그 이성을 활용해야 한다. 나의 수호성인인 안셀름은 자신의 신학적 이론을 '이해를 추구하는 신앙'으로 요약했다.

현대인은 과거에 비해 더 자유롭고 독립적으로 사고한다. 이는 바람직한 현상이다. 우리는 우리가 믿는 것이 도대체 무엇인지 끝없이 자문해야 한다. 그러나 문제는 우리가 이 질문에 대해 매우 표면적으로만 생각하고 있다는 것이다. 이해하지 못하는 것이 있으면 거부해버리고 대신 자신이 이해하고 받아들이기 쉬운 것만 찾아서 믿으려 한다. 그러나 우리가 해결해야 할 문제는 우리가 무엇을 믿는지 정확하게 이해하는 것이다. 우리는 자신의 이성 앞에서 자신의 신앙을 변론할 수 있어야 한다. 그런 의미에서 요즘 사람들이 보다 진정성 있는 신앙을 추구하는 현상은 매우 바람직하며 예수님 말씀에 더 부합된다고 할 수 있다. 그러나 표면적인 수준에서 벗어나지 못하고 슈퍼마켓에서 눈에 띄는 것을 장바구니에 담듯이 매번 쉽고 편한 것들을 골라낸다면 진정한 신앙을 가질 수 없다. 신앙을 갖는다는 것은 우리가 누구인지, 또 우리는 어디에서 왔는지에 대한 근본적인 질문을 끊임없이 하는 것이다. 우리는 그 해답을 찾아야 한다. 다른 사람들이 일러주는 것들을 무조건적으로 받아들이기만 해서는 안 된다. 성서의 말씀은 무엇을 말하려 하는지 또 교리는 어떤 의미가 있는지를 이해하기 위해 노력해야 한다. 어떤 사람들은 성서 말씀과 교리가 고지식하고 잘난 체하는 사람들이 정한 규칙에 불과한 것이라고 생각하지만, 나는 '비밀의 문을 열어놓는 기술'이라 생각한다.

　신앙은 우리를 비밀로 인도한다. 그때 우리는 스스로 생각할 수 있는 용기가 필요하며, 우리의 이성을 넘어서는 비밀에 자신을 내어줄 의지도 있어야 한다. 네 말처럼 최근 들어 가톨릭교와 개신교 사이의 경계는 더 불분명해지고 있다. 과거에 인위적인 경계를 만들어놓고 둘을 지나치게 엄격히 구분했던 측면이 있었다는 점도 인정한다. 오늘날엔 두 종교 사이의 왕래도 잦아지고 있다. 개신교 신도라도 가톨릭 미사에 참석하고 반대로 가톨릭교 신도도 개신교 예배에 참여할 수 있다. 진정으로 나를 움직이게 하는 것은 무엇인지? 개신교 예배나 가톨릭교 미사에서 내가 높이 사는 것은 어떤 점인지? 개신교와 가톨릭교, 둘은 사실 서로에게서 배울 점도 있다. 그렇다고 해서 둘을 마구 섞어 놓아서는 안 된다.

라슨 ——— 사실 현대인들이 추구하는 신앙은 개신교나 가톨릭교도 아니고 그렇다고 불교, 힌두교, 이슬람교도 아닌 '영성적이지만 종교적이지 않은 것'입니다.

오늘날의 젊은이들은 왜 전통적이고 체계화되어 있는 종교를 외면하는 걸까요? 삼촌이 보기에 영성과 종교성의 차이는 무엇인가요?

그륀 ——— 모든 현상에는 나름의 정당한 이유가 있다. '영성적이나 종교적이지 않은' 태도 역시 마찬가지다. 우리가 종교라고 부르는 것은 동일한 신앙 공동체를 통해 드러나며 제도와 교조(敎條)를 통해 규정된다. 종교는 그 공동체에 소속된 사람들에게 소속감, 안정감 그리고 안전을 제공해준다. 개인을 지탱해주는 일종의 버팀목 역할을 한다고 할 수 있다. 그런 의미에서 모든 종교는 치유의 효과가 있다. 그러나 종교가 자신의 교조를 절대적인 것으로 여기며 모든 교조나 교리를 초월하는 비밀에 대해 열려 있지 않은 위험도 항상 존재한다는 것이다. 그 외에도 종교의 왜곡, 권력다툼, 속박과 편협 등의 위험이 있다.

영성적인 삶에는 관심이 있지만 종교생활에는 마음이 없는 사람들은 자유로움 가운데서 하느님을 찾고 싶어 한다. 하느님을 찾는 것은 각자 해야 할 일이다. 그리고 대부분의 사람들은 영성이 곧 종교의 신비주의적 측면이나 경험적 측면을 말한다고 생각한다. 영성을 통해 고요, 평온, 평화, 사랑, 자유 등을 경험하고 싶어 하는 것이다.

그러나 종교를 거부하면서 영성만을 원하는 경우, 영성에서 하느님을 제외시켜버릴 위험이 있다. 신이 없는 영성이 존재하는 시대다. 영성 개발을 영혼의 피트니스처럼 생각하는 사람들이 있다. 영성적 생활을 통해 자신의 능력을 발전시키고 싶어 하는 것이다. 영성을 통해 더 큰 평온함, 더 큰 능력 그리고 더 높은 삶의 질을 추구하는 것이다. 그러면서 영성이 우리에게 던져주는 도전을 피해가는 것이다. 영성은 원래 하느님의 영으로 사는 것을 의미한다. 하느님의 영은 하느님에 의해 각인되어 있지 않고 자기착각에 빠져 있는 우리의 영과 충돌하는 경우가 많다.

나는 영성의 길을 찾겠다고 하는 사람은 결코 말리지 않을 것이다. 그러나 그와 함께 토론할 것이다. 당신이 찾는 것은 무엇인지? 당신과 당신의 자아에만 유익한 영성을 추구하고 있는 것은 아닌지? 보다 큰 존재, 즉 하느님에게 자신을 내어드리고 그분의 음성을 듣기 위해 그분을 향해 나아갈 준비는 되어 있는지? 만약 영성을 일종의 건강관리 목적으로 활용한다면 영성의 동기가 잘못된 것이다. 영성의 목적은 나를 통해 하느님의 영이 드러나고 내가 변화되는 것이다.

오늘날의 교회와 신앙

세상에 다양한 종류의 종교가 존재한다는 것, 그리고 그만큼
많은 신들이 존재한다는 것은 종교가 반드시 필요하다는 것을
반증하는 반면 신이 실제로 존재하지 않는다는 반증 아닐까요?

라슨 ——— 삼촌은 우리가 무엇을 믿고 있는지에 대해 계속해
서 질문해야 한다고 하시는데, 저는 솔직히 미국으로 건너오기
전까지는 그런 질문을 해본 적이 없습니다.

　저는 가톨릭 전통이 뿌리 깊은 독일의 남부 바이에른에서 태
어나 가톨릭교도로 성장했습니다. 그러나 제가 가진 종교나 신
앙에 대해 깊게 고민해본 적이 없습니다. 신앙과 문화는 항상
긴밀히 연결되어 있기 때문에 우리는 우리가 살고 있는 곳의

주류 종교를 받아들이는 것을 당연하게 여기곤 합니다.

생각해보면 우리가 어디 사느냐에 따라 종교가 결정된다고도 할 수 있기 때문에, 우리는 자신의 종교에 대해 심각하게 고민하지 않습니다. 음식 문화나 전통에 대해 고민하지 않듯이. 저는 미국으로 이주한 후, 수많은 종교와 교파의 홍수 속에서 처음으로 내가 가진 종교를 다른 종교와 비교해보고 내가 무엇을 믿는지에 대해 생각해보게 되었습니다. 미국은 문화와 신앙의 관계가 그리 긴밀하지 않습니다. 다시 말해 자신의 삶의 방식을 크게 바꾸지 않더라도 쉽게 종교를 바꾸는 것이 가능하다는 말입니다. 물론 장단점이 있습니다. 한편으로는 누구나 독립적으로 자신이 속하게 될 신앙 공동체를 선택할 수 있고 자신에게 꼭 맞는 종교를 찾아볼 수 있다는 장점이 있습니다. 다른 한편으로 종교 공동체는 많은 신도들을 확보하기 위해 홍보와 경쟁을 해야 하므로 신앙마저 시장경제 원리의 지배를 받게 된다는 단점이 있습니다. 물론 교회나 기타 종교 공동체가 다양한 마케팅 전략으로 신도를 확보하기 위해 노력하는 것은 바람직한 일이라고 주장할 수도 있습니다. 미국의 성당 미사는 사람들이 다른 신앙 공동체를 찾아 떠나지 않고 그곳에 정착하며 살아갈 수 있도록 최신 팝음악과 유머가 넘치는 설교로 구성된 엔터테인먼트 방식의 특별한 영성 공연을 제공합니다. 또 미사에 참석하는 사람들은 펜과 메모장을 준비해 중요한 설교의 요지를 메모해둘 만큼 매우 진지하고 적극적인 자세로 성당을 찾습니다. 독일에서는 그런 사람을 본 적도 없고, 갈수록 성당을 찾는 사람이 줄어들었던 기억이 납니다. 저는 미국의 '시장경제 원리에 따른' 사고와 신도를 늘리기 위한 노력이 단점도 있겠지만 영성적 삶을 영위하는 촉진제가 되었다고 생각합니다.

독일에서는 종교와 문화가 매우 긴밀하게 연계되어 있지만, 독일의 공휴일이 기독교적 뿌리에 기반하고 있다는 사실을 인식하는 사람은 점점 줄어들고 있습니다. 독일에서도 종교가 다시 사람들에게 호감을 줄 수 있도록 개선이 필요한 대상이 된 것인지요? 삼촌도 독일의 기독교 신도의 수가 빠르게 줄어들고 있다고 생각하는지요? 보수적인 교회정책이 젊은이들에게 신앙에 등을 돌리게 한 이유인가요? 아니면 풍요로운 삶 속에서 이제는 더 이상 신을 찾을 필요가 없게 된 건가요?

그륀 ——— 유럽에 비해 미국에서 교회를 찾는 사람이 더 많은 데는 여러 이유가 있다. 중요한 한 가지 이유는, 네가 말한 것처럼 교회가 적극적으로 홍보를 하기 때문이다. 또 다른 이유는 미국처럼 크고 가능성이 많은 나라에서는 사람들이 소속감과 안정감을 제공해줄 수 있는 작은 규모의 공동체에 소속되고자 하는 욕구를 느끼기 때문이다. 유럽에서는 종교가 전통에 기대어 유지되었고 사제들도 사람들에게 공감과 위로를 전하는 노력을 게을리했다. 물론 미사의 가치를 단순한 흥미나 재미를 기준으로 평가해서는 안 된다. 미사는 하느님을 만나는 시간이며 자기 자신과 만나는 시간이기도 하다. 미사는 시장의 원리가 지배하지 않는 완전히 다른 세상이며, 거룩한 세계로 들어가는 시간이다. 세상의 영향을 받지 않는 거룩한 곳이다. 그런 거룩한 공간에서는 성공이나 재물 같은 세상의 기준과 척도가 아무런 힘을 발휘하지 못한다. 그렇기 때문에 미사 시간은 내 영혼이 살아날 수 있는 자유로운 순간인 것이다. 그런데 그런 사실이 미사 때 잘 드러나지 않으니 안타까울 뿐이다.

바이에른에서는 1960년대까지만 해도 미사에 열심히 참석하는 사람을 신앙심이 깊은 사람으로 보았다. 그런데 지금은 사람들의 생각이 달라졌다. 요즘 사람들은 무엇이든 정기적으로 반복해야 하는 것을 좋아하지 않는다. 종교생활뿐 아니라 여가시간에 참여하는 클럽활동도 마찬가지다. 그러나 영성에 대한 욕구는 여전히 높으며, 그 사실은 쉽게 확인할 수 있다. 고난주간에 신문을 펼쳐 보면 많은 기자들이 자신들이 어떤 결심을 했는지를 쓴 기사들을 읽을 수 있다. 물론 고난주간에 금식을 하겠다는 결심은 아니지만, 우리 사회와 문화의 기저에 뿌리 깊은 종교적 전통이 여전히 존재함을 느낄 수 있다. 단지 그 전통이 더 이상 미사 참석을 통해서 실현되거나 드러나지 않을 뿐이다.

성당을 찾는 많은 사람들이 미사를 통해 그들의 마음을 움직이기 위해서는 상상력과 노력이 필요하다. 그리고 사제의 설교가 사람들의 마음속 그리움을 자극할 수 있는지도 중요하다. 또한 미사의 여러 전례들을 통해 사람들이 이 모든 것이 나를 위한 것, 내적인 변화를 위한 것, 내 상처의 치료를 위한 것, 그리고 내 마음을 강하게 하며 나에게 용기를 주기 위한 것임을 느낄 수 있어야 한다.

라슨 ——— 신학자이자 교수였던 카를-요제프 쿠셸은 이렇게 말했습니다. "많은 사람들은 영원한 사회적 발전, 영원한 기술적 발전, 그리고 영원한 경제적 발전에 대한 믿음이 어떤 면에서 지나친 착각에 기반하고 있음을 (사회주의, 과학만능주의, 세계경제 위기 등을 통해) 알게 되었다. 인류는 착각과 환상에서 깨어나는 과정을 거쳐 왔다. 그래서 많은 이들이 이념을 뛰어넘는 포스트이데올로기의 진공상태라는 표현을 쓰기도 한다. 우리가 신으로 만든 우상들에 대한 급격한 탈신격화가 이루어진 것이다."

인류는 심리학, 과학, 경제만으로는 행복해질 수 없습니다.

'포스트 이데올로기적 진공상태' 속에서 신앙이 다시 르네상스를 맞이할 기회가 찾아올까요? 앞에서 언급한 사상이나 기대들이 우리 인간의 내면 속 그리움들을 채우지 못한 걸까요? 혹시 그 그리움들을 채우기 위한 해답을 종교는 알고 있을까요?

그륀 ──── 융은 인간의 마음속에서 신을 제거하면 우상이 그 자리를 차지한다고 했다. 네가 말한 대사상들은 하느님을 대체해주는 것들이다. 사람들은 끝없는 발전을 꿈꿨다. 그리고 하느님은 발전에 필요 없는 존재라 생각했다. 발전을 통해 모든 것이 더 나아질 것이라 믿었던 것이다. 그리고 인간 스스로 천국 같은 삶을 만들 수 있다고 믿었다. 그러나 그 환상은 지난 수십 년 동안 계속해서 실망스럽게 깨져버렸다. 이러한 착각과 환상 속에는 행복, 안녕, 성공, 부, 아름다운 삶에 대한 인간의 그리움이 자리 잡고 있다. 인간은 좋은 집으로 이사를 하고 비싼 예술작품으로 집안을 꾸민다 해도 인생이 아름다워지지 않는다는 것을 깨달았다. 영혼과 마음이 건강하지 않으면, 외적인 아름다움은 아무런 소용이 없다는 것을. 영혼이 부유하지 않으면 외적인 부도 내면의 공허함을 채우지 못한다. 나는 사람들에게 신앙이 바로 각자의 마음속 깊은 곳에 숨어 있는 그리움, 즉 안정감과 지지에 대한 그리움, 모두가 행복해지는 세상을 만들고 자신의 삶을 자신의 힘으로 개척하고자 하는 바람 등을 채울 수 있다는 사실을 알려주려고 한다. 그러한 그리움들을 채우기 위해서는 정의, 사랑, 자비 등의 덕목들이 요구된다. 이런 기독교적인 가치들이 전제되지 않으면 사회 구성원으로서의 건강한 삶은 불가능하다.

물론 사람들은 이러한 자기 내면의 그리움을 스스로 채우려 한다. 먼저 무엇을 그리워하는지를 파악하고 그 해결책을 찾고자 노력한다. 그리고 다양한 신념 체계나 인식 체계 및 물질로는 내면의 그리움을 충족시킬 수 없음을 깨닫게 된다.

나는 사람들에게 신앙을 소개하면서 그들의 실수를 지적하려 하지 않는다. 사람들이 원하는 신앙은 자신을 지지해주고 이 세상을 의미 있게 살아갈 수 있는 방법을 알려주는 것이다. 또 더 나은 미래를 위해 애쓰면서도 이 세상을 뒤로하고 하느님 안에서 가장 든든한 버팀목과 진정한 미래를 발견할 수 있는 방법을 알려주는 것이다.

라슨 ——— 삼촌이 쓴 책을 보면, 삼촌은 성 베네딕토에 대해 이야기하면서 "신앙이 뿌리를 무시하면, 금방 표면적인 것으로 변한다."고 하였습니다. 오늘날 많은 사람들이 가지고 있는 종교는 조각보처럼 여러 개의 종교적 요소가 가미된 특성을 지니고 있습니다. 이 말은 영혼의 평온을 위해선 약간의 불교 전통이, 삶의 관습과 전통을 위해선 약간의 기독교적 전통이, 그리고 미국의 축제를 모방한 핼러윈 파티까지 다양한 요소들이 뒤섞여 있다는 뜻입니다. 오늘날 사람들이 대단히 유쾌하게 생각하는 이러한 신앙과 문화의 혼재를 삼촌은 어떻게 생각하는지요?

그륀 ——— 서로 다른 종교로부터 배울 점이 많은 것은 사실이다. 그러나 건강한 소통은 건강한 뿌리를 가졌을 때만 가능하다. 기독교인으로 심리치료사이지만 선불교식 명상을 공부하고 가르쳤던 뒤르크하임 경이 했던 이야기다. 오늘날 많은 사람들이 한 종교에서 다른 종교로 우르르 몰려다닌다. 문제는 어떤 종교든 간에 항상 표면적으로 종교를 접하고 있다는 점이다. 깊이 있게 종교에 귀의하지 못하고 있다. 여러 종교를 탐색함으로써 언젠가는 마음속 깊은 곳에서 하느님을 향해 마음이 열리기를 바랄 뿐이다. 다양한 종교에 대한 호기심은 바람직하다고 본다. 적어도 종교나 영성에 관심이 있다는 뜻이기 때문이다. 게다가 요즘 사람들은 단 하나의 종교적 삶의 방식을 전적으로 따르며 살지도 않는다. 나는 이리저리 헤매고 있는 사람들에게 기독교적 전통의 풍성함을 쉽게 소개함으로써 기독교를 통해 삶에 필요한 도움을 찾게 해주는 것이 내 사명이라 생각한다. 다른 종교에 대한 열린 태도는 자기가 믿는 신앙과 전통의 내적 자유를 확대시켜줄 수 있는 장점도 있다. 그리고 다른 종교에 대한 관심을 토대로 내가 선택한 종교의 전통을 깊게 생각하면서, 그것이 나에게 어떤 의미가 있는지 되새겨볼 수 있다.

라손―――― 삼촌은 자신이 믿는 종교에 대해 깊게 고민해보았고, 다른 종교 지도자들과 많은 대화를 나누었습니다. 혹 삼촌의 신앙에 대한 확신이 흔들린 적도 있었는지요? 가톨릭 신도로서 삼촌의 특징은 무엇이며, 삼촌은 왜 가톨릭이 자신에게 맞는다고 생각하는지요?

그륀―――― 나는 개신교와 정교 신학에 대해 깊게 공부했고 후에 불교, 힌두교, 유대교도 연구했다. 솔직히 이슬람교는 깊게 공부하지 않아 낯설다. 꽤 감동적이었던 이슬람 수피파(명상과 평화 등을 강조하는 이슬람 신비주의 소수 종파 ― 옮긴이)의 경전을 조금 읽어본 정도다. 이렇듯 다른 종교에 대해 많이 탐색했음에도 불구하고 가톨릭교에 확고하게 자리 잡은 나의 뿌리는 흔들리지 않았다. 다른 종교를 낮추려는 것은 결코 아니다. 나는 내가 가톨릭교회의 일원임에 감사한다. 물론 때로는 맘에 들지 않는 부분들도 있지만, 가톨릭교회의 영성적 전통이 선사해주는 풍성함에 감사한다. 동시에 나는 정교 서적을 읽으면서 정교의 영성적 전통으로부터 많은 것을 배우기도 한다. 개신교 신학을 통해서는 도전을 받기도 하고. 불교에서는 인생을 어떻게 정의하고 있는지, 그리고 고통이나 질병에 대해 어떤 태도를 취하는지, 어떤 방식으로 명상을 하고 신을 발견하는지 등에 대해서도 궁금하다. 물론 결국에는 다시 가톨릭교에 내린 나의 뿌리로 돌아오곤 한다. 가톨릭은 나에게 있어 '로마가톨릭교' 그 이상의 의미를 지닌다. 나에게 '가톨릭교'는 '모든 것을 포괄하는 것'이다.

라슨 ——— 어떤 종교를 가지고 있는지가 중요한가요? 아니면 종교는 단순히 자신의 영성을 표출하는 일종의 통로에 불과한 건가요?

그륀 ——— 하느님과의 만남은 매우 개인적인 것이다. 그러나 영성의 길은 나름의 맥락과 공동체를 전제로 한다. 공동체에 기대어 그리고 공통의 종교적 전통에 따라 하느님과 나만의 길을 가는 것이다. 이때 모든 교리와 의식과 고행은 하느님으로 향하는 길을 걸어가는 데 있어서 도움을 준다. 하느님은 모든 교리보다 크신 분이며, 종교 의식이나 고행 또는 금욕을 통해서만 만날 수 있는 분도 아니다. 물론 그렇다 하더라도 교리를 내 마음대로 정하는 것은 오만한 태도라고 생각한다. 교리는 해석하고 이해해야 한다. 결코 의심하지 않아야 한다. 나는 매여 있는 것과 자유로운 것이 조화를 이루고 있다고 생각한다. 매여 있는 것과 자유로운 것, 공동체와 개인의 길, 확신과 열린 자세, 전통과 대화 등의 양극단을 조화시키는 것은 결코 쉬운 일이 아니다. 그리고 모두가 자기만의 방식으로 이를 이루려고 할 것이다. 나의 경우는, 가톨릭교의 전통을 통해 나만의 방식으로 하느님을 향해 가고 있다.

라슨 ——— 자신이 믿는 종교에 대해 비판적인 관점으로 보는 것은 매우 중요하다고 생각합니다. 자신의 신앙을 비판적인 시험대 위에 올려놓지 못한다면, 자신이 왜 믿는지를 모르게 되며 어쩌면 빈껍데기 종교인이 될 수도 있습니다.

제가 들었던 요가 강좌에서 수강생들끼리 종교에 대해 이야기할 기회가 있었습니다. 그들은 두 명의 기독교인, 한 명의 불교인과 불가지론자, 그리고 또 한 명의 힌두교인으로 구성되어 있었습니다. 모두 종교는 다르지만 서로 이야기가 잘 통하고, 무엇보다도 우리의 영혼과 마음의 안식을 위해 무엇이 중요한

지에 대해 비슷한 생각을 가지고 있었습니다. 종교가 아닌 삶의 태도만을 기준으로 본다면 매우 동질적인 성격의 모임이라 할 수 있을 정도입니다. 그러나 종교의 차이로 인해 우리는 이질적인 부분이 더 많았습니다. 어떤 사람들은 지구상에서 종교가 사라진다면, 인간이 자신의 양심에 따라 행동하게 되며 각 종교의 교리를 기준으로 삼지 않게 되므로 세상이 훨씬 더 좋아질 것이라 주장합니다. 같은 맥락에서 우리 모두가 각자 자기를 위한 정당을 만든다면, 세상이 훨씬 더 좋아질 것이라 주장할 수도 있습니다. 그렇게 되면 정치인들을 평가할 때 소속 정당을 기준으로 보지 않고, 그들이 추구하는 가치를 기준으로 개개인에 대한 보다 정확한 평가가 이루어져 우리가 추구하는 가치를 제대로 대변하는 정치인을 선택할 수 있기 때문입니다. 정치인들이 얻는 지지율에 대한 책임도 정치인 스스로가 지면 되는 것입니다.

그러나 인간은 도덕적 지침이 없으면 바른 방향으로 나아가는 것이 어렵다고 생각합니다. 만약 종교가 없다면, 인간은 종교를 대신해 우리가 추종할 수 있는 다른 권위를 찾아 헤맬 것입니다. 인간은 다른 사람이나 사상을 좇기 마련입니다. 이 사실은 (안타깝지만) 역사를 통해 계속해서 입증되고 있습니다. 극소수의 사람만이 확고한 자기 기준을 갖고 정신적으로 기댈 수 있는 대상 없이도 인생의 길을 걸어갈 수 있습니다.

여러 종교가 존재한 덕분에 사람들은 다양한 선택지 중에서 자신이 의지하고 싶은 기준을 선택할 수 있습니다.

그런데 세상에 이렇게 다양한 종류의 종교가 존재한다는 것, 그리고 그만큼 많은 신들이 존재한다는 것은 종교가 반드시 필요하다는 것을 반증하는 반면 신이 실제로 존재하지 않는다는 반증 아닐까요?

그륀 ─── 너와 마음이 잘 통하는 사람들을 만났다니 기쁘구나. 영성에 관심을 갖고 마음을 여는 사람은 다른 사람들과도 열린 자세로 대화를 하며, 상대가 다른 종교를 가졌더라도 상대를 이해하고 마음을 나눌 수 있다. 이때 상대를 존중하는 태도가 중요하다. 늘 상대의 말을 경청해야 한다. 그는 자신의 삶을 어떻게 이해하고 있는지? 그에게 있어 신은 어떤 의미가 있는지? 그는 왜 종교를 믿으며 살아가는지? 그리고 종교를 통해 자기 자신이나 신에 대해 어떤 체험을 하였는지? 상대의 경험을 존중하게 되면, 내가 가진 종교에 대해서도 그가 설명한 전통이나 관습과 비슷한 것이 있는지 생각해보게 된다. 다른 종교를 가진 사람과의 대화를 통해서 내가 믿는 종교의 장점과 풍성함을 발견하게 되는 것이다. 나는 불교나 도교를 공부하면서 성서의 몇몇 구절을 새롭게 인식하기도 했다.

자신의 신앙에 지나치게 집착하며 다른 종교를 폭력적으로 억압하는 종교들은 인류에게 큰 위협이라고 할 수 있다. 왜곡된 종교라 할 수 있다. 만약 종교가 사라진다면, 인간은 종교에 대한 목마름을 채우기 위해 종교를 대신할 다른 무언가를 찾을 것이다. 융도 심리학자로서 이렇게 설명하였다. "만약 신이 죽었다거나 애초부터 존재하지 않았다는 황당한 생각을 한다면, 역동적이고 심리적 구조의 마음속 신의 상이 그 자리를 대신해 '신과 유사한 것', 즉 재앙을 야기시키는 온갖 종류의 특성을 만들어낼 것이다." 다시 말해 신의 자리에 우상, 즉 돈이나 명예나 성이나 권력이 자리 잡게 된다는 것이다. 종교는 인간에게 유익한 것이다. 인간을 인간적으로 만들어주기 때문이다.

프로이트는 인간이 세상에서 어떤 방향성을 갖고 살아갈 수 있도록 종교가 도움을 주면서 버팀목 역할만 한다고 보았다. 그러나 프로이트가 주장하는 해법, 즉 종교적 장치 없이 현실을 있는 그대로 수용하라는 방법은 나에게는 지나치게 비관적이고 우울하다. 나는 융의 심리학적 접근방식을 더 지지한다. 융은 "영혼의 지혜는 신을 안다."고 했다. 만일 영혼의 지혜에 대하여 오직 이성적으로만 반박하려 한다면, 우리는 불안해지며 답을 찾지 못하고 신경질적으로 변할 것이다. 물론 종교가 잘살기 위한 영혼의 속임수 같은 것은 아닐지 반문할 수도 있다. 그렇다면 모든 인식들이 혹시 착각에서 비롯된 것은 아닌지, 우리가 인식할 수 있는 것이 있기나 하는 것인지 등의 질문을 던져보아야 할 것이다. 나는 이런 고민 앞에서 종교라는 대안을 선택한다. 그리고 나를 안심시킨다. 나는 성서의 말씀을 믿으며 성녀인 아빌라의 테레사나 에디트 슈타인(1942년 폴란드 아우슈비츠 수용소에서 선종, 1998년 교황 요한 바오로 2세에 의해 시성된 유대인 출신의 가톨릭 성녀 ― 옮긴이)을 신뢰한다. 나는 신앙이라는 카드에 모든 것을 걸겠다.

나는 신은 오직 한 분뿐이며 하느님 외 다른 신은 없다고 믿는다. 물론 다양한 신의 상이 존재한다. 종교에 따라 신은 각기 다른 상을 갖는다. 그리고 모든 사람은 각자 나름의 신에 대한 상을 가지고 있다. 이 모든 상은 오직 하느님만을 가리킨다. 물론 하느님은 이 모든 신의 상을 초월한 존재이시다. 모든 종교는 사실 신의 모든 상 뒤에 존재하시는 하느님을 찾고 있음을 인식해야 한다. 만약 그것을 이해했다면, 다른 종교에 맞서 싸우지 않고 그들이 제시하는 신의 상을 진지하게 살펴볼 수 있다. 나는 나를 하느님에게로 인도해주는 나만의 하느님 상을 신뢰한다. 하느님은 형용하거나 이해할 수 없는 분이며, 완벽한 비밀이고, 우리 모두를 감싸고 있는 분이다. 그리고 우리는 모두 그분을 향해 살아가고 있다.

라슨 ——— 철학자들이 다양한 접근방식과 논리적인 근거들을 이용해 진리를 발견하고자 노력했을 것이라 상상이 됩니다. 그리고 모두가 진리를 추구한다는 같은 목적에도 불구하고 철학자들 간에도 서로 상이한 결론들이 도출되었습니다. 또한 철학과 신학은 문화의 영향을 크게 받고 있습니다. 그래서 동서양의 철학은 큰 차이를 보이고 있습니다.

(다소 극단적인 예라는 것을 인정합니다만) 식량문제 해결에 있어서도 비슷한 현상이 나타나고 있습니다. 전 세계가 식량부족 문제를 해결하기 위해 노력하고 있습니다. 다만 어디에 그리고 어떻게 농작물을 심고 재배할 것인지에 대해서는 상이한 의견이 존재합니다. 물론 어떤 작물을 선택할 것인지, 식량을 언제 그리고 어떤 형태로 나눠줄 것인지에 대해서도 의견이 분분합니다. 사실 같은 먹거리라도 선호하는 사람이 있고 싫어하는 사람도 있습니다. 어떤 이들은 음식의 양이 너무 많아 남기는가 하면, 또 어떤 이들은 먹어도 먹어도 부족하다고 합니다. 여기서 중요한 것은 식량과 음식의 맛보다, 먹을 것 자체가 없어 배고픔을 느끼는 사람들의 배를 채워야 한다는 것입니다.

그렇다면 우리 자신을 초월한 존재를 찾고자 하는 모든 인간의 근본적 욕구 해소 차원으로 종교의 역할을 축약해볼 수 있지 않을까요?

그륀 ──── 모든 종교는 신을 찾는다. 그리고 종교는 신과 인간에 대한 나름의 상을 가지고 있다. 종교는 인간이 신 앞에서 살아가는 법, 신과의 관계를 표현하는 법을 제시한다. 기독교인들은 예수님이 단순히 기독교의 창시자가 아니라, 하느님의 아들이시며 이 세상에서 유일무이한 방법으로 하느님을 보여주시고 선포하셨다고 믿는다. 기독교인으로서 우리는 다른 종교를 진지하게 받아들이고 존중한다. 그러나 예수님의 메시지가 다른 종교들이 갖고 있는 모든 그리움에 대한 궁극적 해답이라고 믿는다. 우리는 모든 사람이 예수님을 믿도록 설득해야 한다는 압박 아래 놓여 있지는 않다. 그 대신 우리는 누구든지 자신의 양심에 따라 살 것이라 믿으며, 결국 언젠가는, 적어도 죽음의 순간 하느님을 알아보며 그분이 자기 안에 있던 그리움의 대상이었음을 깨닫게 될 것이라 믿는다.

라슨 ──── 오래전 미국 우주 비행사들과 아폴로호의 탐사여행에 관한 텔레비전 다큐멘터리를 본 적이 있습니다. 한 기자가 달에 발자국을 남긴 사람으로서 어떤 것이 가장 기억에 남느냐고 묻자, 우주 비행사 유진 서난은 우주에서 행성들을 보면서 분명 우리가 상상할 수 있는 것보다 더 큰 힘이 존재할 것이라는 생각이 들었다고 했습니다. 그는 달에 다녀와서 이렇게 말했습니다. "나는 마치 우주 어딘가에 있는 고원에 서 있는 느낌이 들었다. 과학과 기술의 도움을 받아야만 도달할 수 있는 고원 말이다. 그러나 내가 그 순간에 본 것, 그리고 그보다 더 중요한 것은 그 순간 내가 느낀 것에 대해서 과학도 기술도 아무런 대답을 해주지 못했다. (…) 나는 모든 것이 우연히 생성되었다고 하기에는 지나치게 의미가 크고 지나치게 논리적이고 지나치게 아름답다고 생각했다. 종교적 의미가 아닌 영성적인 의미에서 나와 너보다 더 큰 누군가가 분명 존재할 것이다. 인간이 자신의 삶을 통제하기 위해 만든 모든 종교 위에 존재하는 창조자가 실존해 있을 것이다."

사실 종교가 없는 민족이 거의 없다는 것은 놀랍습니다. 기독교가 되었든, 호주 토착민인 아보리진의 토속 신앙이 되었든 인간은 무엇인가를 믿고 싶어 합니다. 물론 신앙은 지식이 끝나는 지점에서 시작된다고 주장할 수도 있습니다. 그리고 발달사, 질병, 날씨 등에 대한 지식이 적을수록 종교를 통해 자신의 환경에 대해 이해하려 한다고 주장할 수도 있습니다.

삼촌은 과학이 신앙의 끝, 혹은 그 반대로 신앙의 시작이라고 생각하는지요? 인간의 마음속에 존재하는 '영성의 빈 공간', 즉 우리가 보고 듣고 맛보고 느끼는 것 이상의 것을 찾게 만드는 그 허전함은 도대체 어디서 온 건가요?

그륀 ——— 종교마다 진리에 대하여 서로 다른 설명을 내놓는다. 어떤 설명 모델들은 과학적으로 받아들이기 어렵다고 과학에 의해 거부되기도 한다. 그러나 과학은 신앙이 잘못되었다고 판단할 수 없다. 신앙은 과학과는 다른 차원의 것이기 때문이다. 천지창조에 대하여 성서에서는 세상이 칠일 만에 창조되었다고 설명하는데, 하느님이 세상을 만드신 사건을 비유적으로 설명하는 신화라고 할 수 있다. 성서의 창조 이야기는 자연과학적 기술이 아니다. 과학은 진화론과 다양한 우주론의 모델들을 가지고 성서의 설명에 반박해보려 노력했다. 그러나 성서의 설명은 진실을 담고 있다. 물론 자연과학적 진실은 아니고, 다른 차원의 진실인 것이다. 성서는 창세기에 묘사된 창조가 비밀이며 하느님이 세상을 만드셨다고 설명하고 있다. 그리고 하느님이 세상을 창조하셨다는 사실은 과학으로 증명할 수도 반박할 수도 없다.

융의 이론에 따르면, 영혼의 지혜는 우리 인간이 신을 그리워하고 있다는 것을 안다. 그리고 영혼의 지혜는 우리가 고개를 들어 우리보다 더 큰 존재를 올려다볼 때 우리 영혼이 평온해지며 우리가 진정한 사람이 될 수 있음을 알고 있다. 그렇지 않으면 우리 자신을 가장 큰 존재로 여기는 착각에 빠질 위험이 있다. 우리는 히틀러나 스탈린을 통해 과대성이 지나치면 세계가 공포와 괴로움에 떨게 된다는 것을 경험하였다. 융은 꿈속에서는 무신론자가 존재하지 않는다고 말한다. 꿈에는 종교적 상징들이 등장한다. 영혼은 꿈을 통해 우리의 마음속에 종교적 측면이 존재하며, 이에 대한 답변을 찾아야 한다고 알려준다. 융은 서른다섯 살 이상의 자기 환자들 중에 종교적인 부분에서 문제가 없는 사람이 하나도 없음을 확인했다. 특정 종교와 관련된 문제를 말하는 것이 아니다. 우리가 건강한 영혼의 균형을 이루기 위해서 반드시 고려해야만 하는 영혼의 종교적 부분을 말하는 것이다.

라슨 ─── 삼촌의 설명이 맞는다고 생각합니다. 과학은 신앙을 전적으로 부정하지 못합니다. 몇몇의 유명 학자들 중에는 과학적 연구를 통해 신이 존재할 것이라는 결론을 도출한 사람들도 있습니다. 미국의 물리학자로 노벨물리학상 수상자인 아르노 펜지아스는 이렇게 말했습니다. "천문학은 유일무이한 곳, 무에서 창조된 우주, 지구에 생명체가 살기 위해 필요한 알맞은 조건과 매우 섬세한 균형을 갖춘 곳, 그리고 ('초자연적'이라고 할 수 있는) 근원적인 계획을 토대로 한 우주로 우리를 안내한다. 따라서 현대 과학의 관찰 결과들은 수백 년 전의 직관과 동일한 결론에 이르고 있다."

또 다른 노벨물리학상 수상자인 이탈리아의 물리학자 카를로 루비아는 연구를 통해 '더 고상한 존재'에 대한 확신을 가졌다고 합니다. 그는 이렇게 이야기하고 있습니다. "별들이 무리지어 있는 은하를 센다고 해서 또는 소립자의 존재를 내세운다고 해서 신의 존재를 입증할 수는 없다. 그러나 연구자로서 나는 우주 속 그리고 물질의 내부에 존재하는 질서와 아름다움에 압도된다. 자연을 관찰하는 사람으로서 분명 더 높은 차원의 질서가 먼저 존재했을 것이라는 생각을 반박할 수가 없다. 이 모든 것이 단순히 우연의 결과이거나 통계적으로 나타날 수 있는 현상에 불과하다면 나는 그것을 수용할 수 없다. 분명 높은 차원의 지성이, 우주 너머에 존재할 것이다."

아무리 유명한 과학자들이 세계의 질서와 규칙성에 감탄하며 분명 고차원적 힘이나 존재가 있을 것이라고 추론한다 해도 하느님은 설명할 수 없고 이해할 수 없는 존재입니다. 왜 종교가 존재하는지 그리고 왜 이렇게 다양한 종교가 존재하는지도 아직 이야기하지 않았습니다. 실제로 오직 하나의 신만 존재한다면, 서로 다른 종교들은 그 신을 파악하기 위한 인간의 다양한 시도일 뿐이란 얘기가 됩니다. 좀 더 근본적인 차원으로 돌아가서, 인간이 언제 처음으로 종교성을 추구하게 되었는지 생각해볼 필요가 있습니다.

아이들의 어린 시절을 떠올려보면, 아이들은 늘 자신의 중심에 서 있었고 매 순간 충실하게 자기 자신의 삶을 살았다는 것을 알 수 있습니다. 사실 어른들은 훈련과 연습을 통해서 어렵게 회복할 수 있는 것입니다. 반면 어린아이는 자신의 본능을 따릅니다. 아이들은 정해진 식사시간을 모릅니다. 그저 배가 고프면 먹고 싶어 하고 맛이 있으면 입맛을 다십니다. 아이들은 인내할 줄도 모릅니다. 기분 내키는 대로 울고 웃습니다. 아이들은 매우 이기적이기도 합니다. 다른 사람에 대한 배려 없이 자신이 원하면 그냥 움켜쥐려 합니다.

혹시 이러한 원초적인 이기심을 다른 사람과의 공존으로 대체하려고 할 때 우리에게 종교가 필요한 것은 아닌지요? 다시 말해 당장의 행복한 삶을 포기해야 하는 순간 종교를 찾게 되는 것인지? 어째서 사람들은 어른이 되어가면서 완전한 나로서의 느낌, 그리고 '모든 것이 괜찮다'는 느낌을 점점 잃어가는 것인지? 종교가 혹시 '모든 것이 괜찮다'는 느낌을 회복하기 위한 도구에 불과한 것은 아닌지요?

그륀 ─── 종교가 '모든 것이 괜찮다'는 느낌을 회복하기 위한 도구라는 것은 흥미로운 정의다. 우리는 영원히 어린아이의 상태에 머물러 있을 수 없다. 물론 어린아이의 상태는 이상적인 측면을 가지고 있다. 매 순간 자신에게 충실하며, 자기 자신과 조화를 이루고 있다. 그러나 다른 사람들에 대한 배려가 전혀 없이 오직 자신의 욕구만을 충족시키는 상태이기도 하다. 어른이 된다는 것은 자신의 욕구에 대해 거리를 둘 줄 알게 되는 것, 의식적으로 자신의 삶을 형성해나가고 결정을 내릴 줄 아는 상태가 된다는 것을 의미한다. 매 순간 자신에게 충실하게 사는 법을 어른이 되어서도 계속 연습하고 유지해야 한다. 어른이 되어가는 과정에서 우리는 자신이 가졌던 기대에 미치지 못한다는 사실, 그리고 자기 자신을 다른 사람들의 시선으로 성공이나 실패, 수용과 거부 등과 같은 외적 기준에 따라 평가하고 정의한다는 사실을 느끼게 된다.

신앙 또는 종교는 우리가 조건 없이 받아들여지는 존재라는 느낌을 준다. 세례를 통해서 하느님은 "너는 나의 사랑하는 아들이며, 나의 사랑하는 딸이다. 너는 나를 기쁘게 한다."고 말씀하신다. 우리는 조건 없이 어떤 업적을 보여주고, 스스로를 증명하지 않아도 인정받고 사랑받는다. 우리는 있는 그대로의 진실된 모습, 연약한 모습 그대로를 보여줘도 된다. 하느님 앞에서는 모든 것이 괜찮다. 왜냐하면 그분의 사랑이 조건 없이 우리를 수용하시기 때문이다. 그렇다고 해서 있는 그대로의 우리의 모습에 안주하며 아무런 노력도 하지 않아도 된다는 말은 아니다. 우리는 나무나 꽃이 자라듯이 성장하기를 원한다. 우리의 목표는 꽃을 피우는 것이다. 우리가 무엇을 받아들였느냐가 우리가 어떻게 성장하는지를 결정한다. 아직은 우리의 목표를 달성하지 못하고 인생의 길 한복판, 지금 이곳에 있음을 인정할 때에만 우리는 전진할 수 있다. 종교는 다음의 두 가지 기능을 갖는다. 종교를 통해 신이 우리를 인정하시고 받아주셨기 때문에 우리는 자신을 전적으로 수용하고 인정할 수 있다. 동시에 신이 우리에게 선사해주신 모습에 부합하기 위해 성장하고 발전해야 한다는 도전과제를 안겨준다. 그 결과는 우리가 원래의 모습을 되찾아가는 것이다.

감사함 그리고 의미 찾기

모든 일이 뜻대로 이루어지고, 우리가 행복하다고 느낄 때
인간은 감사한 마음을 잃어버릴 위험이 있습니다.
우리가 이 지구상에서 사는 이유는 무엇 때문인가요?

라슨 ——— 좀 더 깊이 들여다보겠습니다. 혹시 우리가 다른 피
조물과 달리 사랑하고 웃으며 탐구하고 관조적으로 살 수 있는
능력을 선물로 받았다는 사실을 받아들이지 못하는 게 문제가
아닐까요? 아니면 이러한 행운과 축복을 누리는 것에 대한 감
사와 기쁨 그리고 겸손을 넘어 보다 큰 존재를 추구하는 것은
이렇듯 기적 같은 큰 축복을 누리는 것에 대한 이유를 찾기 위
함이 아닐는지요? 이렇게 많은 것을 누릴 만큼의 책임을 스스

로 질 수 있는 사람이 어디 있겠습니까?

모든 일이 뜻대로 이루어지고, 우리가 행복하다고 느낄 때 인간은 감사한 마음을 잃어버릴 위험이 있습니다. 흥미롭게도 이러한 때에 우리는 신앙의 의미를 부정하기도 하죠.

옛날에는 천둥 번개나 기타 자연현상을 보면서 그것이 신들의 싸움 때문에 일어난다고 믿었습니다. 오늘날에는 거의 모든 현상에 대해 과학이 논리적으로 분석해 설명하고 있습니다. 그러나 인간이 명쾌한 해답을 찾지 못한 하나의 질문이 있습니다. 우리가 이 지구상에 사는 이유는 무엇 때문인가요?

인간의 존재에 대한 특별한 이유가 없다면 우리는 사회를 유지하고 조직하기 위해 노력하는 개미 집단과 다를 바가 없습니다. 그렇다면 죽어가는 사람을 어떻게 해서든 살리려는 인간의 노력은 종의 보존에는 아무런 의미가 없는, 납득하기 어려운 행위가 될 것입니다.

혹시 종교가 모든 것이 존재하는 이유가 있고, 운명의 장난처럼 보이는 사건들이나 상처들이 인간에게 고통과 좌절 그 이상의 의미가 있으며, 인간의 행복과 성공에는 반드시 감사와 겸손이 수반되어야 한다는 믿음을 줌으로써 방황하며 의미를 찾아 헤매는 영혼에게 안식처를 제공하는 것에 불과한 것은 아닐는지요?

특히 기독교의 정수가 낙천적이고 감사하며 행복하고 겸손한 기분이나 느낌에 불과한 것은 아닐지요?

그륀 ——— 어느 시대이건 모든 철학자들이 제기했던 인간의 근본적 문제이다. 인간은 왜 존재하며, 왜 중요한가? 우리는 왜 사는가? 인생의 의미는 무엇인가? 나치의 아우슈비츠 강제수용소에서 살아남은 신경정신과 교수 빅터 프랭클은 오늘날 사람들은 (프로이트 시절처럼) 욕구나 억압 때문에 병이 들기보다는 삶의 의미를 찾지 못해 병이 든다고 했다.

삶의 의미를 찾는다는 것은 건강과 직결되어 있는 것이 명백한 듯하다. 그리고 삶의 의미는 돈을 많이 벌거나 성공한 것만으로 충족되지는 않는다. 삶의 의미를 찾는 사람은 인간을 넘어 하느님이라는 존재가 가진 비밀에 접근하게 된다. 우리가 찾는 삶의 의미는 우리 자신보다 더 큰 것이어야 하기 때문이다. 그래야만 그 의미를 토대로 우리는 살아갈 수 있게 된다. 삶에는 두 가지 의미가 있다. 우선 온전히 나 자신으로 살아가기 위해 평생 내 자신의 비밀을 찾으며 진정한 나의 모습을 반영한 나만의 발자취를 세상에 남기는 것이다. 두 번째는 세상을 보다 인간적으로 만들고, 다른 사람들에게 기쁨이 되고 그들을 도와주라는 사명을 완수하는 것이다. 이것들은 곧 내 삶의 의미이자 목적이라고 생각한다.

진정성을 가지고 최선을 다해 나 자신을 찾는 일과 세상을 살아가면서 성취해야 하는 사명, 이 두 가지 삶의 목적 때문에 나는 생명력을 느낀다. 사명이라는 것은 내 마음대로 선택하는 것이 아니라 하느님이 나를 이 세상에 보내신 이유이다. 이 사명 때문에 나는 살아 있으며 내 삶도 풍요로워지는 것이다.

물론 종교는 삶의 의미를 찾아 헤매는 영혼에게 안정감을 주며, 갑작스럽게 닥친 삶의 어려움이 우리를 쓰러뜨리지 못한다는 믿음을 주어야 할 임무가 있다. 종교는 겉으로는 우리 삶이 완전히 망가진 것처럼 보인다 할지라도 신이 우리를 보호하고 있다는 믿음을 준다. 그 결과 우리는 감사와 신뢰를 품고 살아갈 수 있는 것이다. 행복은 한마디로 정의하기 어려운 단어이다. 인간이라면 누구나 행복해지고 싶어 하며, 플라톤도 이 사실을 가설로 제시했다. 오늘날 모든 사람들은 행복을 찾아 헤맨다. 그리고 가능한 많이 가지고 누리면 행복해질 수 있다고 믿는다. 그러나 행복은 나 자신과 조화를 이룬 사람, 나보다 큰 존재 안에서 안정감을 찾은 사람만이 느낄 수 있는 것이다. 존재의 경이로움 앞에서 감탄하는 것도 행복에 포함된다. 이때 우리는 우리보다 큰 존재로 눈을 돌리게 된다. 다시 말해 나 자신보다 더 큰 존재 앞에서 감탄하게 된다. 그런 의미에서 인간이 행복해지기 위해 취해야 할 모든 태도나 조건은 종교를 통해 이루어질 수 있다고 할 수 있다. 종교를 통해 인간은 신에게서 보호와 사랑을 받고, 신과 신의 사랑으로 충만해지기 때문이다. 종교를 갖게 되면 모든 일을 자기 힘으로 해낼 필요가 없다. 어느 경우에는 받는 입장이어도 된다. 그리고 인생의 가장 중요한 사실을 깨닫게 된다. 즉, 나는 사랑받는 존재이며, 유일무이하며 가치 있는 존재라는 사실을. 종교를 통해서 발견하게 되는 이러한 가치들은 기독교뿐만 아니라, 인간을 치유하게 해주는 모든 형태의 종교에서 추구하는 것들이다. 물론 인간을 작은 존재로 치부하면서 인간에게 두려움을 심어주는 종교도 있다. 그런 종교는 기형적 혹은 왜곡된 형태의 종교이다.

라슨 ——— 인간에게 두려움을 주는 종교를 '왜곡된 형태'라고 하셨는데, 정확히 어떤 의미인가요? 그리고 그런 종교의 왜곡은 어떻게 생겨난 건가요? 또 종교를 '올바르게' 이해하는지 그렇지 않은지는 어떻게 알 수 있는 건가요? 결국 자신과 하느님과의 개인적 관계에 집중함으로써 애초부터 형식적이고, 잘못된 교회의 해석을 피하는 것이 가장 '안전한' 방법인지요?

그륀 ——— 종교의 왜곡은 사람들이 종교를 이용해 다른 사람에게 두려움을 느끼게 하려 할 때 일어나는 거다. 다른 사람에게 두려움을 심어주는 이유는 권력을 행사하기 위해서고, 그 결과는 폭력의 야기다. 종교개혁 당시 가톨릭교회 내에 이러한 현상들이 부분적으로 일어났었다. 당시 교회는 인간이 잘못을 저지르면 지옥에 떨어져 영원히 불구덩이에서 고통을 당해야 한다면서, 이 형벌을 피하기 위해서는 면죄부를 사야 한다고 했다. 이런 식의 겁주기와 돈벌이는 오늘날에도 일부 오순절교회에서 계속되고 있는 듯하다. 프란체스코 수도회의 한 수도사가 브라질 여행 중 방문한 오순절교회 이야기를 해준 적이 있다. 설교자가 모든 신도들에게 다가가, 불륜을 저질렀거나 도둑질을 했거나 사기를 친 적이 있다고 야단을 쳤다고 한다. 그러나 하느님은 자비로운 분이라 모든 것을 용서해주신다고 하면서 용서의 대가로 하느님에게 물질을 바쳐야 한다고 했단다. 결국 사람들에게 돈을 갈취하다시피 했다는 것이다. 이처럼 근본주의 집단에서는 사람들의 두려움을 이용하며 종종 폭력을 사용하기도 한다. 그들은 생각이 다른 사람들을 비난하거나 자신들에게 방해가 되는 사람들을 죽이기까지 한다.

종교는 인간을 지탱해주는 버팀목이며 인간에게 안정감을 준다. 그리고 모든 종교는 궁극적으로 사랑을 추구한다. 종교를 통해 사람이 사랑에 이르게 된다면 그것은 건강한 종교라 할 수 있다. 또한 사랑에는 늘 관용과 자유가 함께해야 한다.

나는 일부 교회에서 행해지고 있는 종교에 대한 왜곡된 해석을 걱정하지 않는다. 개별 교회는 왜곡될 수 있으나 모든 교회를 포괄한 전체로서의 교회는 실패하지 않았기 때문이다. 공식적으로 선언된 교회의 가르침, 즉 교의는 한 번도 왜곡된 적이 없다. 신앙을 설명하기 위한 교회의 모든 교리적 노력들이 궁극적으로 비밀의 문을 열어놓는다고 설명한 바 있다. 모든 교리는 하느님의 비밀을 보호하며, 개인적 목적으로 남용하는 것을 방지하고 있다.

물론 종교를 통해 인간은 신과 관계를 형성하고 개인적으로 신을 체험하고자 한다. 하느님을 체험함으로써 우리는 자유, 사랑, 평화, 생명력과 풍요로움을 경험하게 된다. 종교는 인간에게 그러한 체험을 선사할 과제를 안고 있는 것이다. 종교가 신을 손에 쥐고 제멋대로 휘두르려 하고 스스로를 중심에 세우려고 하는 순간 종교의 형태는 왜곡된다.

철학적 질문과 성서의 답변

예수님은 죄를 어떻게 정의하셨나요?

성서에서는 죄가 왜 그렇게 큰 역할을 하며,

왜 죄는 피 흘리는 제물을 통해서만 사해지나요?

라슨 ——— 다시 성서 이야기로 돌아가보겠습니다. 구약성서의 최초 기록들은 대략 기원전 1400년의 일들로 추정된다고 합니다. 그리고 이 기록들은 더 이전 시대의 사실과 사건들을 기술하고 있죠. 천지창조와 홍수 이야기가 있습니다.

고대 이스라엘 문학이나 역사는 구전되었고 구약성서를 기록할 당시 참고할 문헌자료는 거의 없었습니다. 구약성서는 수많은 세대에 걸쳐 구전된 노래, 이야기, 시 등을 토대로 쓰여졌습니다. 도발적인 질문일 수 있는데, 성서를 읽을 때 구체적이고 상세한 내용보다는 지혜의 말씀으로 우리에게 전하려 하는 메시지에 주목하는 게 맞지 않을까요? 그런 의미에서 현대사회의 쟁점인, 예컨대 피임이나 동성애에 대해 성서를 근거로 찬성한다거나 반대하는 것은 어려운 일이 아닐는지요? 혹 성서 본연의 가치가 정치적 혹은 종교적 권력 다툼으로 잘못 이용되면서 제대로 발휘되지 못하는 건 아닐는지요? 적어도 성서에 기록된 내용에 대해서는 누구도 반박할 수 없으니까요.

삼촌은 성서를 어떻게 이해하고 있는지요?

그륀 ——— 성서는 역사적 기록과 신비주의적 체험에 대한 기록으로 이야기와 비유를 구분해야 한다. 독일의 저명한 신학자이자 심층심리학자인 오이겐 드레버만은 다음과 같이 설명했다. 성서는 이미 일어났던 일들에 대해 이야기하지만, 항상 비유와 상징으로 이야기한다고. 그것도 우리에게 치유의 효과가 있으며, 우리가 진정으로 자기 모습에 집중할 수 있도록 전형적인 비유와 상징을 이용하고 있다고. 순수하게 팩트인 것과 그렇지 않은 것을 정확하게 구분하기는 어렵다. 게다가 그것이 그렇게 중요하지도 않고. 컴퓨터에 저장해놓을 수 있는 팩트는, 그것이 해석될 때에야 비로소 우리에게 의미가 있다. 성서는 비유와 상징으로써 팩트를 해석해주지. 그리고 우리는 일어났던 일들에 대해 오로지 비유와 상징을 통해서만 접근할 수 있고. 물론 당시에 실제로 어떤 일이 일어났는지 정확하게 알기 어려운 경우도 있다.

그렇다고 해서 성서를 순전히 도덕 지침서 정도로 생각해서도 안 된다. 만약 그렇게 생각한다면 우리도 종교가 인간을 도덕적으로 교정하는 장치에 불과하다는 독일의 철학자 임마누엘 칸트의 주장에 수긍할 수밖에 없게 되는 거다. 성서는 하느님과 인간 사이의 관계와 경험에 대하여 더 많은 이야기를 하고 있다. 그리고 성서는 우리가 하느님을 체험할 수 있도록 인도하고 있다. 성서는 하느님의 말씀이기도 하다. 물론 그것이 무엇을 의미하는지는 제대로 이해해야 한다. 성서의 말씀들은 어느 날 갑자기 하늘에서 뚝 떨어진 게 아니다. 사람들이 기록한 말씀이다. 거룩한 책인 성서는 하느님을 경험하는 것이 중요하며, 그 경험들 속에서 나에게 주어진 메시지를 발견해야한다고 강조하고 있다.

네가 말한 피임 문제에 대해, 사실 성서에서는 전혀 다루고 있지 않다. 반면 동성애 문제는 성서에서 어떻게 다루고 있는지 좀 더 자세히, 특히 바오로의 서신들을 살펴볼 필요가 있다. 그리고 성서에서는 동성애에 관해 어떤 이야기를 하고 있는지 제대로 파악해야 하고. 근본주의자들은 성서의 글자 하나하나를 그대로 받아들이고 있다. 그들은 정보전달 기능이 있는 언어만을 이해하는 사람들이다. 성서가 다양한 성격의 텍스트, 즉 역사서술, 전설, 동화, 설화, 비유, 치유 이야기, 연설, 규범 텍스트 등으로 구성되어 있다는 사실을 이해하지 못하는 사람들이다. 그리고 각 텍스트의 종류나 서술방식은 각자의 진실을 표현하고 있다. 따라서 비유나 상징을 도덕적 규범으로 이해해서는 안 된다. 그렇게 되면 그 비유나 상징이 담고 있는 진실이 왜곡되니까.

성서는 삶의 원동력을 제공하는 가장 중요한 원천이다. 성서를 이해하는 과정, 성서 속에서 하느님이 전하고자 하는 말씀을 발견하는 일은 끝이 없다. 나는 성서를 해석하는 데 있어서 교회의 사상적 토대를 이룬 성인 아우구스티누스가 우리에게 제공한 열쇠를 이용하곤 한다. "하느님의 말씀은 네 거룩함의 출처가 되기 전까지는 네 의지의 적이다. 자신이 스스로의 적인 이상, 하느님의 말씀도 적이다. 자기 자신과 친구가 되어라. 그러면 하느님의 말씀이 너와 조화를 이루게 될 것이다."

성서의 말씀이 사람들 입맛에 맞지 않을 때가 있는데, 그것은 자기 자신의 모습을 자세히 들여다볼 수 있는 계기가 된다. 예수님은 도발적인 말씀으로 나를 끌어내고 나에게 말씀하시려 한다. "너는 네 자신을 잘못 보고 있다." 다시 말해 성서의 말씀은 자신을 제대로 바라보는 자리로 나를 초대한다. 좀 더 정확하게 표현하면 나 자신에게 친절하게 대하고 진정한 나와 조화를 이루도록 한다는 것이다. 성서의 말씀은 늘 생명을 주려 한다. 성서가 두려움을 야기시키는 데 이용되고 정치적 무기로 사용된다면 그것은 성서를 왜곡하는 것이다.

라슨 ——— 삼촌은 신학과 경영학 외에 철학도 공부하셨는데, 다수의 철학자들은 종교나 하느님에 대하여 비판적인 것으로 알고 있습니다. 독일의 철학자 루트비히 포이어바흐는 이렇게 이야기했습니다. "성서에 쓰여 있는 것처럼 신이 자신의 형상을 따라 인간을 창조한 것이 아니라, 인간이 자신의 모습을 닮은 신을 만들었다."고. 니체는 여기에 한 술 더 떠 "신은 죽었다!"고 했죠. 삼촌은 하느님의 존재를 부정하는 철학자들의 논리적 설명을 어떻게 신학적 이론과 조화시킬 수 있었는지요? 그리고 이러한 철학자들의 이론이 삼촌의 신앙에 어떠한 영향을 미쳤는지요?

그륀 ——— 철학을 공부하면서 나는 무엇보다도 그리스 철학에 관심이 많았다. 그리스 철학자들은 모두 신의 존재를 인정한다.

다음으로 토마스 아퀴나스 등 중세시대 기독교 철학자들의 이론을 공부했고 마르틴 하이데거, 칼 야스퍼스, 한스 게오르크 가다머와 프랑스의 알베르트 카뮈나 장 폴 사르트르 같은 실존 철학자들을 주로 살펴보았다. 루트비히 포이어바흐의 이론은 나의 흥미를 끌지 못했고, 그의 주장들은 심리학적 차원에서만 이해할 수 있는 정도이다. 물론 우리를 투사시켜 만들어낸 신의 모습도 있다. 오늘날에도 사람들은 다른 사람들을 대할 때라든지 기타 여러 상황 속에서 자신을 정당화시켜줄 수 있는 신을 만들어내곤 한다. 그러나 그렇다고 해서 하느님이 존재하지 않거나, 절대적 비밀이 존재하지 않는다고 주장할 수는 없다. 니체도 결국엔 하느님에게서 벗어나지 못했잖니. 니체는 중요한 진리들을 정리해 세상에 알렸다. 그는 기독교의 왜곡을 들춰내기도 했지. 그러나 그는 자신이 세운 이론 때문에 괴로워했고 그것들을 자신의 삶과는 일치시키지 못했다. 그는 정말로 신이 죽었는지 확신하지 못했다. 그리고 만약 신이 진짜로 죽었다면 세상이 냉혹한 곳이 될 거라는 생각 때문에 괴로워했다. 그는 하느님을 통해 안정을 찾고자 하는 그리움과 도덕적인 기독교에 대한 반대 사이에서 갈피를 잡지 못했다. 니체의 사상들은 후에 나치에 의해 군주적인 인간을 주장하는 철학을 정당화하는 데 남용되었다.

앞서 언급한 모든 철학자들은 조금이나마 진리를 깨닫게 되었다. 그러나 그중 일부는 자신의 견해를 절대화해버렸다. 그래서 결국 실패하게 된 것이다. 예나 지금이나 철학은 내 이성 앞에서 내 신앙을 정당화시키고 이해시키라고 나에게 도전한다. 그러나 지금까지 그 어떤 철학자도 나의 신앙을 흔들어 놓지는 못했다.

라손 ——— 니체는 기독교를 거세게 비판했지만『안티크리스트』라는 책에서 예수 그리스도의 가르침보다는 종교에 대한 교회의 해석에 대하여 강하게 비판하는 듯한 인상을 주고 있습니다. "'기쁜 소식을 전하는 그'는 그가 살았던 그대로, 그가 가르쳤던 그대로 죽었다. 그는 '사람들을 구원해주기 위해' 죽은 것이 아니라 어떻게 살아야 하는지를 보여주기 위해 죽었다. 그가 인류에게 남긴 것은 그의 실천방식이었다. (…) 그는 간청하고, 고통스러워하고, 자신에게 악을 행하는 자들을 사랑하고… 저항하지 않고, 성내지 않고, 다른 사람들에게 책임을 미루지 않고… 악한 자를 거부하지 않고 사랑한다….'"

혹시 교회와 성도들은 자기 콤플렉스와 욕구 때문에 기독교의 진정한 핵심을 수천 년이 지나는 동안 복잡하게 만들거나 심지어 왜곡시킨 것은 아닐는지요?

니체는 끝내 기독교로부터 완전히 자유롭지 못하게 되었다. 그리고 그가 내린 수많은 결론은 오늘날 우리에게도 도전이 되고 있고. 목사 아들인 니체는 당시 개신교회의 주도 아래 인간의 죄만 강조하던 쪽으로 치우친 기독교에 저항했었다. 그때 기독교는 인간을 매우 회의적으로 바라보았다. 그리고 교회는 사람들에게 양심의 가책을 느끼게 함으로써 교회의 권력을 행사할 수 있었던 거고. 따라서 니체의 주장은 이렇게 회의적이고, 삶의 기쁨을 누리지 못하게 하는 기독교의 관점으로부터 자유로워지기 위한 일종의 도전이었던 거다. 그러나 니체는 너무 지나친 나머지 '벼룩 잡으려다 초가삼간을 태웠던 거다.' 그는 목표를 지나쳐버렸다. 그는 기독교의 형식과 자기 자신 때문에 고민하고 고통스러워했다. 예수님에 관한 니체의 생각들 중 일부는 그의 영혼 깊은 곳을 예수님이 어루만져주셨음을 보여주고 있다. 나는 니체의 언어에 대단히 매료되었는데, 그가 사용하는 언어는 상처투성이로 사랑을 갈구하는 마음으로부터 나온 것임을 느낄 수 있다. 그의 유품 속에서 발견된 다음의 문장 역시 나를 사로잡았다. "좌절과 그리움이 공존하는 곳에 신비가 있다." 니체는 우리를 자유롭게 하고 삶의 충만함을 선사하는 하느님에 대해선 그리움을, 동시에 자기 자신과 자기 삶에 대해선 좌절을 느꼈다. 좌절과 그리움 사이의 갈등을 견뎌낼 수 있다면 신비를 체험할 수 있는 거다. 신비는 이런 갈등 속에서 하느님을 직접 경험하고, 하느님이 내적 갈등을 해소해주시는 분이라는 것을 미루어 짐작하게 하니까. 결국 나는 신실한 기독교인이지만 니체의 책을 읽고 어떤 부분들은 수용하고 또 어떤 부분들에 대해선 그가 느낀 위기를 공감할 수 있었다. 니체의 글은 내게 항상 자극이 되었다. 나는 나 자신을 어떻게 이해하고 있는지? 내 신앙을 어떻게 봐야 하는지? 누가 나의 하느님인지? 그리고 예수 그리스도는 나에게 어떤 분인지?

라슨 ──── 다시 한번 생각해봐야겠습니다. 삼촌에게 예수 그리스도는 어떤 분이신가요? 그리고 진정한 의미의 기독교인이라면 어떠해야 하는지요?

그륀 ──── 나에게 예수 그리스도는 대단히 매력적인 사람이다. 예수님은 모든 것을 통합시키는 사람이 어떤 사람인지 잘 보여주시는 분이다. 내면에 아니마(남자의 무의식에 감추어진 여성적 요소 ─ 옮긴이)와 아니무스(여자의 무의식에 감추어진 남성적 요소 ─ 옮긴이)라는 두 전형성이 잘 어우러진 사람이다. 그래서 여성에 대해 매우 깊이 공감하면서 여성을 대할 줄 아는 사람이기도 하고. 그분은 매우 충실하게 매 순간을 만끽한 사람으로, 그냥 지나칠 수 없는 존재감을 가지신 분이었다. 예수님이 설교를 하실 때면 편하게 등을 뒤로 기대고 앉아 "괜찮은 말씀이네!"라고 칭찬하면서 딴 생각을 할 수는 없었을 거다.

복음서의 저자들은 예수님이 하느님의 전권을 가지고 설교를 하셨다고 말하고 있다. 예수님이 하느님에 대해 말씀하실 때면 사람들은 살아계신 하느님을 경험하게 되었다. 반면 자신의 주장을 정당화하기 위해 자기만의 하느님 상을 가지고 있던 사람들은 예수님의 말씀에 거부감을 느꼈고.

다른 한편으로 예수님은 단순히 한 종교의 창시자가 아니라, 실제로 하느님의 아들이었다. 자, 그럼 그것은 무슨 의미일까? 네가 앞서 설명했듯이 나는 교리가 비밀의 문을 열어놓는 것이라 정의하겠다. 어떤 이들은 예수님이 재능이 많은, 한 종교의 창시자일 뿐이라고 주장한다. 그것은 예수님을 단지 자신이 알고 있는 범위로 제한하는 것이다. 그들은 예수님이 어떤 분인지 이해하지 못하는 사람들이다. 예수님이 하느님의 아들이라고 설명한다고 해도 그것이 어떤 의미를 갖는지 제대로 이해하려면 한참 멀었다는 거다. 하지만 비밀의 문을 열어놓을 수 있다. 예수님을 내가 아는 무언가로 규정해버리는 것이 아니라, 예수님을 통해 나에게 질문을 함으로써 내가 가졌던 하느님 상을 다시 한번 생각해보는 것이다.

그리스도인은 예수 그리스도에게 의지하며 예수님의 말씀에 순종하고 스스로 반성하며, 궁극적으로 예수님의 자비, 사랑, 자유가 자신을 통해 드러날 수 있게 하는 사람이라고 생각한다. 예수님은 지혜의 스승이시고 내 삶의 성공을 위한 길을 가르쳐주시는 분이다. 그러나 예수님의 가르침은 예수님 자신과 분리될 수 없다. 예수님은 내가 늘 주위를 맴도는 분이며, 그분 앞에 서면 나는 나를 부인하게 되고 그분의 영으로 변화되면서 그분을 따르고 싶게 한다.

라슨 ——— 삼촌은 예수님이 하느님의 아들이라는 사실을 받아들임으로써, 그 사실 뒤에 숨어 있는 비밀의 문을 열어놓고자 한다고 하셨습니다. 하느님의 아들이라는 말이 무엇을 의미하는지는 잘 모르지만, 사실 그 의미를 설명할 필요도 없습니다.

그러나 과학의 시대를 살고 있는 우리는 비밀을 그대로 두지 못하고 파헤치곤 합니다. 그리고 더 이상 설명할 수 없는 지점에 도달하면 극도의 불쾌감을 느낍니다. 예를 들어 심장마비에 걸린 사람은 건강하지 못한 생활습관을 지녔거나 혹은 불리한 유전적 요인을 가졌거나 그것도 아니라면 적어도 감정이 극도로 상했거나 격해진 것으로, 우리는 역시 우연이나 비밀 같은 것은 없었다며 안도하게 됩니다. 우리는 매사 불확실함에 직면

하지 않기 위해 온갖 방법을 다 동원합니다. 물론 숙명이나 신비를 받아들여 비범하다고 불리는 사람들도 있습니다.

삼촌의 설명에 따르면, 종교 역시 항상 완벽을 추구하고, 모든 고통의 책임을 스스로 감당하지 않아도 된다는 가능성을 열어주며, 매사를 설명하고 이해해야만 할 것 같은 강박에서 벗어나도록 도와주는 방법 중 하나인 것처럼 들립니다. 물론 교회는 이러한 가능성에 대해 이야기하기보다는 엄격한 규칙과 책임에 대해 주로 이야기하죠.

첫 영성체를 준비하던 때가 생각납니다. 그때 첫 고해성사를 하게 되었는데, 저는 작은 메모지를 건네받았고 거기에는 고해를 하기 전 신부님 앞에서 읽으라는 성서의 몇 구절이 적혀 있었습니다. 사실 전 준비를 철저히 하지 못했고 큰 확신 없이 메모지에 쓰여 있는 구절들을 읽어내려 갔습니다. 그다음 신부님께 잘못을 말하는 순서가 되었는데 적당한 '죄'가 생각나지 않아 정말 끔찍했습니다. 몇 분간 온 정신을 쏟아 생각했지만 죄가 생각나지 않자 신부님은 더 이상 참지 못하고 제게 힌트를 주셨습니다. 혹시 부모님 말씀은 잘 듣는지, 또 동생과 싸운 적은 없는지 물으셨습니다. 저는 "네, 싸우긴 하는데 사실 그리 자주 싸우는 건 아니에요."라고 망설이며 대답했습니다. 그럼에도 불구하고 신부님은 저의 죄의 고백에 대해 매우 만족해하셨고,

저도 무사히 첫 번째 (결국 마지막이 된) 고해성사를 마치고 집으로 돌아갈 수 있어 기뻤습니다.

예수님은 죄라는 것을 어떻게 정의하셨나요? 성서에서는 죄가 왜 그렇게 큰 역할을 하며, 왜 죄는 늘 피 흘리는 제물(구약성서에서는 양, 그리고 신약성서에서는 우리 모두의 죄를 위한 최후의 희생양이신 예수님)을 통해서만 사해지나요?

그륀 ─── 지금 세상은 모든 것에 대해 설명을 요구하고 있기 때문에 사람들은 세세한 기능을 설명하며 어떤 기계를 정의하듯 하느님에 대해서도 설명해주길 바란다. 그러나 하느님은 모든 인간의 인식과 이해를 뛰어넘으신 분이다. 곧 이성은 비밀에 부딪히게 되는 것. 이성은 하느님에게 가까이 다가가지만, 오직 하느님의 흔적만 발견할 수 있을 뿐이다. 하느님 자신은 이성의 접근을 피하신다. 왜냐하면 인간이 모든 것을 이해할 수 있다면 하느님의 비밀 앞에 엎드리지 않고 모든 것 위에 군림하려 할 것이기 때문이다. 자기 자신보다 더 큰 존재를 인정하는 인간만이 진정한 인간이 되는 것이다. 그런 사람이라야 자기중심적 또는 자기상실적 태도가 예방되는 것이다. 그런 의미에서 종교는 인간을 지켜주는 수호자인 셈이다.

죄라는 주제는 과거 교회에서 지나치게 강조되었던 것이 사실이다. 다음의 메시지들이 교회에서 선포되었던 것들이다. 모든 것이 당신 잘못으로, 당신이 죄인이다. 따라서 당신은 "때가 차서 하느님의 나라가 가까이 왔다. 회개하고 복음을 믿어라." (마르코복음 1장 15절)라고 선포하신 예수님의 첫 말씀에 위배되는 사람인 것이다. 예수님은 하느님이 가까이 오셨음을 선포하셨던 거다. 그것은 생각을 고치고, 마음을 달리 먹고, 하느님에 대한 기존의 나의 생각을 바꾸며 예수님이 선포하신 기쁜 소식을 신뢰할 수 있는 계기를 주었다. 물론 인간의 죄는 고통과 마찬가지로 그냥 무시하거나 간과할 수 없는 중요한 문제다. 모든 문화권과 종교에서는 인간이 인간으로서 실패할 수 있다는 사실, 즉 자기 자신과 타인과 신에게 죄를 지을 수 있다는 문제에 대해 다루고 있다. 죄는 인간으로서 실패했다는 의미다. 내 삶의 궤도에서 벗어나버리고 삶의 목표를 달성하지 못했다는 것을 뜻한다. 사실 고해소에서 신부님이 죄라고 했던 것들은 진정한 의미의 죄와는 거리가 있다. 그는 단순히 계명을 어기는 것을 죄로 이해했던 거다.

인간은 누구나, 언제든 죄를 지을 수 있으며 결국 죄인이 되는 거다. 죄책감은 불쾌한 것이다. 죄인은 공동체로부터 소외된 느낌을 받는다. 무엇보다 스스로를 견딜 수 없게 되는 거다. 카인이 동생 아벨을 죽인 이후, 계속 도망 다니면서 평안을 찾지 못하였듯이 죄인은 자신으로부터 도망치게 되는 거다. 인간은 항상 죄책감으로부터 자유로워지고 싶은 욕구를 갖고 있다. 죄를 씻는 한 방법으로, 이스라엘에서는 백성의 죄를 희생양에게 전가시키고 희생양을 사막으로 내보내는 것이었다. 후에 십자가에 달리신 예수님의 죽음을 이 희생양에 비유하기도 했다. 그러나 예수님은 희생양과 같은 의미의 제물은 아니셨다. 십자가에서의 죽음을 통해 세상의 죄가 오히려 드러난 거다. 본시오 빌라도의 비겁함, 유다의 배신, 예수님에 대한 사두가이파 (바리새파의 엄격한 율격주의를 반대하고 부활과 영생, 천사와 영을 부인하던 현실주의적인 교파 — 옮긴이)의 시기와 증오가 한데 섞여 예수님을 제거하기로 했던 거다. 그러나 예수님은 이 살인자들의 악을 사랑으로 극복하셨다. 예수님은 그들에게 죗값을 치르게 하는 대신 예수님의 사랑으로 인류의 악을 이기셨던 거다. 그분은 십자가에서 자기를 죽인 자들을 용서하셨고 하느님이 우리가 지은 어떤 죄라도 다 용서해주실 것이라는 믿음을 가질 수 있게 해주셨던 것이다.

많은 사람들은 자신이 원하는 대로 살지 못하면, 자기 스스로를 용서하지 못하게 된다. 자기 자신이나 다른 사람들에게 너그럽지 못한 사람들이다. 희생양을 찾아 제물로 삼은 후 다음 희생양을 찾는 냉혹한 오늘날의 사회에서는 예수님의 자비로움을 새롭게 배워야 한다. 예수님은 자신에게 죄를 지은 사람들을 심판하신 것이 아니라 예수님의 사랑을 통해 새롭게 시작할 수 있는 길을 제시해주셨거든.

우리는 죄로부터 완전히 벗어날 수는 없다. 그러나 죄에 대해 제대로 알고 대처해야 한다. 다른 사람에게 죄책감을 심어주는 것은 상대를 지배하는 간교한 방법이다. 이는 교회뿐 아니라 대다수의 부모도 이용하는 방법이다. 부모는 아이에게 네 잘못으로 자신들이 힘들다는 것을 강조한다. 그러면 그 어떤 아이라도 부모에게 죄책감을 갖게 된다. 그러니 죄에 대해 제대로 알고 다루는 것이 인간을 치유하는 길이다.

라슨——— 우리가 인간으로서의 특성을 그대로 인정하는 것이 다른 사람들의 잘못에 대해 바르게 대처하는 첫 번째 단계라고 보면 되겠지요. 죄는 항상 자비와 직접적인 관계가 있습니다. 사실 죄, 실패, 경멸 등과 같은 모든 부정적 요소들은 자비, 공감, 사랑 등의 긍정적인 변화를 만들어낼 수 있는 발판 같다는 생각이 듭니다. 만약 인간이 실패하지 않고 잘못을 저지르지 않는다면, 인간이 얼마나 선량한 존재인지 입증할 기회조차 없을 것입니다. 죄를 짓고 잘못에 대한 책임을 져야 하는 상황이 닥쳐야 자비를 경험할 수 있으며, 다른 사람들로부터 멸시를 받아본 사람만이 타인에 대한 사랑도 느낄 수 있습니다.

삼촌은 자비로우시고 우리 모두를 돌아보게 하시는 예수님에 대해 설명해주셨습니다. 사실 예수님은 그 당시 저항운동가와 같은 사람이었습니다. 기존의 사고방식에 대해 다시 한번 돌아보게 했으니까요.

혹시 오늘날, 우리의 필요 때문에 우리 자신이나 예수님에 대해 돌아보거나 생각해보지 않고 예수님을 무조건 따라야 할 존재로 만들어버린 것은 아닐는지요?

그륀 ——— 예수님의 말씀과 비유들, 그리고 사람을 대하는 태도는 늘 우리의 생각과 태도를 반성하고 돌아보게 하는 도전이 되고 있다. 어느 시대이든 사람들은 자신의 요구나 필요를 충족시키기에 적합한 예수님의 상을 강조해왔다. 예컨대 1900년대에는 부드럽고 온화한 성품의 예수님, 그 이후에는 정치적 저항가로서의 예수님, 도덕가로서의 예수님, 치료하시고 기적을 베푸시는 예수님, 모든 문제로부터 사람들을 구해주시는 예수님, 스승이자 지도자로서의 예수님 등 시대에 따라 다른 성품이 강조되어 왔다. 사실 그 어떤 모습도 예수님의 실제 모습을 다 표현하고 있지는 못하다고 생각한다. 그리스도인이 된다는 것은 예수님의 가르침을 따르는 것을 넘어 예수님과 관계를

229

맺는 것을 의미한다. 교부들은 이렇게 설명하고 있다. 예수님은 하느님의 아드님으로 우리 가운데 거하시는 분이라고. 예수님은 우리 안에 거하시는 의사이자 스승이다. 예수님은 우리 안에 살아계시며 자신의 영으로 우리를 채우신다. 예수님이 우리에게 성령을 보내주셨기 때문에 우리는 그분처럼 살 수 있으며, 우리를 통해 그분의 영이 드러나며 변화될 수 있는 것이다.

일부 기독교인들은 예수님을 독점하려 한다. 그들은 자신들이 생각하는 예수님 모습에 동의하는 사람들만이 올바른 길을 간다고 주장한다. 그러면서 자신들이 예수님을 자의적으로 규정했다는 사실조차 인식하지 못하고 있다. 예수님은 항상 우리가 상상한 모습 그 이상의 분이시다. 우리는 항상 예수님과 만나며, 그런 가운데 예수님과 함께 자신의 진실을 마주해야만 한다. 예수님은 모든 문제를 사라지게 하는 마술사가 아니다. 인간의 치유와 변화는 예수님과의 만남 속에서 이루어진다. 그것은 예수님의 시대를 살았던 사람들에게만 해당되는 이야기일 뿐 아니라, 오늘날의 우리에게도 마찬가지다. 우리는 예수님을 만나고 예수님 안에서 하느님을 만남으로써 나의 진실과도 마주하게 되는 것이다. 그리고 이러한 과정을 통해 예수님의 빛이 내 어두운 무의식과 혼란스러운 생각에 스며들게 된다. 목표는 예수님의 도덕성을 따르는 것에 그치지 않는다. 그리스의 철학을 예수님의 영과 연결시키려 노력했던 루카복음서의 저자는 이렇게 말하고 있다. 우리는 예수님의 빛이 전적으로 투영될 수 있게 하고 이를 통해 다른 이들을 위한 빛이 되어야 한다고. 예수님은 루카복음서에서 다음과 같이 말씀하셨다. "너의 온몸이 환하여 어두운 데가 없으면, 등불이 그 밝은 빛으로 너를 비출 때처럼, 네 몸이 온통 환할 것이다."(루카복음서 11장 36절) 그러나 예수님의 빛이 우리의 어두운 부분을 비출 수 있게 해야만 우리가 밝은 빛을 발할 수 있게 될 것이다.

라슨——— 삼촌은 그리스도인이 된다는 것은 예수님의 가르침을 따르는 것은 물론 그분과 관계를 맺는 것이라 하셨습니다. 사실 둘 다 매우 복잡한 이야기인데요. 기독교 내에서도 교파에 따라 예수님의 가르침을 조금씩 다르게 해석하는 마당에 예수님의 진정한 가르침을 어떻게 알 수 있나요? 또 예수님이 이 세상에 오신 하느님의 말씀이라는데, 나와 예수님의 관계 그리고 나와 하느님과의 관계는 어떻게 구분할 수 있나요? 그리고 그리스도교의 핵심 교리인 성삼위일체의 관계 속에서 성령은 어떤 존재인가요?

그륀——— 첫 번째와 두 번째 너의 질문은 서로 다른 것이다.

먼저 예수님의 진정한 가르침이 무엇인가라는 질문에 대해 이야기해보고자 한다. 예수님의 말씀과 가르침은 성서에 기록되어 있다. 그러나 네가 말한 것처럼 세상에는 예수님의 말씀에 관한 다양한 해석이 존재한다. 그래서 우리는 예수님의 말씀을 자신의 이해나 바람을 섞지 않고 온전하게 듣기 위해 노력해야 하는 거란다. 또한 그러한 이유로 올바른 해석을 위해 여러 사람이 머리를 맞댈 수 있는 교회 공동체가 중요한 것이다. 그 외에도 예수님의 말씀이 각자의 마음속에 와닿을 수 있도록 개개인이 열린 마음을 지녀야 하고. 그러면 다른 사람들에게 예수님의 말씀을 어떻게 이해하고 해석했는지 물어볼 필요가 없게 된다. 예수님의 말씀을 내 마음으로 수용하고, 고대 수도사들이 표현한 것처럼 그것을 받아들이면 내 안에선 어떤 일이 일어나는가? 예수님의 말씀이 옳다면 나는 어떻게 해야 하는가? 내 자신과 내 삶을 나는 어떻게 이해해야 할 것인가? 사실 최종적인 해석은 존재하지 않는다. 예수님의 말씀은 그분과의 지속적인 만남을 통해서 그리고 그 말씀을 듣는 과정에서 새롭게 해석되며, 그 결과 예수님의 말씀이 나를 변화시키는 것이다.

두 번째 질문은 예수님, 하느님, 그리고 성령과 나의 관계에 관한 것이다. 사실 대답하기 어려운 질문이다. 세상에 하느님은 한 분 존재하신다. 그러나 하느님은 다양한 방식으로 우리에게 자신을 보여주신다. 아버지로서의 하느님은 우리의 인생을 지탱해주시며 인간과 세상을 창조하신 하느님이시다. 창조물 속에서 만날 수 있는 창조주 하느님이시지. 또한 모든 것의 마지막 이유이고 모든 인간의 삶의 마지막 이유인 분이시다. 예수님은 인간이 되셔서 우리 중 하나가 되신 하느님이시다. 하느님은 예수님을 통해 자신의 인간적 마음을 보여주신다. 그리고 예수님은 우리와 함께했던 형제이시며 우리에게 나아갈 길을 보여준 스승이시며 우리와 함께 동행하시는 하느님이시다. 또한 예수님 시대의 환자들을 고쳐주신 것처럼 우리의 상처를 치료해주시는 분이다.

성령은 우리 안에 거하시는 하느님의 힘이다. 하느님은 '디나미스', 즉 능력으로 우리를 관통하시며 우리가 약해질 때 우리에게 끊임없이 힘을 주시는 분이다. 다시 말해 하느님은 한 분이지만 우리는 하느님을 다양한 방식으로 경험하는 것뿐이다. 하느님은 창조주, 구원자, 인도자 그리고 우리 안에 거하시며 우리를 채우시는 거룩하고 치유하는 영이시다.

'여성적'인 하느님

교회는 하느님의 이미지를 왜 여성적이거나
적어도 양성적으로 표현하지 않는 걸까요?
어째서 여성은 미사를 집전하지 못하나요?

라슨 ──── 우리는 기도할 때 "성부와 성자와 성령"이란 표현을
자주 씁니다. 여성인 저로서는 솔직히 다소 서운한 느낌도 듭
니다. 오늘날 대부분의 종교가 신에게 특정 성을 부여하지는
않습니다. 가톨릭의 교리문답서를 살펴봐도 "하느님은 남성도
여성도 아닌, 신"이라고 명시되어 있습니다. 이처럼 그 어디에
도 하느님을 특정 성으로 분류하지 않았는데도 교회는 하느님
의 이미지를 왜 여성적이거나 적어도 양성적으로 표현하지 않

는 걸까요? 어째서 여성은 미사를 집전하지 못하나요? 이처럼 가부장적인 종교 안에서 현대 여성들은 어떻게 자신의 모습을 재발견할 수 있을까요? 일반적으로 여성이 남성에 비해 더 신실한 경우가 많은데, 성서에서 왜 하느님은 대부분 남자들에게 말씀하셨나요?

그륀 ─────── 영을 뜻하는 히브리어 '루아흐'는 여성 명사인 데 반해, 그리스어인 '프뉴마'는 중성 명사다. 독일어로 영을 뜻하는 단어 '가이스트'는 라틴어의 '스피리투스'와 마찬가지로 남성 명사다. 중세시대에도 성령을 여성으로 본 삼위일체설이 존재했다. 마리아는 어머니와 같은 하느님, 여성성을 가진 하느님을 표현하는 투영체이다. 그러나 하느님은 남성도 여성도 아니다. 그분은 우리의 상상을 뛰어넘는 분이다. 마리아는 그저 하느님의 여성적인 면을 보여줄 뿐이다. 흥미로운 것은 고대 그리스의 에페소스라는 도시에서는 데메테르라는 대지의 여신이 숭배되었는데, 바로 이 도시에서 개최된 종교회의에서 최초로 마리아가 '하느님의 어머니'라고 불렸다는 점이다. 이 표현으로 마리아는 하느님과 매우 가까운 인물이 되었던 것이다. 그래서 동방정교회에서는 마리아가 찬미의 대상이 되었으며, 찬송가 가사는 하느님의 여성적이고 부드러운 성품을 묘사하고 있단다.

신약성서를 살펴보면 예수님이 새로운 방식으로 여성을 대하기 시작한다. 루카복음서를 보면, 남성이 등장하는 비유가 소개되면 곧바로 여성이 등장하는 비유가 따라 나오는 것을 알 수 있다. 예수님이 남성의 병을 고치는 이야기 다음에도 여성의 병을 고치는 이야기가 등장한다. 그리스인 루카는 하느님을 남성과 여성의 시각에서 균형 있게 바라볼 때만이 제대로 묘사할 수 있다고 확신한 것이다. 루카는 여자들을 예수님의 남성 제자들과 동등하게 보았다. 초대교회에서는 여성들이 남성과 비슷한 직분을 맡았다. 그러다 점점 로마의 풍습을 따르게 되면서 교회 안에서 여성의 지위가 낮아진 것이다.

우리는 가톨릭교회 안에서 여성들이 주도하고 있는 영성과 여성의 역할을 구분해야 한다. 교회 안에서 여성의 역할이 남성보다 작은 것은 사실이다. 나는 미래에 여성도 부제가 되고 언젠가는 사제가 될 날도 올 수 있다고 생각한다. 그러나 그것은 책상머리에 앉아 명령만 한다고 해서 하루아침에 바뀌는 것은 아니다. 어느 정도 시간이 필요한 일이다.

라슨 ——— 그렇다면 종교는 그 종교가 태동하던 시절의 사회적 특징을 어느 정도 반영한다고 볼 수 있을까요? 성서가 하느님과 직접 대면하고 소통한 남성에 대해 주로 기술한 것은, 당시 여성은 지성인 집단에 속하지 못하고 글을 쓸 수 없었기 때문인지요? 어쩌면 당시엔 하느님과의 만남에 대해 이야기하는 여성은 비웃음거리가 될 수 있었기 때문이 아니었을까 생각합니다. 저는 하느님과의 만남을 경험했지만, 실제로 그런 체험을 자신만 아는 비밀로 간직했던 여성들이 당시에 존재했을 거라 믿으며 스스로를 위로하기로 했습니다.

그륀 ——— 종교는 그 종교가 태동하고 확산된 사회의 특징을 반영하기 마련이다. 네 말이 전적으로 옳다. 과거에는 여성 중심적 사회도 존재했는데, 거기에서는 여성이 숭배되었던 종교가 주를 이루었다. 그에 반해 유대인들의 문화를 반영하고 있는 종교는 남성 중심적이다. 이스라엘인들은 오리엔트 지역에서 땅을 차지하기 위해 싸워야 했다. 그런 배경 때문에 그들에게 하느님은 남성적이고 전쟁에 능한 이미지를 갖게 되었다. 그러나 유대인들의 전통 내에서도 예수님은 이러한 한계를 뛰어넘으셨다고 생각한다. 예수님은 남성적인 면과 여성적인 면을 골고루 가진 하느님에 대해 소개하셨다. 또한 여성들도 제자로 두셨다. 초대교회에서 여성들은 남성과 동일하게 영성적 체험을 하였다. 여성도 성령을 경험하고 모든 사람들의 마음을 움직이는 새로운 언어로 말할 수 있게 되었다.

문제는 여성에 대해 개방적이었던 이런 태도가 1세기 기독교가 로마제국에 확산되면서 바뀌게 되었다는 것이다. 로마인들은 교회 공동체 안에서 열정적으로 활동하던 여성들에 대해 매우 민감한 반응을 보이며 거부감을 드러냈던 것이다. 그러면서 교회에 남성적 요소들이 새로이 강조되기 시작한 것이다. 다행히 이러한 편파성과 차별에도 불구하고 여성들은 항상 자신의 체험을 말할 수 있는 기회를 가질 수 있었다. 여성이 주도한 신비주의 운동이 계속해서 일어났다. 그 예로 중세시대 독실한 신앙생활을 하던 베긴 수녀회가 주도한 운동이나 13세기 게르트루드 폰 헬프타 또는 메히트힐드 폰 하케본을 중심으로 한 여성신비주의 운동을 들 수 있다. 11세기에는 힐데가르트 폰 빙겐이 교회 내에서 목소리를 내기 시작했고, 일부 주교들이 거세게 반대했음에도 불구하고 당시 교회에 큰 영향력을 행사하기도 했지.

여성을 두려워해서 여성을 평가절하하는 남성은 여성의 영성적 체험 역시 깎아내린다. 예수님의 부활 사건 당시에도 그랬다. 부활 현장을 목격한 여자들이 예수님의 제자들에게 예수님의 부활에 대해 보고하자, 제자들은 그 이야기를 헛소리라고 여겼다.(루카복음서 24장 11절)

라슨 ─── 마리아는 삼촌의 말씀처럼 하느님 다음의 존재로 여겨지고 있습니다. 어머니처럼 보살펴주는 존재로서의 마리아는 여성을 긍정적으로, 따듯한 이미지로 대표하고 있지만, 마리아의 '처녀성' 문제가 남아 있습니다. 이건 어떻게 이해해야 할까요?

그륀 ─── 기독교에서는 성에 부정적인 움직임들이 존재했는데, 성에 대한 두려움을 마리아에게도 투영하려 했던 것이다. 그러나 마리아의 처녀성이 성의 포기만을 의미하지는 않는다. 초대교회는 처녀성 속에서 인간을 위한 의미를 발견했던 거지. 인간은 하느님의 영으로 열매를 맺는다. 우리는 하느님 앞에서 있다. 초대교회는 처녀성을 생물학적 특성으로 이해하기보다 그 상징적 의미에 더 주목했던 것이다.

페미니즘 신학자들은 마리아의 처녀성을 독립성으로 바라본다. 마리아는 누군가의 '아내' 또는 '딸'이 아니라 독립적인 존재인 것이다. 처녀를 가리키는 라틴어 단어 '비르고'는 라틴어 '비레오' 또는 '비레스코'에서 유래하였다. '초록이 되다', '피어나다', '강해지다' 등을 표현하는 단어에서 유래한 것이다. 처녀는 내적으로 생명력이 넘치고 피어나는 여성을 가리킨다고 볼 수도 있다. 특히 독립적인 여성을 가리킨다. 예술가들은 마리아를 열정적이고 아름다운 여성으로 보았다. 중세시대와 근대에 마리아를 표현한 회화작품들을 보면 알 수 있다. 에로틱한 여성으로도 표현되는 아름다운 마돈나, 늘 책을 읽는 교양 있는 여성으로서의 마리아 그리고 자기 자신을 지배하며 그 누구의 지배도 거부하는 여왕의 모습을 한 마리아 등을 발견할 수 있다.

아름다움의 신 아프로디테의 미가 마리아를 통해 표현되기도 했지. 예술가들은 마리아를 그렇게 보았던 것이다. 물론 아프로디테의 열정적인 면만으로는 마리아를 충분히 다 표현하지는 못할 것이다. 마리아는 저항운동가로서뿐만 아니라 빈민들을 위해 싸우는 모습을 통해서도 표현되고 있다. "통치자들을 왕좌에서 끌어내리시고 비천한 이들을 들어 높이셨으며, 굶주린 이들을 좋은 것으로 배불리시고 부유한 자들을 빈손으로 내치셨습니다."(루카복음서 1장 52절 이하)라는 가사의 성모 마리아의 노래는 열정적인 그의 모습을 보여주는 거란다.

특히 라틴아메리카 사람들이 마리아에게서 그들의 그리움을 채워주는 존재를 발견했지. 아프로디테에게서 엿볼 수 있었던 성적 열정은 기독교 전통 속에서 마리아 막달레나의 특성으로 전이된 거란다.

오늘날 처녀성에 대해 생각해보면, 처녀성은 자유와 생산력, 즉 열매를 맺을 수 있는 능력이라는 개념과 연결된다. 나는 자유롭다. 나는 다른 사람에게 완전히 예속될 수 없다. 나는 자립적이다. 나는 스스로 열매를 맺을 수도 있다. 다른 누군가에게 의존해야만 열매를 맺는 존재가 아니다. 내 속에서 무언가가 꽃필 수 있다. 나에게 처녀성이라는 개념은 항상 젊음, 신선함, 생동감, 피어남 등을 의미한다. 그륀, 즉 독일어로 녹색을 뜻하는 이름을 가진 나는 순결이라는 개념을 생각할 때면 성 힐데가르트 폰 빙겐이 말한 녹색의 힘, '비리디타스'를 떠올린다. 성 힐데가르트에게 있어서 녹색의 힘은 성장력, 생명력, 신선함, 그리고 생산력을 의미한다.

라슨 ──── 마리아를 페미니스트로 볼 수 있다는 사실이 놀랍습니다. 저는 한 번도 그렇게 생각해본 적이 없습니다. 처녀성은 결국 자립성, 온전함, 내적 피어남 등을 뜻하는군요. 오늘날 여성들이 추구하는 것들입니다. 그렇게 본다면 제가 그동안 마리아를 완전히 잘못 이해하고 있었다는 생각이 듭니다.

사실 성서에 소개된 여성들 이야기를 하면서, 천사들이 모두 남성적 존재로 표현되었다는 사실을 알게 되어 천사에 대한 질문도 하고 싶었습니다. 도대체 천사를 어떻게 이해해야 할까요? 성서 속 천사뿐 아니라 우리의 삶 속 천사도 말입니다.

그린 ——— 성서에서는 천사를 하느님의 전령으로 설명하고 있는데, 항상 남성 명사를 사용해 표현한다. 그러나 예술가들은 천사를 주로 여성으로 표현하지. 물론 성서에서는 천사가 남성인지의 여부를 중요하게 여기지 않고, 그들이 하느님의 전령이나 심부름꾼이라는 사실에 주목한다. 전령은 남성일 수도 여성일 수도 있다. 그러나 궁극적으로 천사는 하느님처럼 우리가 생각하고 있는 성별에 따라 구분할 수 있는 존재 그 이상이다. 신학자들은 천사를 "창조된 영적 존재이자 인격적 권력자"라고 정의하였다. 이것은 매우 추상적인 것으로, 천사는 인간이 체험할 수 있는 존재라는 것이다. 우리 내면에 나타나 자극이나 충동으로 경험하게 될 수도 있으며, 도움 또는 상황의 변화로 그리고 빛이나 정확한 순간에 우리가 마주치게 되는 사람으로서 경험하게 될 수도 있다. 종종 우리는 "당신은 나의 천사입니다."라고 표현하기도 한다.

천사가 인격적 권력자라는 말은 천사가 남성이나 여성이 아니라 내 존재를 보호해주는 힘이라는 뜻이기도 하다. 내 경험담을 통해 좀 더 구체적으로 설명해보겠다. 한번은 강연을 마친 후였는데, 열 살 난 소녀가 나를 찾아와 물었다. "신부님은 정말로 천사가 제 곁을 떠나지 않을 거라고 믿으세요?" 그래서 나는 대답했지. "그럼, 난 그렇게 믿어." 그러자 소녀가 다시 물었어. "그런데 만약 제가 나쁜 짓을 하면요?" 나는 다시 대답했다. "천사는 나쁜 짓을 하는 너의 모습까지도 인내해줄 수 있단다." "제가 나쁜 짓을 반복해도 그럴까요?" "그래, 천사는 인내해줄 거야." 그러자 소녀가 물었다. "그걸 어떻게 아세요?" 그래서 나는 이렇게 말했어. "성서에서 알려주었지." 그 말을 듣고 소녀는 위로를 받고 돌아갔단다. 소녀는 아마도 다른 이야기를 들었던 것 같다. 예를 들면 "너는 대책이 없구나. 누구도 널 참아주지 않을 게다." 같은 말을 들었을 것이다. 그리고 소녀는 아마도 자신이 생각한 이상적인 모습으로 살지 못하는 자기 자신을 봐줄 수 없었을 것이다. 그래서 소녀에게는 천사가 끝까지 함께 해줄지 여부가 중요했던 것이다. 자기 자신이 그리고 다른 사람들이 더 이상 자신에 대해 참아주지 못한다 할지라도 자신을 떠나지 않고 인내해주는 존재가 필요했던 것이다.

비판과 위기에 대처하기

사람들은 불안 때문에 역설을 싫어합니다.
삼촌이 흔하게 받는 비판은 무엇이며,
그럴 땐 어떻게 대처하나요?

라슨 ──── 제 지인들 중에서 삼촌이 가장 자유주의적인 사고를 가진 기독교인이라는 생각이 듭니다. 보통은 진짜로 고지식한 '확신범'만이 수도사가 된다고 생각하는데요. 삼촌은 사람들이 수천 년 동안 쌓아올린 형식이라는 이름의 틀에 얽매이지 않고 하느님을 향한 영성의 핵심을 추구하는 분이란 생각이 듭니다.

수도사로서 삼촌은 삶의 전부를 하느님을 추구하는 일에 바치셨습니다. 신앙인으로서 선택할 수 있는 가장 극단적인 형태의 삶인데요. 사람들은 불안해지기 때문에 역설을 싫어합니다. 그러다 보니 삼촌도 종종 비판을 받을 것이라 생각됩니다. 삼촌이 가장 흔하게 받는 비판은 어떤 것이며, 그럴 땐 어떻게 대처하나요? 그리고 삼촌이 추구하는 자유주의적 사상과 사제로서의 삶을 어떻게 조화시키는지요? 혹시 하느님의 본질에만 집중할 만큼 내적으로 충분히 자유로울 때에만 비로소 진정한 의미에서 종교성을 가질 수 있는 것인지요?

그륀 ────── 나는 강연이나 책을 통해서 기독교의 전통과 성서, 미사와 영성적 삶이 선사하는 지혜를 사람들의 마음을 움직일 수 있는 언어를 이용해 소개하려고 노력해왔단다. 예수님은 자유로운 분이셨다. 사도 바오로 역시 자유 속에 기독교의 본질이 있다고 보았고. "그리스도께서는 우리를 자유롭게 하시려고 해방시켜주셨습니다."(갈라티아 신자들에게 보낸 서간 5장 1절) 따라서 넓은 마음은 영성을 가진 사람의 중요한 특징이란다. 속이 좁고 옹졸한 사람은 예수님의 영을 제대로 이해하지 못하고 자신의 두려움을 절대적인 것으로 여기게 된다.

네 생각대로 나는 자주 비판을 받는단다. 매우 보수적인 가톨릭교회 또는 개신교 신도들이 주로 비판을 하지. 그들은 내

가 신학과 심리학을 마구잡이로 혼합했기 때문이라고 한다. 에
소테리즘(신비주의)을 추종한다고 비판하는 사람들도 있다. 나는
비판을 받을 때면 비판하는 사람들의 이야기를 듣고 스스로에
게 묻곤 하지. 그들의 비판이 어떤 면에서 타당한지? 혹 내가
너무 한쪽으로 치우쳐 있는 것은 아닐까? 혹은 비판하는 사람
들이 나의 신학보다 자기 자신과 자신의 두려움에 대해 더 많
이 이야기하는 것은 아닐까? 나는 결코 신학과 심리학을 섞지
않는다. 나는 성서의 저자들을 비롯한 모든 신학자들이 이천
년 전부터 해왔던 것을 이어나갈 뿐이다. 복음서를 쓴 루카도
고대 그리스 철학을 논하였단다. 바오로도 스토아 철학을 연구
하였고 자신의 신학을 토대로 스토아 철학에 답했지. 스토아
철학은 당시 심리학의 중심이었다. 나는 에소테리즘을 추종하
는 것이 아니라, 에소테리즘이 던지는 질문들을 진지하게 고민
하며 기독교에 기반한 대답을 찾으려 노력할 뿐이란다.

어떤 사람들은 내가 기독교의 엄격함과 규율을 저해하고 있
다고 비판하기도 한다. 그러나 예수님을 묵상할 때면, 그분이
얼마나 따듯하고 온화한 마음의 소유자였는지 알 수 있단다.
물론 단호하게 말씀하신 적도 있지. 그것은 우리의 눈을 뜨게
하여 우리가 어리석은 길로 빠져들지 않게 하기 위해서란다.

나는 사람들이 상상하는 하느님의 모습은 늘 상대적인 것이

라고 생각하고 있단다. 이는 모든 철학과 신학에서도 동의하는 바다. 하느님은 우리가 상상하는 온갖 모습 그 이상의 존재이시다. 나는 인간의 신앙심이 때로 치유하는 데 효과가 있지만, 때로 사람을 병들게 한다는 사실도 잘 알고 있단다. 하느님을 이야기하면서 인간에게 해가 되는 방식을 취할 수도 있다는 것이지. 하느님이 인간을 통제하는 존재라고 오해하거나 인간에게 벌을 주는 분, 자의적으로 인간을 좌지우지하는 분이라고 잘못 이해할 수도 있다. 그렇게 하느님을 오해하는 사람들은 자기처벌적 경향이 있거나 스스로에 대해 지나치게 통제하려는 성향이 있는 경우란다.

나는 성 베네딕토의 말씀에 전적으로 동의한다. 하느님은 넓은 마음속에만 거하실 수 있고, 마음이 넓은 사람만이 영성을 가질 수 있다는. 넓은 마음이라고 해서 통제되지 않는 것은 아니다. 나는 수도사로 나의 길을 일관되게 가기 위해 노력해왔고, 내 삶을 온전히 하느님에게로 향하게 하려고 애쓰고 있단다. 그 과정에서 무엇이 중요한지도 깨닫게 되지. 하느님은 나를 자유롭고 풍성한 삶으로 이끌어주시고, 예수님 안에서 내 삶이 충만하도록 나를 다스리고 있지.(참고: 요한복음 10장 10절)

라슨 ——— 삼촌은 자신의 삶을 온전히 하느님을 찾는 데 바치셨다고 하셨습니다. 혹 하느님이 실존하시는지 확실치 않은데, 삶 전체를 하느님을 찾는 일에 내던지고 수많은 것들을 포기한다는 것이 너무 위험한 일일지도 모른다는 생각은 하지 않으셨나요? 삼촌에게도 신앙의 위기가 찾아온 적이 있었는지요? 삼촌의 믿음도 시간이 지나면서 변하지는 않았는지요?

그륀 ——— 하느님을 찾는 일은 나를 살아 있게 만든다. 모든 일에 확신을 갖고 자신 있게 말하는 사람을 보면 나는 오히려 겁이 난다. 그런 사람은 모든 것을 다 알고 있다고 생각하기 때문에 더 이상 찾지도 않겠지. 그러니 내적으로도 그 자리에 그대로 굳어져 있기 때문에 삶이 흥미진진하지도 않을 것이다. 나는 하느님을 찾는 것이 인간의 본성에 더 충실한 행위라고 본다.

물론 나도 네가 어떤 의심을 이야기하고 있는지 잘 알고 있다. 혹 이 모든 것이 착각은 아닐까? 그러나 그런 의심을 깊게 파고들다 보면, 마침내 내 믿음에 대한 확신을 가질 수 있게 된다.

믿음은 결코 확실하다거나 당연한 것이 아니다. 신앙도 손에 잡히는 구체적인 것이 아니다. 나에게 있어 믿음은, 아브라함이 그랬듯 낡은 편견과 아집으로부터 벗어나 알 수 없는 땅을 향해, 즉 결국에는 알아내지 못하고 그저 짐작만 하게 될 비밀을 향해 떠나는 것이다. 나는 끊임없이 찾고 추구하는 행위가 의미 있다고 믿는다. 성 베네딕토는 수도사는 평생 하느님을 찾는 사람이라고 했다. 그리고 찾기를 그만두는 사람은 내적으로 말라버린다고 했다. 나는 어렸을 때 '세속화'되는 것에 대한 두려움이 있었다. 그것은 나에게 있어 내적으로 경직된 것, 말라버리는 것, 멈춰 서게 되는 것 등을 의미한다. 그래서 나는 어렸을 적부터 하느님을 찾았고, 그것이 지금까지 나를 살아 있게 해주었다고 믿고 있다.

라슨 ──── 삼촌은 사람들이 '계획에 따라' 하느님의 이끌림을 받는다고 보는지요? 아니면 인간은 자신의 행복을 스스로 만들어가는 존재인지요? 우리는 특정 삶을 경험하고, 우리 삶의 방향에 영향을 미치는 사람들과 서로 교류하기 때문에 각자 다른 모습으로 발전하기 마련입니다. 어떻게 보면 모든 것이 우연에 지나지 않는데, 시간이 지난 후에 그 경험과 만남들이 의미가 있었고 내 삶을 형성해준 조각들이었다고 합리화하는 것은 아닐는지요?

그륀 ──── 나는 삶의 중요한 결정을 내릴 때마다 하느님이 나에게 어떻게 해야 하는지 지시하기를 기다리진 않는단다. 물론 기도를 통해 하느님의 뜻이 무엇인지 묻곤 하지. 그러나 결국에는 내 스스로 결정해야 하는 거란다. 수도원장으로부터 재정 업무를 맡아달라고 요청을 받았던 때가 생각나는구나. 처음 수도원장의 요청을 받았을 땐 강한 거부감이 들었지. 그러다 차츰 수도원의 형제들과 이야기를 나누고 기도를 하면서 그 문제를 전적으로 하느님에게 맡기기로 했지. 그리고 어느 순간 나는 재정 업무를 맡겠다는 대답을 해야만 할 것 같은 느낌을 받았단다. 지금에 와서는 그것이 하느님께서 인도하신 거라고 말할 수 있겠다. 그러나 적어도 그 결정의 순간에는 그렇게 강한 느낌은 받지 못했다. 그리고 살아가면서 겪어야 했던 수많은 일들 가운데 하느님이 동행하셨다는 사실에 대해서도 나는 시간이 지나고 나서야 깨닫고 감사한 마음을 가졌단다. 그렇다고 우리가 하느님의 컴퓨터 안에 저장된 계획과 프로그램에 따라 움직이는 존재에 불과하다는 생각에는 나는 반대한다. 인간에게 자유는 무엇보다 중요하단다. 물론 인간이 자유롭게 결정하고 선택하면서도 하느님의 목소리는 들어야 하지. 하느님은 우리의 감정을 통해 말씀하신다. 바로 평온함, 조화, 생동감, 자유, 그리고 사랑 등과 같은 감정과 마음의 상태를 통해서. 그 감정을 느낄 수 있다면, 그것은 하느님의 뜻이라고 나는 생각한다.

인생길 그리고 마지막에 남는 것들

죽음 이후의 삶을 믿으세요?

죽음 이후의 삶은 어떨까요?

천국과 지옥은 어떤 곳인가요?

라슨 ——— 삼촌은 어느덧 인생의 마지막 삼분의 일을 살아가고 있습니다. 지난날들을 돌아볼 때, 삼촌에게 가장 기억에 남은 사건이나 경험은 무엇이었는지요? 그리고 살아가면서 어떤 삶의 태도가 옳았는지, 또 어떤 태도가 잘못된 것이었는지? 다시 시간을 되돌려 그때로 돌아간다면, 그때도 똑같은 선택을 할 것인지? 지금에 와서, 젊은 시절에 더 일찍 깨달았더라면 좋았을 것 같은 것들이 있는지요?

251

그린 ——— 내 삶을 돌아보면, 그때로 시간을 되돌린다 해도 나는 똑같은 삶을 살았을 것 같다. 아쉬움이 있다면, 젊은 시절에 심리학적 지식을 조금 쌓았더라면 더 좋지 않았을까. 나는 당시 종교적 이상을 추구하는 데 온 힘을 쏟았는 데 반해 인간의 심리에 대해선 충분히 이해하지 못했다. 그래서 내 의지만으로, 실수로 잘못된 행위를 하지 않으려고 무척이나 노력했다. 지금 내가 가지고 있는 심리학적 지식을 그때 갖추고 있었더라면, 내 자신은 물론 내 욕구와 열정들에 맞서 그렇게 치열하게 싸우지 않고 그것들을 내 삶에 잘 녹여냈을 것을. 때로 나는 나 자신과의 싸움에 지나치게 많은 에너지를 쏟곤 했다. 물론 당시 그렇게 씨름을 했던 것이 내게 나쁘지 않은 경험이었다고 생각한다. 다만 인간의 심리에 대해 관심을 갖고 조금 더 공부했더라면, 더 효율적인 방법으로 뚜렷한 목표를 세우고 씨름을 했을 텐데.

나를 통해 그리스도가 더 잘 드러나게 하기 위한 노력은 내 평생의 숙제다. 청년 시절에는 예수님과 똑같이 행동해야 한다고 믿었다. 그러나 지금은 있는 그대로의 모습을 인정하고 예수님의 영이 나를 채우고 변화시킬 수 있도록 내 자신을 내어드리기만 하면, 그리스도가 나를 통해 드러나게 된다는 사실을 알고 있다.

라슨 ―――― 만약 수도사가 되지 않았다면 삼촌은 어떤 삶을 살았을까요?

그륀 ―――― 아마도 심리치료사가 되지 않았을까 싶다. 나는 청소년기에 자연과학에 흥미가 많았다. 그러나 아비투어를 마치고 대학에 들어가 공부를 시작하면서 점점 더 인간에게 관심을 두기 시작했다. 심리치료사가 되었어도 지금과 비슷한 일을 하지 않았을까 싶다. 사람들의 이야기를 들어주고 그들의 마음을 보듬어주는 일 말이다. 어쩌면 심리치료사가 되었어도 지금처럼 책을 썼을 것이다. 결혼도 해서 가정도 이루었을 것 같다. 심리치료사가 되었다면 많은 것이 가능했을 것 같다. 그런데 그런 상상을 하다 보면 지금의 삶을 살 수 있다는 사실에 감사한 마음이다.

라슨 ―――― 삼촌은 죽음 이후의 삶을 믿으세요? 죽음 이후의 삶은 어떨까요? 천국과 지옥은 어떤 곳인가요?

그륀 ―――― 나는 영원한 삶을 믿고 있다. 죽음은 끝이 아니라 새로운 시작이라고 믿고 있다. 나는 죽음을 통해 하느님의 품으로 돌아가게 되는 거라고 생각한다. 그리고 하느님 앞에서

253

나의 진실과 진짜 모습과도 마주하게 될 것이라고 생각한다. 그때가 되면 나는 하느님을 외면하고 하느님과 나의 진실을 모른 척했던 수많은 순간들을 깨닫게 될 것이다. 뼈아픈 자기인정의 과정을 연옥이라고 한다. 그러나 연옥은 특정 장소나 시간이 아니라, 하느님의 사랑을 통한 정화의 순간을 의미하는 거다. 하느님의 사랑 속으로 들어가는 순간, 우리는 천국에 들어가게 되며 우리의 삶은 완성되는 것이다.

그때 하느님이 창조하신 나의 유일무이한 존재가, 본연의 모습 그대로 드러나게 되는 거지. 지옥은 하느님의 사랑을 거부하는 것을 의미한다. 그렇게 되면 나는 내 자신과 하느님으로부터도 단절되고, 내 삶과 사랑도 멀리 떨어져 나가게 된다.

신앙인으로서 나는 지옥에 대하여 경각심을 갖지 않을 수 없다. 누구나 실패할 수 있기 때문이지. 누구나 당연히 천국에 가는 것은 아니다. 물론 나는 그리스도인으로서 지옥이 텅 비어 있고, 모든 사람이 하느님의 사랑 안으로 들어가 천국으로 향하길 바란다. 철학자 막스 호르크하이머가 말한 인생의 원리처럼, 가해자들은 결코 희생자들을 통해 승리감에 도취될 수 없도록 해야 한다. 그래서 그들은 심판을 받는 거다.

하느님 앞에서 심판을 받는다는 것은, 단순히 우리가 저지른 잘못을 확인받는 것 그 이상을 의미하는 거다. 심판은, 하느님을 향하도록 방향을 돌릴 수 있는 기회가 주어진다는 의미이기도 하다. 심판으로 가해자와 피해자가 각기 하느님과 하나가 될 뿐 아니라 서로 하나가 될 수 있는 기회를 갖는 것이다. 물론 하느님에게 자신을 내맡김으로써 사랑으로 인도를 받을 때만 가능한 일이다.

천국은 평화, 충만함, 완성, 확신, 영원함, 하느님과의 하나됨 그리고 모든 사람과의 하나됨, 영원한 축제 등이 있는 곳이다. 그러나 천국과 영원한 삶은 이러한 특징들 그 이상의 것이다. 우리는 성서에 나타난 모습들을 통해 천국을 그려보지만 인간은 천국을 완벽하게 상상할 수 없는 거란다.

라슨 ——— 엄마로서 저는 제 아이들은 물론 가까운 지인들의 아이들이 살아갈 다음 세상에 대해 생각하지 않을 수 없습니다. 제가 아이들에게 베풀고자 했던 사랑과 호의가 그들에게 그대로 전해질 수 있을지 궁금합니다. 또 저도 모르게 한 실수들에 대해서, 제가 죽은 이후에라도 용서를 받을 수 있는지? 저는 세상에 무엇을 남기고 떠나게 될지, 아이들은 저에 대해 어떠한 기억을 갖게 될지 생각해보게 됩니다. 저에게 있어 천국에 간다는 것은, 제 삶이나 다른 이들과의 관계나 제 자신과의 관계에 대해 만족한다는 의미입니다. 반면 지옥으로 떨어진다는 것은, 제가 죽음의 순간 제 삶의 목표에서 빗나간 삶을 살았으며, 제가 사랑하는 사람들과의 관계 속에서 상처만 남겼음을 깨닫는 것이라고 생각합니다.

사실 천국과 지옥에 대해, 저는 상당히 자유주의적인 생각을 갖고 있지만, 제 이야기에 전적으로 반박하는 사람은 그다지 많지 않은 것 같습니다. 죽음 이후의 세계가 실제로 어떤 모습일지 전혀 짐작할 수 없습니다. 이미 돌아가신 분들을 떠올릴 때면 드는 감정과 생각들이 혹시 죽음 이후의 그분들의 삶의 일부분인 것은 아닌지 자문해볼 뿐입니다.

삼촌의 어머니이신, 할머니를 종종 떠올려봅니다. 깔깔거리며 웃으시던 모습, 성당에서 힘찬 목소리로 노래하시던 모습, 식탁 아래에서 발을 까닥거리시던 모습, 할아버지가 돌아가신 이후로도 수십 년 동안 결혼반지를 끼고 다니셨던 주름이 많았지만 부드러웠던 손 등을 잊을 수 없습니다. 아직도 할머니의 온기가 느껴지는 듯합니다. 그리고 라인 지역의 강한 사투리로 저에게 어떤 이야기를 하실지 상상하게 됩니다. 제가 힘들었던 시절 저를 위해 기도해주셨던 것이 생각나며, 여전히 그 기도 덕분에 보호를 받고 있다는 느낌입니다. 만약 죽음 이후의 삶이라는 것이 존재한다면, 할머니는 아마도 행복한 얼굴로 우리를 내려다보시며 삼촌과 제가 어떤 이야기들을 나눌지 궁금해

하실 것이 분명합니다.

불교에서는 인생의 시작점도 끝점도 없이, 인생은 돌고 돈다고 합니다. 삼촌은 신앙인으로서 모든 사람이 이생에서 단 한 번뿐인 삶을 산다고 믿으시나요? 우리의 영혼은 어디서 와서 어디로 가는 걸까요?

그륀 ——— 천국과 지옥에 대한 너의 견해는 나름 타당성이 있다고 생각한다. 그러나 천국과 지옥은 우리가 설명할 수 있는 것 그 이상의 것이다. 죽음의 순간을 맞이할 때, 그동안 인생을 잘못 살았다거나 소중한 사람들과 싸우기만 했다는 후회를 하게 된다면 정말 슬픈 일이다. 그런 인생이라면 무의미한 삶이 되겠지. 그러나 기독교에서는 그렇게 무의미하게 살았던 삶일지라도 변화할 수 있는 기회가 있다고 말한다. 우리는 죽음에 직면해서 우리가 남긴 과오에도 불구하고 하느님과 마주하며 그분의 사랑 안으로 들어갈 수 있다. 물론 살아온 삶이 엉망진창일수록 하느님과의 만남은 더 고통스러울 것이다.

분쟁과 불화만 가득한 삶을 산 사람은 이미 이 세상에서 지옥을 맛본 것이나 다름없다. 그리고 주변 사람들과의 관계가 평화롭고 우리의 모습에서 사랑과 평화를 느끼게 했다면, 그들은 이 세상에서 이미 천국을 누린 것이다. 모든 사람은 영원한 완성에 이르기를 바란다. 인생을 잘못 산 사람들까지도. 그러나 그에 앞서 우리는 하느님 앞의 심판대에 올라, 하느님 안에서 자기 자신을 발견하는 고통을 경험해야 한다.

나는 모든 인간이, 하느님이 각자에게 주신 유일무이한 모습을 지니고 있다고 믿는다. 그리고 그것을 영혼이라고 부른다.

영혼은 인간을 위해 하느님이 창조하신 유일무이한 모습이다. 우리는 남성의 정자와 여성의 난자의 결합으로 인간이 만들어졌다고 알고 있다. 그러나 그것은 우리가 관찰할 수 있는 것에 불과하다. 신학에서는 이러한 수정 과정의 이면에 하느님을 통한 동의가 존재한다고 설명한다. 이것 역시 단지 간접적으로 설명할 수밖에 없는데, 그 과정은 하느님이 수정을 통해 만들어진 사람에게 유일무이한 형상을 허락하시는 단계인 것이다. 로마노 과르디니는 "하느님께서 각각의 사람에게 그에게만 해당되는 원어를 선사하셨다."고 설명하면서 각각의 사람은 일종의 암호, 즉 패스워드를 부여받는다고 했다. 우리의 과제는 각자 창조 과정에서 부여받은 원래의 모습을, 그리고 패스워드를 찾아 드러나게 하는 것이다. 하느님과의 만남 속에서 정화되고 하느님 앞의 심판대 위에서 우리 자신을 내어드릴 준비가 되어 있다면, 우리의 실수와 연약함 그리고 우리의 잘못으로 인해 흐려진 이 본연의 모습이 죽음을 통해 원래대로 밝혀지고 빛나게 된다.

라슨 ——— 삼촌은 어릴 때부터 기독교의 복음을 어디에든 전파할 준비가 되어 있었다고 설명하셨습니다. 어릴 적 삼촌이 가졌던 그 꿈은 저술가로서의 성공을 통해 분명 달성되었다고 생각합니다.

성서의 내용과 고대 수도사들의 지혜의 말씀 외에도, 심리학자 융의 이론도 삼촌에게 많은 영향을 준 듯합니다. 성서와 고대 수도사들의 글 그리고 융의 이론, 이 세 가지로부터 삼촌은 어느 부분들을 주로 참고하셨는지요? 또 이 세 가지가 삼촌이 전하고자 하는 메시지에 어떤 영향을 주었나요? 그리고 삼촌이 전하려는 메시지의 핵심은 무엇이었나요?

그륀 ——— 그래, 내가 전하려는 메시지의 토대를 마련해준 세 개의 출처는 성서와 사막의 교부들의 지혜, 그리고 융이나 기타 현대 심리학자들의 이론이다. 그중 성서가 가장 많은 부분을 차지하고 있다. 나머지 것들은 성서를 이해하고 성서의 내용을 구체적인 삶에 적용하기 위한 방법을 찾는 데 도움을 줄 뿐이다.

사실 내가 전하고자 하는 메시지의 핵심을 한 마디로 정리하기는 쉽지 않다. 그래도 한번 정리해보자면, 이렇게 표현할 수 있을 것 같다. 나는 있는 그대로의 나여도 좋다. 내 안에 있는 모든 것은 그대로여도 좋다. 그러나 나는 내 안에 존재하는 모든 것을 들여다보고 하느님에게 내맡기고자 한다.

나는 하느님과의 만남, 예수님과의 만남을 통해 그동안 어둡고 혼란스럽고 부자유스러웠던 모든 것이 변화될 수 있다고 믿는다. 그리고 모든 혼돈 가운데에서 내 안에 숨어 있던 본질적인 것이 드러날 것이라고 믿는다. 다시 말해 하느님이 창조하신 나의 원래 모습이 드러날 것이라고 믿는다. 그리고 나는 이 세상에서 내 원형의 발자취, 즉 다른 사람들에게 축복이 되고 어둠 속에서 빛을 밝혀줄 수 있는 발자국을 남길 수 있을 것이라고 희망한다.

우리는 영성체를 통해 예수님의 죽음과 부활을 기념한다. 이것은 희망을 의미한다. 변화될 수 없는 것은 없다. 어떤 어둠이라도 밝힐 수 있는 것이다. 새로운 시작으로 이어지지 못하는 실패란 없는 거다. 세상에 풀리지 않고 단단하게만 굳어지는 것도 없는 거다. 부활을 경험하지 못할 죽음도 없는 거고. 다시 생명으로 살아나지 못할 무덤도 없는 거란다. 나는 예수님의 복음을 통해 누구나 조건 없이 사랑받고 있으며, 모든 실패와 연약함과 한계에도 불구하고 다른 사람들에게 (외적 성과가 아닌,

자신에게 주어진 본연의 삶과 하느님이 창조하신 자신의 유일무이한 모습을 드러냄으로써) 축복이 될 수 있다는 희망을 전하고자 한다. 그리고 또 한 가지, 즉 누구나 소중한 존재이며 자기만의 삶의 흔적을 남기고 그 흔적을 통해 세상에 영향을 미치고 있다는 점을 강조하고 싶다. 안드레아, 너의 발자취를 통해서도 이 세상이 더 밝게, 더 인간적으로, 더 관대하게 그리고 더 따뜻하게 변하길 바란다.

라슨 ——— 삼촌이 사제가 되기 직전에 돌아가신 할아버지가 안셀름 신부가 된 지금의 삼촌을 보신다면 무슨 말씀을 하실까요?

그륀 ——— 내 아버지는 나를 무척 자랑스러워하실 거야. 신학적인 문제에 대해서는 의견이 항상 일치하지만은 않았을 것이고. 그렇다고 해서 언짢아하시진 않았을 게다. 아들이 교회에 기여할 수 있다는 점에, 그리고 아들이 쓴 책을 읽고 많은 사람들이 감동을 받고 그리스도의 복음이 세상에 전파된다는 사실에 감사하셨을 것이다.

아버지 역시 늘 선교의 꿈이 있으셨지. 기독교인으로서의 자신을 늘 사람들에게 보여주고 싶어 하셨어. 물론 다른 사람들에게 부담을 느끼게 하신 것은 아니었고. 그러나 아버지는 자신에게 질문하는 사람들에게, 신앙이 있었기에 모든 어려움을 극복할 수 있었다는 사실을 확신을 갖고 이야기할 수 있었던 사람이었다.

라슨 ——— 미국의 에이든 윌슨 토저 목사는 이렇게 말했습니다. "하나님을 생각할 때 떠오르는 것은, 그것이 무엇이든 당신을 설명해주는 가장 중요한 것이다." 삼촌은 하느님을 생각할 때 무엇을 떠올리나요?

그륀 ——— 나는 4세기 저명한 수도사인 에바그리우스 폰티쿠스의 설명을 좋아한다. "하느님을 발견하고 싶다면 그 전에 자기 자신을 발견하라." 자기 자신을 발견하는 것과 하느님을 발견하는 것은 한 쌍을 이루는 것이다. 나는 나의 존재를 심리학적으로 해석해볼 수 있다. 그러나 그 방법만으로는 인간으로서의 나의 존재가 갖는 깊이를 충분히 다 파악할 수 없다. 나는 예수회의 사제이자 대표 신학자인 칼 라너에 관해 연구해 박사학위를 받았다. 그는 모든 인식과 발견의 행위 속에서 우리는 우리 자신을 넘어서 무한한 것으로 향한다고 했다. 사랑은 자기 자신을 넘어 영원한 신의 사랑으로 향한다. 또 자유를 추구하는 모든 행위는 결국 이 세상을 초월한 것을 추구하고. 인간에 대해 제대로 고민한다면 초월적인 것, 즉 자기 자신보다 더 큰 대상을 향하는 인간을 발견하게 된다. 융도 이와 유사한 이야기를 한 적이 있다. 그런 의미에서 나는 이렇게 말하겠다. 하느님에 대해 숙고하고 하느님의 비밀에 대한 인간의 끌림을 전제로 할 때에만 인간에 대해 제대로 이야기할 수 있다고.

그 반대로도 마찬가지다. 우리가 인간을 인간답게 바라볼 때에만 하느님에 대해서도 제대로 이야기할 수 있게 된다. 안타깝게도 일부 종교 지도자들은 신을 이용해 인간이라는 존재를 과소평가하고 무능하게 만들며 죄책감을 심어줌으로써 신을 찾게 만들고 있다. 이것은 종교의 왜곡된 형태이다. 종교를 떠나서는 살 수 없다고 사람들에게 겁을 주는 것이다. 사람을 정죄함으로써 종교를 찾게 만드는 거지. 인간을 낮춤으로써 하느님의 높으심을 이야기하는 식의 신학은 많은 사람들로 하여금 종교를 떠나도록 했다. 그래서 나는 반대로 생각한다. 인간의 존엄성, 인간의 능력과 힘을 존중해야만 자신의 존엄성과 능력과 힘의 원천으로서의 하느님 그리고 인간이 갖고 있는 그리움의 대상으로서의 하느님을 발견하게 되는 것이다. 하느님의 위대하심을 설명하기 위해 인간을 작게 만들 필요는 없다. 인간은 스스로를 있는 그대로 받아들여야 한다. 사람들에게 자기 자신의 존엄성과 위대함 속에서 하느님의 무한함과 위대하심을 발견하게 하고 감사한 마음으로 살도록 한다면, 그들은 새로운 차원의 삶을 발견하게 될 것이다.

라슨 ─── 남편의 아내이자 아이들의 엄마인 저에게 사랑은 늘 중요한 주제이고 하느님을 생각할 때면 언제나 사랑이 떠오르는데, 사랑을 주고받으며 스스로 사랑하는 법을 배우는 것에 대해 생각하게 됩니다. 삼촌은 하느님과 인간은 사랑으로 연결돼 있으며, 자기 자신을 발견하는 것과 하느님을 발견하는 것이 밀접하게 연결되어 있다고 말씀하셨습니다.

삼촌이 수도사가 된 지 어느덧 40년이 넘었습니다. 평생 하느님을 찾는 과정에서 자기 자신과 하느님이 조금이나마 더 가까워졌다고 느끼는지요? 자기 자신과 하느님에 대한 삼촌의 깨달음이 시간이 지나면서 혹시 변하기도 하는지요?

혹 죽음의 순간에 이르러서야 자기발견과 하느님에 대한 발견이 진정으로 일치하게 되는 것은 아닐는지요?

그륀 ─── 나를 발견하고 하느님을 발견하는 과정에서 내가 조금이나마 전진했기를 바란다. 그러나 그 목표에 얼마나 다가섰는지를 측정하기란 쉽지 않다. 그것은 계속되는 과정이기 때문이다. 그리고 나는 그 과정 속에서 늘 내 안의 새로운 면들을 발견하게 된다. 게다가 하느님은 인간의 힘으로는 찾을 수도, 이해할 수도 없는 분이다. 다만 하느님을 깨닫기 위해 노력하면서, 나는 그분이 어떤 존재인지 조금씩 알아가고 있는 중이다. 하느님은 언제나 이해할 수 없는 분일 것이다. 특히 고통을 당하는 사람들을 보면, 그들에게 하느님에 대해 어떻게 설명해야 할지…. 하느님은 왜 그러한 고통을 사람들에게 허락하는지 이해할 수 없을 때가 많다. 그럴 때면 하느님이 인간으로서는 이해할 수도, 형용할 수도 없는 분임을 견뎌내야 한다.

자기발견을 이루기 위한 나의 여정은 분명히 나를 어느 정도 변화시켰다고 생각한다. 우선 나는 겸손해졌다. 언감생심 큰소리는 내기조차 두려워졌다. 왜냐하면 많은 일들에서 큰소리가 진실과 현실에서 빗나가게 하기 때문이다. 큰소리를 내다 보면 하느님으로부터 또는 자기 자신으로부터 멀어질 위험이 있다. 하느님과의 만남이 잦아질수록 사람은 겸허해질 수밖에. 젊은 수도사에게 겸손함이란 대단히 어려운 거다. 나는 명예욕이 가득 찬 채로 하느님에게 더 가까이 가려 했고, 공부를 통해 하느님을 더 알아가려 했다. 그러나 나이가 들어서 보니, 공부만으로는 하느님을 알 수 없음을 깨달았던 거다. 하느님과의 만남을 통해서, 그리고 늘 그 안에서 내 자신의 연약함을 마주하게 되면서, 나는 하느님에게 가까워질 수 있었다.

죽음은 자기발견과 하느님에 대한 발견이 일치하는 순간일 것이다. 죽음을 통해 우리가 하느님의 사랑과 마주하게 되는 거지. 그 사랑 안에서 우리가 누구인지 인식하게 되는 거고. 그리고 아직까지는 인식하지 못했거나 외면했던 것들을 발견하게 되면서, 나의 진정한 존재로부터 내가 얼마나 벗어나 살았는지도 깨닫게 된다. 우리는 자기 자신을 발견함으로써, 하느님의 사랑 안에서 우리의 진정한 모습을 뒤틀어놓았던 모든 것에서부터 정화되는 거란다.

라슨 ─── 삼촌은 "자기발견은 단지 순간"이라고 표현하시는군요. 지금 생각해보니, 제게 변화가 많았고 힘들었던 때가 제가 내적으로 가장 많이 성숙해졌던 때인 것 같습니다. 인생을 살다 보면 '작은 죽음'을 경험하는 시간들, 무언가를 완전히 놓아버려야만 하는 괴로운 시간들이 있기 마련입니다. 눈에 콩깍지가 씌었다 떨어져 나가면서 인생의 새로운 페이지가 시작되는 그런 순간을 누구나 경험하게 됩니다. 새로운 인생길이 열리는 순간이기도 하고 그동안 두꺼워진 가면을 벗어던지고, 오랜 세월 힘들게 끌고 다녔던 짐들을 내려놓아야 하는 순간입니다. 처음에는 벌거벗은 듯하고 쉽게 상처 입을 것 같아 불안하지만, 동시에 미래를 직시하게 돼 힘과 의욕을 느끼게 됩니다.

그동안 우리가 가지고 살았던 생각과 이상이 죽은 것을 애도하면서, 새로운 무언가가 시작되고 있음을 느낍니다.

우리의 내면과 외면의 각질이 떨어져 나가면 우리 영혼의 가장 깊은 곳을 들여다볼 수 있게 되며 삼촌이 말씀하신 사랑을 발견하게 됩니다.

지난 수개월 동안 삼촌과 대화를 나눌 수 있어 기쁘고 감사합니다. 무엇보다 저와 이 책의 독자들에게 세상을 살아가는 데 필요한 지혜를 주신 것에 감사드립니다.

비바람을 맞으며 견뎌낸 나무만이 견고하고 강하다

사랑하는 빌리 삼촌!

우리는 어떤 대상을 관찰하는 관찰자와 관찰 대상이 서로 영향을 주고받지 않을 수 없다는 사실을 양자물리학을 통해 잘 알고 있습니다. 삼촌과의 대화는 시간이 지날수록 그 자체로 영향력을 갖게 되었고, 우리가 전혀 상상하지 못한 방향으로 발전했습니다.

처음엔 저와의 대화를 통해 삼촌이 얼마나 변하게 될지 궁금했습니다. 그런데 많은 이야기를 주고받으면서 삼촌이 아니라 제가 변하고 있음을 발견했습니다. 삼촌과의 대화로 저는 충만함과 풍요로움, 성공과 실패, 사랑과 외로움, 욕심과 자기상 등의 개념들에 대해 이전과는 다른 의미를 깨닫게 되었습니다.

저는 하느님이 어떤 분인지, 그에 앞서 하느님은 존재하시는지 그리고 그 사실이 실제로 중요한 문제인지 등과 같은 질문에 대한 대답에 한 발짝 다가서게 되었습니다.

로마의 철학자 세네카는 이렇게 말했습니다. "끊임없이 비바람을 맞으며 견뎌낸 나무만이 견고하고 강하다. 비바람을 맞으면서 뿌리가 견고해지고 강해지기 때문이다." 제가 삼촌에게 던진 질문을 통해 가끔은 삼촌의 원래 생각을 깰 수 있지 않을까 했던 적도 있지만, 저 스스로 그 질문에 대해 다시 생각해보곤 했습니다. 삼촌의 뿌리는 대단히 견고하게 깊이 고정되어 있는 반면, 제 뿌리는 아직은 땅속으로 더 깊이 파고들어야 한다는 사실을 깨달았습니다.

우리는 결코 다르지 않은 사람들입니다. 삼촌도 저도 본질적인 것을 추구하며 사람들 사이의 연결고리를 찾으며 사랑을 나누고, 궁극적으로는 진정한 자신의 모습을 발견하려는 사람들입니다. 삼촌은 수도사로서, 저는 엄마로서 말입니다. 우리 모두 평생을 무수한 질문에 대한 대답을 찾아 헤매는 존재들입니다. 그것은, 삼촌의 말처럼 저술가로서 갖추어야 할 기본적인 자세이기도 합니다. 그런데 삼촌은 하필이면 명쾌한 답이 존재하지 않는 질문에 대한 답을 찾는 것을 목표로 삼으셨습니다.

믿음은 역설적이기도 합니다. 믿는 사람은 알지 못합니다.

그럼에도 불구하고 믿음을 좇으려는 사람은 더 많은 지혜를 발견하게 됩니다. 어쩌면 이런 모순 때문에 믿음을 찾는 노력이 더 인간적인지도 모르겠습니다. 사실 우리의 삶은 그런 역설로 가득합니다. 삼촌은 결혼과 부부애를 포기함으로써 더 큰 자기애를 발견했다고 했습니다. 자기애는 연인이나 부부라도 반드시 배워야 하는 것이기도 합니다. 또 삼촌이 유명한 저술가라는 명성으로 얻은 세속적인 물질을 개인적으로 소유하는 것을 포기함으로써 수도원은 많은 것을 사용할 수 있게 되었습니다. 삼촌은 수도사이기 때문에 언제든 원하는 곳으로 이사할 자유는 없지만, 대신 전 세계 곳곳을 다닐 수도 있습니다. 삼촌은 외로움을 삶의 중요한 부분으로 인정하고 받아들이셨지만, 동시에 저 같은 사람들보다 훨씬 더 많은 사람들과 소통하며 살아가고 있습니다. 삼촌은 신앙심이 깊으면서도 절대적으로 자유로운 영혼의 소유자입니다.

서양 문화권에서 자란 우리는 역설을 인정하고 받아들이라고 배우지 않았습니다. 그래서 역설은 우리를 불안하게 만듭니다. 우리는 아리스토텔레스의 논리학에 기초한 엄격한 규칙에 따른 삶에 익숙합니다. A는 A이고 비(非)A는 A가 아니며, A는 A인 동시에 비(非)A일 수 없다는 식의 흑백논리의 사고를 한다는 말이죠. 그러나 우리의 삶은 흑백논리로 설명되지 않는 것이 많습니다. 사람과의 관계가 그렇고 신과의 관계도 마찬가지입니다. 하느님은 삼촌이 설명한 것처럼 나의 이야기를 들어주는 상대이면서 동시에 내 영혼의 가장 깊은 곳이기도 합니다. 이 사실을 삼촌이 하셨던 설명보다 더 잘 묘사하기는 어려운 것 같습니다.

"하느님은 인격적이면서 초인격적인 분이다. 내 안에 그리고 내 밖에 계시는 분이다. 내 위에 그리고 내 아래에도 존재하신다. 나는 그분을 알아가면서 인간으로서는 이해할 수 없는 하느님 앞에 엎드릴 뿐이다."

역설의 의미를 받아들이는 것, 그리고 세상의 모든 것을 우리의 이성으로 이해하고 설명해야 하는 것이 아님을 인정하는 것은 스스로를 받아들이는 가장 좋은 방법입니다. 그러면 모순된 모든 것은 물론 우리 자신과 다른 사람을 사랑할 수 있게 됩니다. 겸손, 감사, 그리고 불완전한 자신을 인정함으로써 우리는 모든 것을 받아들일 수 있게 됩니다. 이것은 삼촌과 같은 수도사나 저처럼 자녀를 둔 엄마를 비롯해 누구에게든지 해당되는 이야기입니다.

인간의 힘으로는 도저히 이해할 수 없는 하느님 앞에서 끊임없이 순종하고 엎드리는 것, 그분을 모든 이성의 힘을 다해 받아들이는 것, 그리고 이해할 수 없지만 믿는 것은 용기가 필요

한 일입니다. 삼촌처럼 저도 용기를 낼 수 있을까요? 그 대답은
비밀로 남겨두겠습니다.

안드레아